Stefan Holtkötter
Fundort Jannowitzbrücke

Kriminalroman

Piper München Zürich

Für Uta Balbier

Dieses Taschenbuch wurde auf FSC-zertifiziertem Papier gedruckt. FSC (Forest Stewardship Council) ist eine nichtstaatliche, gemeinnützige Organisation, die sich für eine ökologische und sozialverantwortliche Nutzung der Wälder unserer Erde einsetzt (vgl. Logo auf der Umschlagrückseite).

Originalausgabe
Juni 2005

Umschlag/Bildredaktion: Büro Hamburg
Heike Dehning, Charlotte Wippermann,
Alke Bücking, Kathrin Hilse
Foto Umschlagvorderseite: David Stuart/masterfile/Zefa
Foto Umschlagrückseite: Mascha Lohe
Papier: Munken Print von Arctic Paper Munkedals AB, Schweden
Gesamtherstellung: Clausen & Bosse, Leck
Printed in Germany ISBN 3-492-24348-7

www.piper.de

Stefan Holtkötter
Fundort Jannowitzbrücke

SERIE PIPER

Zu diesem Buch

Auf einem düsteren Parkplatz an der Berliner Jannowitzbrücke wird die Leiche einer jungen Frau gefunden. Sie ist das jüngste Opfer eines Serienmörders, der die Öffentlichkeit seit Monaten in Angst und Schrecken versetzt. Die Ermittlungen der zwanzigköpfigen Sonderkommission bewegen sich nicht vom Fleck. Und auch diesmal scheint der Täter der Polizei keine brauchbare Spur hinterlassen zu haben. Kriminalkommissar Michael Schöne, wegen seiner emotionalen Arbeitsweise belächelter Außenseiter in der Kommission, befaßt sich mit dem Familienleben der Toten. Ein Netz aus Geheimnissen und familiären Spannungen konfrontiert ihn mit seiner eigenen, verdrängten Vergangenheit. Wissen die trauernden Angehörigen mehr über die Tat, als sie vorgeben? Zu spät entdeckt Michael Schöne die Zusammenhänge, und ein weiterer Mord scheint nicht mehr abwendbar ... Temporeich und authentisch erzählt Stefan Holtkötter von einem ungewöhnlichen Mordfall, der nicht nur den sympathischen Kriminalkommissar Michael Schöne bis zuletzt in Atem hält.

Stefan Holtkötter, geboren 1973 in Münster, lebte auf einem Bauernhof in Westfalen, bis er nach Berlin zog, wo er heute als Berater und Motivationstrainer für Arbeitslose und als Barkeeper in einer Kreuzberger Nachtbar arbeitet. »Fundort Jannowitzbrücke« ist sein Debütroman. Ein weiterer Roman mit Kriminalkommissar Michael Schöne ist bereits in Vorbereitung.

1

Mit der Dämmerung zogen Wolken auf. Sie schluckten das letzte Licht am Himmel, und es wurde dunkel über dem Alexanderplatz. Ein kalter Märzwind suchte sich seinen Weg zwischen den Pendlern, die mit eingezogenen Schultern über den Platz liefen. Sie strömten aus dem Aufgang der U-Bahn und hasteten mit abgewandten Blicken davon.

Ein ideales Versteck, dachte der Mann, der aus dem Schatten einer Hauswand trat. Er hatte das Gefühl, als sei er unsichtbar. Wer würde schon auf die Idee kommen, daß er nicht eine dieser Ameisen war? Es war perfekt. Ein vertrautes Hochgefühl breitete sich aus.

Doch er wollte es hüten, sein Geheimnis. Er wollte es auskosten, dieses süße Gefühl, in einer anderen Welt zu sein als die Menschen um ihn herum. Sie hielten ihn weiterhin für den Verlierer, nach dem sie ungestraft treten konnten. Er allein wußte, was in dieser Nacht geschehen würde. Nur er kannte den Entschluß, den er gefaßt hatte.

Auf der anderen Seite des Platzes leuchteten die vertrauten Werbetafeln des Schnellrestaurants. Hinter den hohen Fenstern, unter grellen Neonlampen herrschte reges Treiben. Die Verkäuferinnen hinter der Theke bewegten sich schnell und konzentriert. Sie packten Burger und Pommes in Papiertüten, nahmen Geld entgegen und ließen die Kasse aufspringen.

Für den Blick eines Fremden waren sie austauschbar in ihrer strengen Uniform, mit ihren Krawatten und den Kappen über der Stirn. Aber nicht für ihn. Er erkannte das Mädchen selbst aus dieser Entfernung. Ihre Bewegungen waren ihm vertraut, ihr Lächeln, ihre gesamte Erscheinung.

Er beobachtete sie eine Weile bei der Arbeit, dann trat er zurück in die Dunkelheit. Sein Entschluß stand fest. Die Zeit der Demütigung war vorbei. Sie sollte es bitter bereuen, über ihn gelacht zu haben. Er hatte lange genug eingesteckt, und nun würde er austeilen.

Sekunden später hatte ihn die Menge umschlossen.

Es war in dieser Nacht ungewöhnlich ruhig im Polizeiabschnitt 32, der sich seit der Reform der Polizeidezernate vom Brandenburger Tor bis zum Alexanderplatz hinzog und einen großen Teil der neuen Mitte abdeckte. Die Straßen waren wie ausgestorben, und es gab weder Taschendiebstähle oder Schlägereien noch Betrunkene, die randalierten. Nicht einmal wegen einer Lärmbelästigung hatte die Funkzentrale des Abschnitts in dieser Nacht einen Wagen ausrükken lassen.

Polizeimeisterin Anna Proschinski wollte die Ruhe nutzen, um Berichte zu schreiben. Es war ihr ganz recht, ein paar Stunden allein zu sein und sich so auf ihre Art von dem Trubel der vergangenen Tage zu erholen. Doch schon bald wurde sie von den fröhlichen Rufen ihrer Kollegen aus dem Bereitschaftsraum unterbrochen. Es herrschte eine ausgelassene Stimmung auf der Wache, der auch sie sich nicht entziehen konnte. Die Woche war für alle grauenhaft gewesen. Die Einsätze hatten sich überschlagen, sie hatten zahllose Überstunden gemacht, und die liegengebliebenen Berichte türmten sich in den Fächern. Anna wußte genau: Dieser ruhige Dienst war überfällig, nun konnten alle etwas Dampf ablassen.

Sie ging hinüber zu den anderen. Einer von ihnen hatte gerade eine Runde Currywurst mitgebracht, und die Kollegen stürzten sich wie die Geier darüber. Anna hielt sich zurück, sie hatte keinen Hunger. Grinsend überhörte sie die Witze und Kommentare ihrer übermütigen Kollegen und goß sich einen Kaffee ein. Sie würde sich eine Weile dazusetzen, danach konnte sie sich immer noch ihren Berichten widmen.

Draußen vor dem Fenster bemerkte sie eine Gestalt, die sich auf die Polizeiwache zubewegte. Es war eine ältere Frau. Tränen liefen ihr über das Gesicht, und sie drückte den Kragen ihrer Windjacke fest gegen das Kinn.

»Kundschaft!« rief der Dienststellenleiter aus dem Büro nebenan. »Komm mal einer nach vorne!«

Paul, der Beamte im Innendienst, erstarrte augenblicklich über seiner dampfenden Currywurst. Er blickte abwechselnd zur Tür des Bereitschaftsraums und dann wieder auf die Pappschale. In seinem Gesicht machte sich ein unglücklicher Zug breit.

Anna seufzte und gab sich geschlagen. »Laß mal, Paul! Ich mach das schon. Einen Kaffee kann ich auch später trinken.«

Die ältere Frau stand im Wachlokal und sah sich um. Mit einer Hand wischte sie die letzten Tränen weg und lächelte Anna unsicher an.

»Guten Abend«, sagte Anna freundlich. »Kann ich etwas für Sie tun?«

»Ich weiß nicht«, sagte sie schüchtern. »Sie sind Polizistin?«

Anna nickte lächelnd. Die Frau hätte ihre Mutter sein können, mit den zerzausten grauen Haaren und der unsicheren und etwas hilflosen Art.

»Ich möchte eine Aussage machen«, sagte die Frau.

»In welcher Angelegenheit?«

»Ich möchte meine Tochter vermißt melden.«

Anna bot ihr einen Platz an, und die Frau setzte sich vorsichtig auf die äußerste Kante der Sitzfläche. Als versuche sie, möglichst wenig Platz einzunehmen.

»Wie ist denn Ihr Name?« fragte Anna.

»Bettina.«

»Nein«, sagte sie freundlich. »Zunächst einmal benötige ich Ihren Namen.«

»Ach so. Mein Name ist Irmgard Nowack. Ich wohne in der Leipziger. Möchten Sie meinen Personalausweis?«

Anna trug die Daten in das Formular für Vermißtenanzeigen ein.

»Seit wann vermissen Sie Ihre Tochter?«

Irmgard Nowack sah auf den Boden und schwieg einen Moment. Fast schien es, als sei ihr die Frage peinlich.

»Seit einer Stunde«, sagte sie schließlich. »Bettina wollte um kurz nach elf zu Hause sein.«

»Ist Ihre Tochter minderjährig?«

Wieder zögerte sie einen Moment. »Nein. Sie ist achtzehn.«

Sie sah die Polizistin ängstlich an, als rechnete sie fest damit, ausgelacht zu werden.

Anna legte das Formular zur Seite. Sie kannte ihre eigene Mutter gut genug, um zu wissen, was sie sagen mußte. »Es ist gut, daß Sie gekommen sind. Die meisten Vermißten werden in den ersten Stunden wiedergefunden. Dann können wir am ehesten etwas unternehmen.«

Frau Nowack blickte sie skeptisch an. Offenbar fragte sie sich, ob Anna sie ernst nahm.

»Ich werde Ihnen einige Fragen stellen«, fuhr sie unbeirrt fort. »Dadurch wird unsere Suche erleichtert. Vielleicht finden wir Ihre Tochter ja heute noch. Wohnt sie bei Ihnen?«

Sie atmete durch. »Ja, Bettina und Olaf wohnen beide noch bei mir. Olaf ist ihr älterer Bruder. Er ist arbeitslos, leider. Daher bin ich froh, daß wenigstens Bettina eine Stelle hat. Sie arbeitet im Burger Point, in dem großen Schnellrestaurant am Alexanderplatz.«

»Hat Bettina heute abend gearbeitet?«

»Ja. Normalerweise arbeitet sie ja tagsüber. Doch ein Kollege ist krank geworden, und so ist sie in der Spätschicht eingesprungen.«

»Und sonst kommt Ihre Tochter nach der Arbeit sofort nach Hause?«

Frau Nowack starrte einen Moment lang schweigend vor sich hin. Sie atmete durch, konnte die Tränen jedoch nicht zurückhalten. Hastig suchte sie in den Taschen ihrer Windjacke nach einem Taschentuch und trocknete sich die Augen.

»Frau Nowack«, sagte Anna behutsam. »Vielleicht ist Bettina nur ein bißchen feiern gegangen. Schließlich ist Samstagnacht.«

Die Frau schüttelte den Kopf und starrte weiter vor sich hin.

»Sie könnte nach Feierabend mit Kollegen in die Disko gefahren sein«, versuchte sie es weiter. »Und dann hat sie einfach vergessen, bei Ihnen anzurufen.«

»Ich verstehe das nicht. Sie erzählt mir einfach nichts mehr. Sie hat sich so sehr verändert.« Sie sah hilflos auf. »Bisher hat mir nur ihr Bruder Sorgen bereitet. Wissen Sie, Olaf ist ein lieber Junge, aber er hat einfach die falschen Freunde. Und irgend etwas ist immer. Er hat so viel Unfug im Kopf. Bettina war da anders. Sie hat auch nie etwas mit der Polizei zu tun gehabt. Und sie hat mir immer alles erzählt.«

»Und das hat sich nun geändert?«

Irmgard Nowack nickte fast unmerklich. »Sie hat Geheimnisse. Sie kommt und geht, ohne Bescheid zu geben. Es rufen Freunde an, deren Namen ich nicht kenne. Alles ist durcheinandergeraten.«

Anna lächelte sie an. »Bettina ist jetzt achtzehn. Halten Sie es nicht für möglich, daß sie sich einfach ihre Freiräume schaffen will?«

»Sie denken, es ist normal, wie sie sich verhält?«

Anna konnte sich ein Lächeln nicht verkneifen. »Das machen tausend Mädchen in ihrem Alter. Wahrscheinlich weiß sie nicht, daß Sie sich Sorgen machen, oder sie will es nicht wissen. Vielleicht verschweigt sie Ihnen auch, was sie macht, weil sie glaubt, daß Sie sich dann noch größere Sorgen machen, am Ende um nichts.«

Frau Nowack schien darüber nachzudenken.

»Und was verschweigen Sie Ihrer Mutter?«

Anna sah überrascht zu ihr auf.

»Sie denkt, daß ich nur im Innendienst arbeite. Wenn sie wüßte, daß ich jede Nacht auf Streife bin, das würde sie umbringen. Sie würde kein Auge mehr zumachen.«

Die Frau sah Anna lange an, dann senkte sie ihren Blick. Schließlich nickte sie und stand auf.

»Vielleicht ist es besser, wenn ich nach Hause gehe und erst einmal eine Nacht darüber schlafe.«

»Sie können trotzdem eine Anzeige erstatten, wenn Sie möchten.«

»Nein, nein«, sagte sie schnell. »Ich habe es mir anders überlegt.«

Sie bedankte sich und verließ die Wache. Die schwere Eingangstür schlug hinter ihr zu. Mit einem Seufzer warf Anna das Formular in den Papierkorb und machte sich auf den Weg zurück in den Bereitschaftsraum.

Der Dienststellenleiter streckte den Kopf aus seinem Büro heraus.

»Anna, seid ihr frei?«

»Ich denke schon«, sagte sie mißmutig. »Was liegt an?«

»Breite Straße Ecke Werderstraße, Verkehrsunfall ohne Personenschaden.«

Sie brummte vor sich hin und sagte ihrem Kollegen Klaus Bescheid, damit sie sich auf den Weg machen konnten. Er hatte gerade seine Wurst verzehrt und drückte zufrieden die Pappschachtel zusammen. Also doch keinen Kaffee, dachte sie und griff nach ihrer Mütze.

Zwei Stunden später beendeten sie einen Einsatz auf der Fischerinsel. Klaus saß am Steuer und ordnete sich links ein, um zurück zum Revier zu fahren.

»Fahr rechts«, sagte Anna aus einem Impuls heraus. »Laß uns am Alex vorbeifahren.«

Er sah sie fragend an. »Was willst du denn da?«

Sie zögerte und beschloß, ihrem Kollegen nichts von dem sonderbaren Gefühl zu erzählen, das sie seit der Vermißtenanzeige von Irmgard Nowack hatte.

»Ich will mir nur im Burger Point etwas zu essen holen.«

»Muß das sein? Ich muß noch so viele Berichte schreiben.«

»Komm, fahr schon. Ich bring dir einen Kaffee mit. Geht aufs Haus.«

Widerwillig bog er rechts ab. Vor dem Schnellrestaurant stieg Anna eilig aus dem Wagen und sah durch die hohen Fenster in das hell erleuchtete Innere. Es saßen lediglich zwei Männer an einem Tisch im Fenster. Sie starrten wortlos in das leere Restaurant und nippten an dem Bier, das ihnen in

Pappbechern ausgeschenkt worden war. Darüber hinaus konnte sie niemanden entdecken.

Im Grunde wußte sie nicht, was sie dort zu sehen hoffte. Neonlampen tauchten die leere Filiale in ein kaltes Licht. Bettina Nowack würde sie dort nicht mehr antreffen, schließlich hatte sie schon seit Stunden Feierabend. Und es gab es auch keinen Anlaß für irgendwelche Ermittlungen.

Seufzend stieß sie die Glastür auf. Von den sieben Kassen war nur eine besetzt, ein junger Mann mit dunklem Teint und tiefschwarzem Haar grinste ihr von weitem entgegen. Seine dunklen Augen waren so schön, daß es ihr einen Stich versetzte.

»Willkommen im Burger Point«, sagte er mit breitem Grinsen. »Ihre Bestellung bitte.«

Bevor sie jedoch etwas sagen konnte, fuhr er fort: »Aufenthaltsstatus? Paß? Einreisepapiere? Arbeitsgenehmigung?«

Sie sah überrascht in seine Augen, die sie angriffslustig anfunkelten.

»Leider alles aus!« rief er ihr entgegen. »Vielleicht nehmen Sie mich vorsichtshalber erst einmal fest, bis Sie alles überprüft haben.«

Die beiden Männer hoben ihre Köpfe und gafften zu ihnen herüber.

»Wäre nicht das erste Mal«, fügte er hinzu.

»Danke«, sagte sie leise. »Ich nehme einen Cheeseburger und zwei Kaffee.«

Sie zahlte passend und konzentrierte sich dabei auf ihre Hände, um ihm nicht noch einmal in die Augen sehen zu müssen. Dann drehte sie sich eilig um und verließ mit großen Schritten die Burger-Point-Filiale.

Draußen ärgerte sie sich, daß sie ihrem Impuls nachgegangen war, hierher zu fahren. Es war ein dummer Einfall gewesen, der zu nichts geführt hatte.

Klaus saß bei offener Tür auf dem Fahrersitz und sprach ins Funkgerät.

»Kein Problem«, sagte er. »Das ist nur ein paar hundert Meter von uns entfernt.«

Sie sah ihn fragend an. Er warf das Funkgerät in den Wagen und zog eine Grimasse.

»Na toll, Anna. Jetzt haben wir eine Leichensache an der Jannowitzbrücke.«

Sie stellte vorsichtig den Kaffee ab.

»Wenn wir zur Wache gefahren wären, wie ich es wollte«, fuhr er fort, »dann wäre jede Streife im Revier näher am Fundort gewesen als wir. Das hätten wir uns sparen können.«

Kleinlaut schlüpfte sie auf den Beifahrersitz und verstaute die verschlossenen Pappbecher. Es hatte keinen Sinn sich zu verteidigen. Besser, sie bereitete sich schon mal darauf vor, gleich eine Leiche zu sehen.

Ein Schock durchfuhr Michaels Körper. Er riß die Augen auf. Um ihn herum war es stockdunkel. Er schlug die Bettdecke zur Seite und richtete sich ruckartig auf. Hastig suchten seine Augen nach der digitalen Anzeige des Weckers. Es war drei Uhr zwanzig.

»Scheiße!« zischte er. »Scheiße, Scheiße, Scheiße!«

Er mußte wieder eingeschlafen sein. Um zwei Uhr achtundfünfzig hatte das Telefon geklingelt. Es lag noch immer neben seinem Kopfkissen. Die Einsatzzentrale hatte einen Leichenfund gemeldet. Er hatte Bereitschaft, und die Tat fiel offenbar in die Zuständigkeit der Kommission, der er angehörte. Er hatte nur für einen winzigen Moment die Augen schließen, nur eine letzte Sekunde lang die Wärme und Ruhe des Bettes fühlen wollen.

Jetzt überschlug sich sein Herz, und er mußte nach Luft ringen. Mit einem Satz sprang er aus dem Bett. Er griff nach den Sachen, die auf dem Boden lagen, schlüpfte auf dem Weg in die Küche hinein und schnappte sich seinen Autoschlüssel vom Tisch.

Für eine Sekunde fiel sein Blick in den Spiegel an der Tür. Ein blasses Gesicht starrte ihn an, eingefallene Wangen, übermüdete Augen. Achte nicht darauf! sagte er sich schnell. Niemand sieht glücklich aus, wenn er mitten in der Nacht aus dem Bett geklingelt wurde. Mit einem Ruck warf er die Tür hinter sich zu.

Es war drei Uhr zweiundzwanzig, als Michael Schöne seine Wohnung in der ersten Etage der alten Karlshorster Villa verließ. Er lief zu seinem Golf, der am Rande des verwilderten Gartens geparkt war, und drehte mit einem kurzen Stoßgebet den Zündschlüssel. Und tatsächlich sprang der Wagen an, beim ersten Versuch.

Michael atmete auf und trat aufs Gas. Zweiundzwanzig Minuten Schlaf, dachte er. Er hätte längst am Leichenfundort sein müssen. Mit erheblichem Tempo bog er in die Treskowallee und fuhr durch die nächtlich leeren Straßen in Richtung Alexanderplatz.

Er würde alles darum geben, in dieser Nacht keine Leiche sehen zu müssen, dachte er resigniert. Da sie ihn gerufen hatten, war die Leiche vermutlich weiblich. Sie würde von einem Mann ermordet worden sein, der seine Opfer mit einer Wäscheleine erdrosselte und postmortal sexuelle Handlungen an ihnen vornahm.

Es war bereits einige Zeit her, daß die Einsatzzentrale ihn nachts aus dem Bett geholt hatte. Michael war Mitglied der Sonderkommission »Pankow«, die eingerichtet worden war, um die Morde dieses Mannes aufzuklären, von dem sie nichts weiter hatten als eine DNA-Spur.

Zwei Frauen waren ihm bereits zum Opfer gefallen, beide wurden im Pankower Schloßpark überfallen und ermordet. Die beiden Taten waren bereits über ein halbes Jahr her. Damals ging die Angst vor einem Serienmörder um, und die Boulevardpresse schuf daraufhin den albernen Namen »Würger von Pankow«, den inzwischen sogar einige Kollegen verwendeten.

Die zwanzigköpfige Sonderkommission »Pankow« hatte in den darauf folgenden Monaten über zweitausend Spuren verfolgt. Doch sie jagten ein Phantom. Trotz der regen öffentlichen Beteiligung blieben die Ermittlungen stecken.

Schließlich wurde das Team verkleinert, bis nur noch er und der Kommissionsleiter übrigblieben.

Michaels Aufgabe war es seitdem, die wenigen Hinweise aus der Bevölkerung, die noch immer bei der Kripo eingingen, zu bearbeiten. Ein trostloser Job, wie er fand, denn die meist völlig haltlosen Hinweise bedeuteten einen enormen Verwaltungsaufwand. Häufig hatte er das Gefühl, daß Spuren einfach erfunden oder Nachbarn denunziert wurden. Einige Male wurden ihm sogar abstruse Verschwörungstheorien präsentiert. Am Ende stand er dann an seinem Bürofenster mit dem Blick über die Stadt und fragte sich, wie viele verwirrte Seelen dort unten leben mochten, den Würger einmal ausgenommen.

Es war drei Uhr einundvierzig, als er die Spree passierte, unter den S-Bahnbögen der Jannowitzbrücke entlangfuhr und das langgestreckte Parkareal an der Alexanderstraße erreichte. Der Fundort war bereits von weitem zu sehen, ein quirliger und lebendiger Fleck inmitten des düsteren Geländes. Hinter dem Absperrband leuchteten die Strahler vom Erkennungsdienst, die Blitzlichter der Polizeifotografen zuckten. Im unruhigen Widerschein der Blaulichter sah Michael bereits die ersten Beamten des Ermittlungsteams.

Er wendete den Wagen und fuhr quer über die menschenleere, sechsspurige Alexanderstraße. Die Müdigkeit ließ ihn frösteln. Die Heizung in seinem Golf funktionierte schon seit Monaten nicht mehr. Aus Gewohnheit drehte er wieder am Wärmeregler. Er war viel zu dünn angezogen für diese kalte Märznacht. Schließlich stellte er den Wagen unter einer der wenigen Laternen ab.

Wolfgang Herzberger, Kommissionsleiter der Soko »Pankow«, stand am Absperrband und entdeckte Michael als erster. Er kam ihm entgegen, die Hände tief in den Taschen seines alten Mantels, die Schultern leicht vorgebeugt und den Kopf müde gegen den eisigen Wind gelegt. Er erinnerte Michael an einen altersschwachen Terrier, langsam und den Blick vom grauen Star getrübt.

»In den Berufsverkehr bis du wohl nicht geraten«, stellte Wolfgang Herzberger nüchtern fest.

»Tut mir leid«, sagte Michael. »Mein Auto ist mal wieder nicht angesprungen.«

Sein Chef warf einen trübem Blick auf den Golf. »Tu ihn in die Presse«, sagte er tonlos.

Michael schlug die Autotür zu und sah hinüber zum Tatort. Eine Streifenpolizistin saß mit einem älteren Mann auf einem Stein und sprach beruhigend auf ihn ein. Offenbar war er der Zeuge, der die Leiche gefunden hatte.

»Was machst du eigentlich hier?« fragte Michael seinen Vorgesetzten.

Er winkte ab. »Wer soll denn schon hiersein außer mir?«

»Aber wenn wir eine neue Leiche haben, ist doch das Team sofort auf die alte Größe aufgestockt, oder?«

Der Mann stieß einen tiefen Seufzer aus. »Die Kollegen behaupten immer, daß sie vom Telefon nicht geweckt worden sind. Inzwischen bin ich davon überzeugt, daß sie nachts das Kabel aus der Wand ziehen.«

Michael beobachtete, wie zwei Sanitäter die Leiche auf eine Bahre legten und sie zudeckten. Offensichtlich waren die Ermittlungsarbeiten vor Ort schon weit fortgeschritten. Die Ärztin aus der Gerichtsmedizin sprach mit zwei Beamten in Zivil, die Michael nur flüchtig kannte.

»Wer sind denn die beiden Typen da hinten?«

»Das sind die Kollegen von der Achten Mordkommission«, sagte Wolfgang. »Sie haben die Ermittlungen übernommen.«

Michael sah ihn überrascht an.

»So wie es aussieht, hat die Sache hier nichts mit unserem Täter zu tun«, erklärte er. »Die Einsatzzentrale hat wohl die Fakten überbewertet.«

Michael betrachtete das Treiben der Kollegen hinter der Absperrung. Die Kälte fraß sich langsam durch seinen Pullover. Er spürte Erleichterung in sich aufsteigen. Es bestand eine gute Chance, den Fundort einfach wieder verlassen zu dürfen.

»Und was sind die Fakten?« fragte er.

»Der Mann dort drüben neben der Polizeimeisterin hat seinen Hund ausgeführt und ist über die Leiche der jungen Frau gestolpert. Sie ist wohl auf dem Bürgersteig vom Fahrrad gerissen und auf den Parkplatz gezerrt worden. Dort wurde sie erwürgt. Das reichte in der Zentrale wohl aus, um an unseren Würger zu denken.«

»War es denn eine sexuell motivierte Tat?«

Wolfgang zuckte mit den Schultern. »Ihre Jacke und das Hemd waren aufgerissen, doch der Erkennungsdienst geht davon aus, daß dies bei einem Kampf passiert ist. Es gibt erst einmal keine Anzeichen für ein Sexualdelikt.«

»Und ein abgeschnittenes Stück Wäscheleine lag auch nicht neben der Leiche?« versuchte Michael einen Witz. Wolfgang Herzberger lachte tatsächlich zum ersten Mal in dieser Nacht.

»Nein, das nun wirklich nicht«, sagte er.

Die Rechtsmedizinerin sah zu ihnen herüber. Michael kannte lediglich ihren Namen, Dr. Freythal. Eine attraktive ältere Frau mit blonden Haaren und ausgeprägten Lachfalten.

»Wolfgang Herzberger!« rief sie über die Absperrung und schob sich unter dem Band hindurch.

Mit wachen und freundlichen Augen kam sie auf ihn zu. Ihre Nase war auffallend gerötet, und Michael fragte sich insgeheim, ob das an der Kälte oder am Alkohol lag.

»Die Leiche wird ins Institut überführt«, sagte sie und begrüßte ihn mit einem leichten Nicken. »Ich beende hier erst einmal meine Arbeit.«

»Hast du noch etwas feststellen können?« fragte Wolfgang.

»Nichts, was auf ein Sexualdelikt hinweist. Kein Freilegen des Schambereichs, keine Fixierung auf Bauch- und Brustbereich, keinerlei Anzeichen von Spermaspuren.«

»Was ist mit den Würgemalen?« wollte Wolfgang wissen.

»Soweit ich das zu diesem Zeitpunkt beurteilen kann, würde ich sagen: Tod durch Einwirkung auf die Atemwege.

Doch die Würgemale am Hals sind nicht die einzigen Verletzungen, die das Opfer davongetragen hat. Es muß einen intensiven Kampf gegeben haben. Der Täter oder die Täterin muß erhebliche Biß- und Kratzwunden davongetragen haben. Meinen Bericht bekommst du morgen abend.«

»Das heißt für dich also auch Sonntagsarbeit«, sagte Wolfgang mitleidig.

Sie tat es mit einer Bewegung ab. »Darüber denke ich jetzt gar nicht nach«, sagte sie fröhlich. »Jetzt geht es erst einmal zurück auf die Hochzeit meines kleinen Bruders.«

Michael sah überrascht auf. »Es ist gleich vier!« entfuhr es ihm.

»Na, dann geht es doch erst richtig los!« rief Dr. Freythal lachend und verschwand hinter dem Steuer ihres Wagens. Die beiden Männer sahen mit angehaltenem Atem dem Wagen nach. Michael wußte, daß Wolfgang Herzberger ebenfalls über die rote Nase nachdachte.

Doch schließlich wandte sein Chef sich ab und legte ihm die Hand auf seine zitternde Schulter.

»Na, dann sieh mal zu, daß du wieder ins Bett kommst.«

»Aber die Arbeit vor Ort ist doch noch nicht abgeschlossen«, sagte Michael erstaunt. »Ich kann doch jetzt nicht gehen.«

Wolfgang schüttelte langsam den Kopf. »Die Kollegen von der Achten Mordkommission leisten hervorragende Arbeit. Ich werde ihnen noch ein bißchen dabei zusehen. Und damit ist der Fall für uns erledigt.«

Michael wollte protestieren, doch der Blick seines Vorgesetzten duldete keinen Widerspruch. Er zuckte mit den Schultern und öffnete die Autotür.

»Sag mal, du und Dr. Freythal«, sagte er, nachdem er sich in den Wagen gesetzt hatte. »Seit wann duzt ihr euch denn?«

Wolfgang war nur für den Bruchteil einer Sekunde verunsichert. »Verschwinde«, sagte er ausdruckslos und schlug die Autotür hinter ihm zu.

Im Wagen bemerkte Michael, daß seine Müdigkeit verschwunden war. Zudem hatte die Heizung in seinem Golf unerwartet zu husten begonnen. Als er erneut wendete und die Alexanderstraße hinabfuhr, begann sie abgestandene und lauwarme Luft ins Wageninnere zu blasen. Es verschlug ihm beinahe den Atem. Dennoch drehte er sie weiter auf, und nach kurzer Zeit gelang es ihm, das Zittern seines Körpers zu unterdrücken.

Er würde ohnehin nicht mehr schlafen können, sagte er sich, und so setzte er am Alexanderplatz den Blinker, um sich ziellos durch die Straßen der Stadt treiben zu lassen. Das Radio summte leise im Hintergrund, und die Wärme breitete sich immer weiter aus. Zufrieden lehnte er sich zurück und betrachtete die Straßen jenseits seiner Windschutzscheibe.

Als er nach einiger Zeit bemerkte, daß er in der Kollwitzstraße gelandet war, versuchte er sich einzureden, rein zufällig dort angekommen zu sein. Genausogut hätte er auf irgendeiner anderen Straße Berlins sein können.

Dennoch verringerte er sein Tempo. Mit klopfendem Herzen ließ er seinen Wagen am Kollwitzplatz vorbeirollen bis zu dem prachtvollen Gründerzeitgebäude am Ende der Straße.

Er zögerte nur kurz, dann hielt er neben dem Bürgersteig und schaltete das Licht aus. Er lauschte einen Moment, doch es war niemand auf der Straße, der ihn hätte bemerken können. Vorsichtig sah er hinauf zu den Fenstern im ersten Stock, die in absoluter Dunkelheit lagen. Nach zwei Jahren in einem Observationsteam des LKA fühlte es sich nicht einmal falsch an, was er dort tat.

Dennoch zuckte er zusammen, als plötzlich das Licht in der Wohnung angeschaltet wurde. Durch die offenen Flügeltüren des Wohnzimmers konnte er ein Stück des erleuchteten Wohnungsflurs sehen. Elisabeth erschien. Sie strich sich müde das Haar aus dem Gesicht und verschwand sofort wieder in der Küche.

Michael hielt den Atem an. Er wollte sich nicht vorstellen,

was geschehen würde, wenn sie aus dem Fenster blickte und ihn im Lichtkreis der Laterne entdeckte. Dann wäre alles vorbei, da war er sich ganz sicher. Er konnte es nicht wagen, den Motor zu starten und schnell davonzufahren. Statt dessen drückte er sich zurück in den Sitz und blickte weiter hinauf.

Elisabeth erschien mit einem Glas Wasser in dem Stück Flur, das er einsehen konnte. Auf der Schwelle blieb sie stehen und nahm einen Schluck. Noch jemand trat in den Flur. Es war Werner, ihr Mann. Er sah sie mit müden Augen an und sagte etwas. Elisabeth lachte und machte ihm den Weg frei. Als er an ihr vorbeiging, küßte sie ihn flüchtig in den Nacken. Es war nur eine ganz leichte Berührung, dann trat sie zurück und verließ den Flur.

Werner folgte ihr eine Minute später und löschte das Licht. Michael starrte weiter wie betäubt hinauf. Doch das Bild hatte sich bereits unauslöschlich eingeprägt. Elisabeth und Werner, dachte er. Werner und Elisabeth.

Er schloß die Augen und atmete durch. Eine kleine Hoffnung blieb ihm. Wer konnte schon sagen, was in Elisabeth vorging? Am Ende würde sie wieder alle überraschen. So wie sie es immer tat. Er würde warten.

Dann startete er den Wagen und fuhr langsam davon.

2

Michael Schöne saß am Montagmorgen hinter seinem Lenkrad und fühlte sich wie nach einem Überseeflug. Sein Kopf dröhnte, er fror, und zu allem Überfluß sprang sein Wagen nicht an.

Er fluchte, schlug gegen sein Lenkrad, drückte wütend die Autotür auf und stieg aus. Es hatte keinen Zweck. Der Golf würde an diesem Morgen nicht anspringen. Michael würde wieder einmal zu spät ins Büro kommen.

Das entspannte Gefühl, mit dem er am Vorabend eingeschlafen war, hatte sich schon wieder verflüchtigt. Er konnte sich kaum mehr daran erinnern. Er hatte den Sonntag genutzt, um mit dem Wagen hinauszufahren. Irgendwo hatte er die Avus verlassen und war ziellos über brandenburgische Dörfer gefahren. Ohne Karte, einfach immer geradeaus. Der Regen war an den Scheiben hinuntergelaufen, und das leise Motorengeräusch hatte ihn weitab vom Lärm der Stadt ins Träumen versetzt.

Etwas Besseres konnte er sich für einen Sonntag nicht vorstellen.

Mit schnellen Schritten verließ er das ruhige Villenviertel. Es waren nur wenige hundert Meter bis zur nächsten U-Bahn. Doch die Fahrt in die Schöneberger Keithstraße würde eine Ewigkeit dauern.

Er hatte gerade den Eingang erreicht, da stockte er. Ungläubig starrte er auf die Auslage eines Kiosks. Die Schlagzeile des Berliner Kuriers war meterweit deutlich zu erkennen: »Würger von Pankow schlägt wieder zu!«

Er trat näher. Als erstes erkannte er auf dem riesigen Titelfoto seinen Golf. Er stand links unten im Bild, am Rand der nächtlichen Alexanderstraße. Die dunkelviolette Motorhaube reflektierte das Blitzlicht der Kamera. Darüber lag hell erleuchtet der Fundort der Leiche. Michael fragte sich, warum er den Fotografen nicht bemerkt hatte, und gestand sich wieder einmal ein, daß die Leute von der Presse manchmal tatsächlich schneller waren, als ein Polizist es sich vorstellen konnte.

Neben den Fundort war das Foto eines jungen Mädchens montiert, es lächelte ihn aus einem vergrößerten Paßbild an. Bettina Nowack. Ihm fiel auf, daß er Samstagnacht nicht einmal ihren Namen erfragt hatte.

Michael sah sich um und hastete zu den Münzfernsprechern, die unter dem Vordach des U-Bahnhofs aufgestellt waren. Nach dem zweiten Ton nahm Frau Schrade, die Sekretärin in der Außenstelle des LKA, den Anruf entgegen.

»Haben wir ein neues Opfer?« fragte Michael erstaunt.

»Wissen Sie das etwa nicht? Der Herr hat sich am Sonntag also nicht stören lassen.«

Michael erinnerte sich. Als er am späten Sonntagabend nach Hause gekommen war, hatte er seinen Anrufbeantworter auf dem Fußboden übersehen und war darübergestolpert. Das Kabel wurde aus der Wand gerissen, und alle Nachrichten waren gelöscht.

»Ich habe es auch auf Ihrem Handy probiert«, sagte Frau Schrade. »Doch das klingelte dann auf Ihrem Schreibtisch.«

»Ich dachte, unsere Soko hat mit diesem Fall nichts zu tun?«

Frau Schrade seufzte. »Sie haben Hautabschürfungen unter den Fingernägeln des Opfers gefunden und ins Labor gegeben«, sagte sie. »Die DNA-Analyse hat gezeigt, daß es sich um den Täter aus Pankow handelt.«

»Ich beeile mich«, sagte er schnell. »Ich bin in einer halben Stunde da.«

»Na, das wird Ihnen nicht viel helfen, Herr Schöne. Die Dienstbesprechung geht in fünf Minuten los. Es sind schon alle da, und Herr Herzberger hat bereits nach Ihnen gefragt.«

Michael hängte ein und betrachtete nachdenklich den dichten Verkehr auf der Treskowallee. Er fragte sich, wieviel Schlaf sein Chef seit dem Leichenfund bekommen haben mochte. Dann kaufte er sich eine Zeitung und winkte ein Taxi heran.

Würger von Pankow schlägt wieder zu!

Sein neues Opfer fand er in Mitte/Ist jetzt die ganze Stadt sein Jagdrevier?/Berlins Frauen in Angst

Berlin – Samstagnacht, kurz nach zwölf: Die ahnungslose Bettina Nowack befindet sich auf dem Weg nach Hause. Sie hat einen harten Arbeitstag hinter sich, als Kassiererin im Burger Point kann die Schicht auch einmal bis tief in die Nacht dauern. Ihr Weg führt sie vorbei an dem dunklen Parkareal an der Alexanderstraße. Bäume, Büsche und finstere Ecken bieten ideale Verstecke. Dort lauert er ihr auf – und schlägt zu. Die 18jährige Bettina hat keine Chance, sie wird das dritte Opfer des Würgers von Pankow.

Ein Alptraum für die Familie. Die Mutter wird von der Polizei nach einem Zusammenbruch in die Charité gebracht. »Ich kann meine Gefühle nicht beschreiben«, sagt der Bruder unter Tränen. »Sie war doch immer so lebenslustig. Wie sollen wir nur damit fertigwerden?«

Die Polizei steht wieder vor unlösbaren Problemen. Es gibt keine Zeugen, keine Spuren. Hat der Würger nun gänzlich freies Spiel? »Jeder Tatort hinterläßt neue Hinweise«, so Oberstaatsanwalt Herbert Zahn. »Wir werden alles Menschenmögliche tun, um diesem Schrecken ein Ende zu bereiten.« Bereits in der Nacht zum Sonntag haben die Beamten der Polizei mit den Ermittlungen begonnen.

Bislang trieb der Würger ausschließlich im Bezirk Pankow sein Unwesen. Dort sind ihm die 22jährige Fabrikarbeiterin Jacqueline O. und die 20jährige Telefonistin Monika S. zum Opfer gefallen. Grausam ermordet und als Lustobjekt mißbraucht, wurden sie in der Nähe des Schloßparks aufgefunden.

Hat der Mörder nun seinen Weg in die Stadt angetreten? Zieht er die Spur des Verbrechens durch ganz Berlin? »Ich traue mich kaum noch auf die Straße«, so eine Passantin in Tiergarten. »Hinter jedem Baum könnte er stehen. Wie soll man sich da noch sicher fühlen?« Wie sie fühlt ein

> Großteil der Frauen in Berlin. Sie alle blicken gespannt auf die Ermittlungen der Polizei. Wird sie ihn dieses Mal zu fassen bekommen?

Michael lief im Schrittempo an der Sekretärin vorbei, die ihn über den Brillenrand hinweg streng betrachtete. »Sie sind schon seit einer halben Stunde in der Besprechung«, rief sie ihm nach.

Doch er winkte nur ab und nahm die letzten Stufen in die fünfte Etage.

Das Besprechungszimmer befand sich unter dem Dach des wuchtigen Polizeigebäudes. Eingezwängt zwischen Schrägen und Holzbalken fand die zwanzigköpfige Sonderkommission gerade genug Platz. Im Winter hatte die Heizung allerdings kaum eine Chance gegen die Kälte, und im Sommer staute sich die Hitze bereits am frühen Morgen.

Die Hand auf der Türklinke atmete Michael noch einmal durch. Dann trat er ein. Die meisten Kollegen hatte er seit einem halben Jahr nicht mehr gesehen, und er würde all jene bestätigen, die ihn schon immer für unpünktlich gehalten hatten. Aus dem Besprechungsraum schlugen ihm sofort begeisterte Pfiffe und Applaus entgegen.

»Einunddreißig Minuten«, rief eine Kollegin lachend in dem Durcheinander. »Das ist ein neuer Rekord!«

Michael spürte, wie sein Gesicht rot anlief. Er sah zu Boden und suchte aus den Augenwinkeln einen freien Platz. Gerne hätte er sich so gesetzt, daß eine Säule zwischen ihm und Wolfgang Herzberger gestanden hätte. Doch der letzte freie Stuhl stand ihm direkt gegenüber. Sein Chef sah ihn an und schüttelte den Kopf. Dann schlug er mit der Hand zweimal auf den Tisch.

»Ruhe bitte!« rief er. »Wir sind hier nicht im Ferienlager.«

Doch die Aufregung legte sich nur langsam. Michael nahm die Gelegenheit wahr und sah sich um. Die Kommission bestand aus denselben Mitgliedern wie nach dem ersten Mord in Pankow, alles bekannte Gesichter. Die Stimmung war offenbar ausgelassen, trotz des Leichenfundes an der Jannowitzbrücke, dem Grund ihrer Zusammenkunft. Michael entnahm den Satzfetzen, daß die Kollegen sich einiges zu berichten hatten. Hauptsächlich ging es um neue Autos, neue Dienstgrade und neue Frisuren.

Er lehnte sich zurück und genoß das Durcheinander. So mußte sich ein Familientreffen anfühlen, dachte er. Warm, freundlich und chaotisch. Doch das waren Träume. Selbst wenn seine eigenen Eltern noch am Leben wären, selbst wenn es auch für ihn solche Treffen gäbe, sie würden sich niemals so anfühlen. Im Gegenteil. Aber vielleicht waren ohnehin die Familien die besten, die einem im Leben einfach so passierten.

Wolfgang Herzberger stand hinter seinem Pult und schüttelte den Kopf. Doch Michael wußte, daß auch er es insgeheim genoß, daß sie alle wieder da waren, seine ganze große Familie.

Neben ihm, am Kopf des Tisches, saß Gerhard Pohl, der operative Fallanalytiker vom LKA. Er gehörte nicht zum Team und beteiligte sich auch nicht an der Unterhaltung. Geduldig strich er sich durch seinen Kinnbart und wartete. Sein Arbeitsplatz war erst vor kurzem eingerichtet worden. Die gesamte Kommission war gespannt gewesen auf die neuen Profiler des Berliner LKA. Als jedoch zwei graue Mittvierziger mit Brille und Kinnbart auftauchten, war die allgemeine Enttäuschung kaum zu übersehen. »Mir war ja klar, daß hier nicht Jodie Foster auftaucht«, hatte ihm ein Kollege am Kaffeeautomaten zugeflüstert. »Aber trotzdem.« Die neuen Kollegen überraschten daraufhin das Team zwar mit ungewöhnlichen Ermittlungsmethoden, doch den Würger hatten auch sie bislang nicht zur Strecke bringen können.

Wolfgang Herzberger schlug ein weiteres Mal mit der Hand auf den Tisch, dann wurde es ruhig.

»Bitte, Dr. Freythal«, sagte er. »Fahren wir fort.«

Erst jetzt sah Michael die Rechtsmedizinerin, die in der Nacht zum Samstag am Leichenfundort gewesen war. Sie begann zu referieren, und augenblicklich herrschte gespannte Ruhe im Besprechungsraum.

»Die dem Opfer zugefügten Verletzungen sind ausschließlich vitalen Ursprungs«, sagte sie gerade. »Der Dynamik nach offensichtlich Kampfspuren.«

»Und die genaue Todesursache?« fragte eine Kollegin.

»Tod durch Einwirkung auf die Atemwege. Sie ist erwürgt worden. Wir haben stark ausgeprägte Erstickungserscheinungen und Stauungszeichen im Kopfbereich. Darüber hinaus kam es zu einer Fraktur des Kehlkopfskelettes und des Zungenbeins.«

Michael lehnte sich zu seinem Nachbarn, einem jungen Kriminalmeister, der bis zur Verkleinerung des Teams im Januar zum engen Kreis gehört hatte.

»Was macht denn die Freythal hier?« fragte er leise.

»Die war wohl ohnehin gerade im Haus«, flüsterte er zurück. »Und da ist sie gleich mit in die Sitzung gegangen.«

»Und wieso war die ohnehin im Haus?«

Er zuckte mit den Schultern und konzentrierte sich wieder auf die Ärztin. Michael sah zu Wolfgang hinüber und betrachtete ihn nachdenklich. Zu gern hätte er ihm in die Augen gesehen und fragend auf die Medizinerin gedeutet. Doch Wolfgang beachtete ihn nicht, er starrte mit ausdruckslosem Gesicht auf die Tischplatte.

Hinter Dr. Freythal waren die Tagesordnungspunkte auf ein Whiteboard geschrieben. Sie waren recht unleserlich, doch er fand schnell heraus, daß sie beim vierten Punkt angelangt waren: Bericht der Rechtsmedizin. Bislang war in der Sitzung offensichtlich nur die Wiederholung der Pankower Morde abgehandelt worden. Er hatte nicht allzuviel verpaßt.

Die beiden Taten in Pankow ähnelten einander bis ins kleinste Detail. Der sogenannte Modus operandi, die Art und Weise der Vorbereitung und Durchführung der Morde, war absolut gleich. Bei beiden Frauen hatte der Täter ihre Arbeits- und Freizeitwege gekannt, er war beiden in der Nähe öffentlicher Grünanlagen aufgelauert, hatte sie überfallartig angegriffen und sie mit einem Stück Wäscheleine, das er am Tatort hinterließ, erdrosselt. Nach ihrem Tod hatte er ihnen den Slip heruntergerissen und masturbiert, so daß sich auf Bauch und Beinen der Opfer Spermaspuren befanden.

Michael entdeckte hinter dem dritten Punkt auf der Tagesordnung seinen Namen: Stand der laufenden Ermittlungen. Offenbar war Wolfgang wieder einmal für ihn eingesprungen.

Dr. Freythal hatte ihren Vortrag beendet, alle Fragen beantwortet und setzte sich wieder neben Wolfgang. Der wartete kurz, ehe er sich vorbeugte und in die Runde sah.

»Also gut«, sagte er. »Punkt Fallbeurteilung.«

Er stand auf und stellte sich vor ein Flipchart.

»Eines vorab«, fügte er hinzu. »Unser größtes Problem ist wieder einmal, daß es auch an der Jannowitzbrücke keine Zeugen zu geben scheint. Als erstes werden wir vier Teams zusammenstellen, die sich durch die benachbarten Plattenbauten arbeiten werden. Vielleicht hat ja doch jemand am Fenster gestanden. Drei Teams für die Hinweise aus der Bevölkerung. Die Hotline wird in einer Stunde geschaltet. Möglicherweise ist etwas Brauchbares dabei. Zu befürchten ist allerdings, daß der Täter auch dieses Mal sorgfältig genug vorgegangen ist, um Zeugen zu vermeiden. Wenn unsere Spuren jedoch keine weiteren Hinweise ergeben, dann stochern wir wieder im Nichts.«

Er seufzte und nahm einen Filzschreiber in die Hand.

»Deshalb will ich gleich mit dem auffälligsten Punkt beginnen«, sagte er. »Denn dieses Mal ist etwas anders gelaufen. Der Modus operandi hat sich geändert. Die Planung und Vorbereitung der Tat scheinen, wie immer, sorgfältig durchdacht. Aber dann ändert sich etwas. Der Mord verläuft anders, und es gibt offenbar keinen Hinweis auf ein Sexualdelikt.«

Wolfgang sah zu Gerhard Pohl, dem Fallanalytiker, hinüber und nickte ihm zu.

»Erklärungsmöglichkeiten gibt es mehr als genug«, sagte Pohl.

»Auch welche, die uns weiterbringen?« erkundigte sich Wolfgang.

Der Fallanalytiker zuckte mit den Schultern. »Das Opfer kann sich so stark gewehrt haben, daß es den sexuellen Phantasien des Täters nicht mehr entsprach«, sagte er. »Somit konnte er sich an der Situation nicht mehr erregen. Oder aber der Widerstand war für ihn so erregend, daß er vorzeitig einen Höhepunkt bekam und das Ejakulat in die Hose ging.«

Niemand sagte etwas, einige grinsten. »Des weiteren ist es möglich«, fuhr er fort, »daß er während der Tat gestört wurde und deshalb von seinem Muster abweichen mußte.«

»Doch das alles bringt uns ohne Zeugen auch nicht weiter«, brummte Wolfgang Herzberger.

Dr. Freythal beugte sich zwischen die beiden Männer. »Das Opfer war kräftig und in guter Kondition«, sagte sie. »Es war wesentlich stärker als die Opfer in Pankow. Das könnte erklären, wie es zu solch einer Wendung kam.«

»Aber genau das ist das Ungewöhnliche«, sagte der Fallanalytiker. »Dieser Umstand wirft mehr Fragen auf, als er Antworten gibt.«

Dr. Freythal sah ihn überrascht an.

»Die Änderung der Arbeitsweise ist an sich nichts Ungewöhnliches«, erklärte er. »Der Modus operandi kann sich sogar weiterentwickeln, der Täter kann aus seinen Taten lernen und zur Optimierung seiner Bedürfnisbefriedigung die Vorgehensweise ändern. Aber viel erstaunlicher ist hier die Wahl seines Opfers.«

»Inwiefern?«

»Noch mehr als seine Vorgehensweise ähnelten sich seine Opfer. Die beiden jungen Frauen aus Pankow waren klein, unauffällig, alleinlebend. Sie waren unsicher im Umgang mit anderen Menschen, hatten wenig soziale Kontakte und führten ein sehr zurückgezogenes Leben, trotz ihres jugendlichen Alters. Bettina Nowack war jedoch kräftig und nach dem bisherigen Stand der Ermittlung beliebt und lebensfroh.

Was kann ihn also bewogen haben, sich dieses Opfer zu wählen?«

Wolfgang zögerte einen Moment. »Er könnte sich von seinen Erfolgen ermuntert gesehen haben, ein größeres Risiko einzugehen.«

Der Fallanalytiker schüttelte den Kopf. »Ich habe ein anderes Bild vor Augen. Das Opfer hätte eine andere Ausstrahlung haben müssen. Verzeihen Sie mir, wenn es etwas pathetisch klingt. Aber ich glaube, er muß den Frauen ihre Einsamkeit ansehen können.«

»Und was bedeutet das?«

»Es ist nur eine Vermutung«, sagte Gerhard Pohl. »Bei dem Mord könnte es sich dieses Mal um eine Beziehungstat gehandelt haben.«

»Das Opfer könnte aus dem direkten Umfeld des Täters stammen?«

»Es wäre möglich. Der Täter hat durch seine Taten die Schwelle überschritten. Er hat das Morden gelernt. Jetzt könnte er es auch zur Lösung von Konflikten in seinem Umfeld einsetzen.«

»Es ist zumindest eine Möglichkeit«, sagte Wolfgang und blickte träge in die Runde. »Und es würde bedeuten, daß wir das erste Mal eine Spur hätten, die wir verfolgen können. Familie, Freunde und ihren Arbeitsplatz im Burger Point.« Er setzte den Stift an und notierte die einzelnen Punkte auf dem Flipchart.

»Also beschäftigen wir uns mit dem Schwerpunkt Beziehungstat«, sagte er, legte den Stift beiseite und wühlte in den Akten, die auf dem Tisch lagen. »Die Kollegen der Achten Mordkommission haben die Ermittlungen begonnen. Am Anfang stand noch nicht fest, daß es sich um unseren Täter handelt.«

Er zog ein Papier aus den Unterlagen hervor. »Nach dem Bericht war das Opfer überaus beliebt. Keine Feinde, keine Verflossenen, keine gekränkten Verehrer. Zunächst wurden die Mutter und der Bruder des Opfers befragt. Allerdings hatte die Mutter während der Befragung einen Zusammenbruch und mußte ins Krankenhaus gebracht werden. Die recht dürftigen Aussagen der Familie sind nur vorläufig. Die Mutter, Irmgard Nowack, und der Bruder Olaf werden heute nachmittag noch zur Vernehmung hier ins Haus kommen. Dann wurden noch die Kolleginnen und Kollegen aus dem Burger Point befragt. Sie war sehr beliebt, nicht nur im Team, auch bei den Gästen.«

»Hatte sie einen Freund?« fragte jemand aus der hinteren Reihe.

»Der fährt gerade mit dem Motorrad durch die USA«, sagte Wolfgang. »Falls er zwischenzeitlich nicht überfallen und ausgeraubt wurde. Man hat seit einer Woche nichts mehr von ihm gehört.«

»Auffällige Stammgäste?« fragte der Kollege weiter.

»Der Burger Point liegt direkt am Alexanderplatz«, sagte Wolfgang tonlos. »Die Mädchen an den Kassen sehen dort an jedem einzelnen Tag mehr auffällige Menschen als wir in unserem gesamten Berufsleben.« Er sah von den Unterlagen auf. »Dennoch werden wir dem nachgehen. Ein Team soll sich dort umsehen. Lest noch mal den Bericht, vielleicht seht ihr euch auch einzelne Mitarbeiter genauer an.«

Er zögerte. »Zudem schlage ich vor, unter den männlichen Mitarbeitern einen freiwilligen Speicheltest durchzuführen.«

»Ist das nicht ein bißchen früh?« meinte Michael. Es war sein erster Beitrag in der Sitzung, seine Stimme war belegt, und er mußte sich mehrmals räuspern. Wolfgang antwortete ihm mit einem langen Blick und fuhr nach einiger Zeit fort: »Findet euch bitte in den aufgelisteten Teams zusammen. Wir machen eine kurze Pause von fünfzehn Minuten, dann macht ihr euch auf den Weg. Michael, du bleibst hier in der Keithstraße. In einer Stunde müßten Irmgard und Olaf Nowack eintreffen.«

Er hatte den letzten Satz noch nicht beendet, da schwoll die Geräuschkulisse schlagartig an. Die Mitglieder der Kommission scharrten mit den Stühlen, steckten die Köpfe zusammen und begannen zu reden. Hie und da wurde das Durcheinander von einem Kichern begleitet, und nur sehr zögerlich löste sich die Gruppe auf, um mit der Arbeit zu beginnen.

Marga Rintow blickte ratlos auf den Telefonhörer in ihrer Hand, dann legte sie ihn langsam auf die Gabel. Die Restaurantleiterin der Burger-Point-Filiale am Alexanderplatz atmete tief durch. Die Polizei würde also noch mal kommen, dachte sie.

Nachdenklich blickte sie durch die Glasscheibe, die ihr Büro vom Restaurantbereich trennte. Die Mitarbeiter der Küche liefen geschäftig umher, mit routinierten Handgriffen wendeten sie die Hackfleisch-Patties auf der Bratfläche, legten geröstete Brötchen bereit und garnierten sie. Schließlich ließen sie alles in Pappschachteln verschwinden und reichten die fertigen Burger in den Verkaufsbereich.

Marga Rintow hatte den Beamten ihre volle Kooperation zugesichert. Was wäre ihr auch anderes übriggeblieben? Zumindest ein Zugeständnis hatte sie ihnen abringen können. Sie würden die Speichelproben nicht im LKA, sondern hier im Restaurant entnehmen. Der Pausenraum sollte für ihre Arbeit umgeräumt werden. Während des Schichtwechsels waren die meisten männlichen Mitarbeiter im Haus, den restlichen würde sie Bescheid geben. Das hatte sie der Polizei versprochen.

Einen Moment lang sah sie noch durch das Fenster in den Restaurantbereich, dann wandte sie sich ab. Du bist selbst schuld, sagte sie sich. Wie hatte sie sich nur überreden lassen können, einen Illegalen zu beschäftigen? Serkan hatte weder eine Aufenthalts- noch eine Arbeitserlaubnis in Deutschland. Und nun war die Polizei im Haus. Wie sollte sie ihn da heraushalten?

Marga Rintow zögerte nur kurz. Sie faßte einen Entschluß. Schnell sah sie im Dienstplan nach. Serkan würde nicht im Haus sein, wenn die Polizeibeamten kämen. In dem Durcheinander, das sie zweifelsfrei erzeugen würden, fiele es niemandem auf, wenn er nicht käme. Und in den Büchern tauchte er ohnehin nicht auf.

Ein Schauer lief ihr über den Rücken. Doch ihr blieb keine andere Wahl. Die Polizei würde nichts von Serkans Existenz erfahren.

Der Tag war vorbei, noch ehe er begonnen hatte. Wieder einmal hatte sie viel zu lange geschlafen. Ute Schaum fühlte sich noch immer wie betäubt. Ihre Augen waren verquollen, ihr Kopf wog schwer.

Von den wenigen Stunden, die ihr vom Tag blieben, bevor sie zur Schicht in den Burger Point mußte, hatte sie nicht viel gehabt. Ihre Schicht würde in einer halben Stunde beginnen.

Für einen Moment gönnte sie sich den Luxus, einfach am Fenster zu stehen und hinauszustarren. Vom Schlafzimmer aus hatte sie einen freien Blick über das Ödland, das sich bis zur Heinrich-Heine-Straße erstreckte. An die Mauer, die mitten auf der Straße vor dem Haus gestanden hatte, konnte sie sich nicht erinnern. Sie war erst vor zwei Jahren in die Wohnung gegenüber vom ehemaligen Todesstreifen gezogen. Inzwischen standen kantige Neubauten am Rande der Brachfläche. Doch Menschen sah sie dennoch nie auf diesem Straßenabschnitt. Es war still und ausgestorben, als wäre die Zeit stehengeblieben.

Ihr Atem beschlug die Scheibe. Sie konnte noch immer nicht fassen, was in der vorletzten Nacht passiert war. Sie hatte Bettina, die selten eine Spätschicht hatte, kaum gekannt. Doch an diesem Abend war Bettina für einen Freund eingesprungen, und so hatte sie mit ihr zusammengearbeitet. Sie war so lustig gewesen an dem Abend, dachte Ute. So gut gelaunt. An der Kasse hatte Bettina mit wildfremden Leuten geplaudert. Auf dem Weg zur Pommesstation hatte sie ihr in den Po gekniffen, so daß Ute beim Bedienen durcheinandergekommen war. Und schließlich hatten sie zusammen im Pausenraum gesessen und Skat gespielt, auch wenn Ute von den Regeln kaum etwas verstand.

Sie schreckte aus ihren Gedanken und sah auf die Uhr. Es war spät, sie mußte sich beeilen.

Mit ihrem rostigen Damenrad fuhr sie durch die Brückenstraße. Die hohen Schornsteine des Gaswerkes bliesen graue Dunstwolken in den Abendhimmel. Eine Zeitlang wölbten sie sich über dem Werksgelände, ehe der Märzwind sie davontrug. Die Luft war kalt und roch nach Erde. Sie glaubte den nahen Frühling riechen zu können.

Ute stieg von ihrem Rad und atmete tief durch. Vor ihr lagen die S-Bahnbögen der Jannowitzbrücke, dahinter einzelne Verwaltungsgebäude und weiter entfernt die mächtigen Plattenbauten, die in den Himmel ragten. Sie betrachtete die Häuser, die Menschen und den Verkehr. Normalerweise genoß sie diese Momente. Es waren die letzten Minuten, die sie vor der Schicht für sich allein hatte.

Doch dieses Mal fühlte sie nichts. Sie konnte nur an Bettina denken und daran, daß sie den nahenden Frühling nicht mehr riechen konnte. Daß für sie jetzt alles vorbei sein sollte.

Nach einer Weile stieg sie wieder auf ihr Rad und fuhr weiter. Den Alexanderplatz konnte sie bereits von weitem sehen. Sie versuchte, nicht über die Parkplätze zu blicken, die neben ihr lagen, sondern konzentrierte sich ganz auf die helle Leuchtreklame, die die gleiche Farbe hatte wie die Uniform, die sie unter ihrem Mantel trug. Nur noch ein paar Minuten, dachte sie, dann würde sie hinter Kasse 7 stehen, ein Lächeln aufsetzen und alles andere vergessen. Bis zum Feierabend.

3

Michael Schöne saß aufrecht da und strich sorgfältig über die Unterlagen, die vor ihm auf dem Vernehmungstisch lagen. Du mußt dich auf deine Fragen konzentrieren, ermahnte er sich.

Doch das erwies sich als schwierig. Olaf Nowack brachte ihn vollends durcheinander. Die aufgewühlten Gefühle des jungen Mannes ergriffen ihn. Er spürte deutlich die verzweifelte Wut, den Haß und die Angst – Gefühle, die ihm wohlbekannt waren und sonderbare Erinnerungen in ihm wachriefen.

Er atmete durch, doch die Bilder aus seiner Vergangenheit ließen sich nicht verdrängen. Die enge Küche mit dem Schimmel an den Wänden, die angebrannte Scheibe Toast auf dem schmutzigen Küchenfußboden, und dann die Schreie seiner Mutter, das Blut, das überall war. Michael mußte all seine Kraft aufwenden, um die Bilder beiseite zu schieben.

»Wir versuchen Ihnen zu helfen«, sagte er zu Olaf Nowack. Der Klang seiner eigenen Stimme gab ihm Kraft, und die Bilder verschwanden endlich. »Bitte vergessen Sie das nicht. Wir versuchen den Mörder Ihrer Schwester zu fassen.«

Olaf Nowack schnaubte verächtlich und verschränkte die Arme.

Doch Michael hatte seine Sicherheit zurückgewonnen, und damit war Olaf Nowack nur noch ein Zeuge, der in einem Mordfall vernommen werden mußte. Er sah sich den jungen Mann näher an. Niemals hätte er das Alter des Zweiundzwanzigjährigen einschätzen können. Das breite und von Sommersprossen übersäte Gesicht hätte auch einem Sechsjährigen gehören können. Doch seine Körpergröße von fast einem Meter neunzig, die breiten Schultern und der aggressive Blick machten diesen Eindruck zunichte.

Michael überflog die Notizen, die er sich vor der Vernehmung gemacht hatte. Er zog einen Computerausdruck vor und legte ihn auf den Tisch.

»Könnten Sie sich diese Namensliste einmal ansehen?« fragte er.

»Was für Namen?«

»Das sind die Namen der Personen, die wir bislang aus dem Umfeld Ihrer Schwester befragt haben.«

Er ließ Olaf Nowack einen Moment Zeit, damit er die Liste lesen konnte.

»Hauptsächlich sind es Kolleginnen und Kollegen aus dem Burger Point«, sagte er. »Dazu kommen noch ein paar Freundinnen und die Familie.«

Der rothaarige Mann gab ihm die Liste zurück. »Und?«

»Gibt es weitere Personen, mit denen Ihre Schwester befreundet war? Fehlen irgendwelche Namen?«

Olaf zuckte mit den Schultern. »Keine Ahnung.«

»Irgendwelche Bekannten Ihrer Schwester?«

Der junge Mann schüttelte den Kopf und starrte auf die Tischplatte.

»Ihre Schwester befand sich bei dem Überfall auf der Alexanderstraße kurz vor der Jannowitzbrücke«, sagte Michael. »Das wirft eine Frage auf. Wäre sie auf dem Weg nach Hause gewesen, dann hätte sie in die Grunerstraße und nicht in die Alexanderstraße einbiegen müssen.«

Olaf sah ihn ausdruckslos an, dann nickte er leicht.

»Können Sie sich vorstellen, wohin sie unterwegs war?«

Olaf schüttelte wie unbeteiligt den Kopf und zuckte mit den Schultern.

»Niemand von ihren Freunden wohnt in dieser Gegend«, sagte Michael. »Wollte sie vielleicht in eine Diskothek nach Kreuzberg?«

»Was weiß ich«, sagte der junge Mann mit aggressivem Unterton.

»Hat sie Ihnen gegenüber jemals eine Disko oder etwas ähnliches erwähnt, zu der sie diesen Weg hätte nehmen müssen?«

Olaf sah ihn an. In seinen Augen sah Michael nichts als

Ablehnung. Er kannte diese Aggression gegenüber der Polizei, das war eine Reaktion vieler Menschen unter Schock. Doch letztlich hatte nie jemand gegen sie gearbeitet, der nichts zu verbergen suchte. Michael wollte herausfinden, ob Olaf Nowack mehr wußte, und versuchte eine Falle zu stellen.

»Niemand kann uns sagen, warum Ihre Schwester nachts um kurz nach zwölf in die Alexanderstraße eingebogen ist«, sagte er. »Aber es muß einen Grund dafür gegeben haben.«

»Sie hatte wohl ihre Geheimnisse«, sagte Olaf knapp.

»Doch irgend jemandem muß sie davon erzählt haben«, sagte Michael. »Ich frage mich nur, wer es gewesen sein könnte.«

»Und wenn es ganz einfach niemand wußte?« fragte er. »Vielleicht hat sie es für sich behalten.«

Michael ließ eine Sekunde verstreichen. »Ihr Mörder hat es gewußt«, sagte er. »Wir gehen davon aus, daß er ihr aufgelauert hat.«

Der junge Mann blickte betroffen, und sein Gesicht wurde fahl. Michael hatte ins Schwarze getroffen. Olaf Nowack wußte tatsächlich nichts über Bettinas Pläne. Und genau das war sein Problem.

»Bettina hätte es Ihnen sagen müssen, nicht wahr?«

Der junge Mann schwieg. Seine Schultern hingen herab. Michael wußte, daß es sinnlos war, weiterzufragen. Er sah seine Vermutung bestätigt.

»Es ist nicht Ihre Schuld«, sagte er. »Selbst wenn sie es Ihnen gesagt hätte, sie wäre trotzdem allein gewesen und überfallen worden.«

Doch Olaf blieb regungslos sitzen.

»Es ist nicht Ihre Schuld«, wiederholte Michael.

»Können wir eine Pause machen?« fragte Olaf gequält.

Michael seufzte.

»Also gut«, sagte er schließlich und schaltete das Tonbandgerät aus. »Machen wir eine Pause.«

Der Kaffeeautomat stand an der Wand zum Beobachtungszimmer zwischen den Vernehmungsräumen. Michael sah der Maschine dabei zu, wie sie einen Becher ausspuckte und stöhnend eine schwarze Brühe hineinlaufen ließ.

Er fühlte sich wie erschlagen, und er wußte nur zu genau, warum. Er war überwältigt von den Bildern, die während der Vernehmung aufgetaucht waren. Von seinen alten Geistern, die ihn doch so lange in Frieden gelassen hatten.

Er war zwölf Jahre alt gewesen, als das alles passiert war. Es war nun über zwanzig Jahre her. Diese alten Geschichten, sie hatten doch kaum noch mit seinem Leben zu tun. Entschlossen nahm er den Becher Kaffee aus dem Automaten und drehte sich um.

Durch die Rückseite des venezianischen Spiegels konnte er den anderen Vernehmungsraum einsehen. Er trat näher heran. Irmgard Nowack saß am Ende des Tisches und starrte Wolfgang an, der ihr behutsam seine Fragen stellte. Die Frau war blaß und müde, und sie schien dem Geschehen kaum folgen zu können.

»Frau Nowack«, sagte Wolfgang freundlich. »Ich muß Ihnen nur noch eine Frage stellen. Danach können Sie mit Ihrem Sohn wieder nach Hause gehen. Sind Sie einverstanden?«

Sie nickte leicht. Wolfgang sah wieder in die Akten der Rechtsmedizin, als wolle er noch mal sichergehen, daß er richtig gelesen zu hatte.

»Wußten Sie von der Schwangerschaft Ihrer Tochter?« fragte er dann.

Irmgard Nowack erstarrte. Dann schüttelte sie kaum merklich den Kopf.

»Sie hat vor weniger als zwei Wochen einen Eingriff gehabt.«

»Eingriff?« stieß die Frau hervor.

»Frau Nowack, Ihre Tochter hat einen Schwangerschaftsabbruch vornehmen lassen.«

Ihr Gesicht war nur noch eine bleiche Hülle. Eine leblose Wachsfigur, dachte Michael.

»Sie war bei einer Freundin«, sagte sie irgendwann und

hob mühsam den Kopf. »Für ein paar Tage wollte sie zu ihr. Das hat sie zumindest gesagt.«

»Wie war der Name dieser Freundin?«

Eine einzelne Träne lief über ihr bleiches Gesicht. »Warum hat sie denn nichts gesagt?« flüsterte sie, als könne der Beamte ihr eine Antwort darauf geben.

Wolfgang ließ den Stift aus der Hand gleiten und strich mit seiner Hand langsam über das Notizblatt. Michael kannte seinen Chef gut genug, um zu wissen, was diese unscheinbare Geste bedeutete. Er trat von dem venezianischen Spiegel zurück, warf den halbleeren Becher in den Papierkorb und verließ das Beobachtungszimmer. Gleich würde er Olaf Nowack bitten, ihm noch die letzten Fragen zu beantworten.

Nachdem sie sich gesetzt hatten, schaltete Michael das Tonbandgerät wieder ein. Olaf Nowack wirkte erschöpft. Michael hoffte, daß er nun kooperativer sein würde.

»Herr Nowack, Sie haben eine weitere Schwester«, sagte er. »Barbara. Laut Protokoll war sie gestern im rechtsmedizinischen Institut, um Bettina vor der Obduktion zu identifizieren.«

Olaf nickte leicht, seine Aggressivität war verschwunden. »Das stimmt«, sagte er. »Ich konnte schließlich nicht aus dem Krankenhaus weg.«

Michael sah überrascht auf. »Sie denken, es wäre Ihre Aufgabe gewesen, Bettina zu identifizieren?«

»Es wäre Mutters Aufgabe gewesen«, sagte er. »Doch sie lag noch im Krankenhaus. Ich hätte an ihrer Stelle gehen müssen.«

Er vergrub den Kopf in seinen großen Händen, atmete tief durch und sah wieder auf. »Doch Mutter ging es so schlecht. Ich wollte nicht aus dem Krankenhaus weg. Eine Polizeibeamtin war da und sagte, es wäre nur eine Formsache. Das könne auch Barbara machen. Und jetzt durfte ausgerechnet Barbara sie als letzte sehen.« Olaf Nowack sah Michael fast verzweifelt an. »Es ging so schnell, wir hatten ja noch nicht einmal begriffen, was passiert war.«

Michael wartete ein paar Sekunden, bevor er seine nächste Frage stellte: »Ihre Schwestern haben sich nicht besonders gut verstanden?«

Olaf zuckte mit den Schultern. »Barbara ist so anders«, sagte er. »Sie hält nicht besonders viel von uns. Und wir mögen sie auch nicht. Es hat nie richtig geklappt zwischen uns. Im Grunde gehört sie gar nicht zur Familie.«

»Sie denken, Sie wären es Bettina schuldig gewesen, anstelle Ihrer Schwester zu gehen?«

»Ich weiß es nicht«, sagte er müde. »Ich denke, es ist, wie es ist. Nur für Mutter wäre es schön gewesen, wenn es anders gelaufen wäre.«

»Könnte Barbara uns vielleicht weiterhelfen, was das Umfeld Ihrer Schwester Bettina angeht?«

»Ich glaube nicht«, sagte er. »Sie hatten seit Jahren so gut wie keinen Kontakt mehr. Aber versuchen Sie es. Sie wird Ihnen nur keine schönen Dinge über uns erzählen.«

Der Streifenwagen stand in einer geräumigen Parkbucht am Rande des Straußberger Platzes. Der Verkehr floß ruhig um das Rondell mit den Springbrunnen. Das Grün des Rasens begann eine frischere Farbe anzunehmen, und erste Krokusse streckten sich dem Licht entgegen.

Anna Proschinski hatte die Scheibe ein wenig heruntergekurbelt. Die Wolken waren plötzlich aufgebrochen und hatten die Märzsonne freigegeben. Sie schloß die Augen und ließ sich das Gesicht von den Strahlen wärmen.

Sie hatte mit einem Kollegen ihre Nachtschicht gegen seine Tagschicht eingetauscht, weil er etwas Wichtiges erledigen mußte. Jetzt fühlte sie sich schwach und müde, wie immer steckte ihr der Schichtwechsel in den Knochen. Jürgen, ihr Kollege, war kurz über die Straße gelaufen, um zwei Becher Kaffee zu holen, als sich die Einsatzleitung über Funk meldete.

»Was macht ihr gerade, seid ihr frei?«

»Ja, was steht denn an?«

»Anna, du bist doch geschult worden für die Entnahme von Speichelproben, nicht wahr?«

»Geschult ist ein bißchen hoch gegriffen«, sagte sie. »Ich war mal dabei, und eine Ärztin hat mir gezeigt, was ich machen muß.«

»Hervorragend«, sagte er. »Wir haben einen Einsatz, und es fehlt noch an Helfern.«

»Aber das kann wirklich jeder machen«, protestierte sie. »Dafür braucht man keine Schulung.«

»Laß dich von Jürgen absetzen, er soll danach ins Revier kommen und seine Berichte aufarbeiten.«

Sie verfluchte ihn innerlich, beließ es dann aber dabei. »Wo muß ich hin?«

»Alexanderplatz. Du findest die Kollegen im Burger Point neben dem Park Hotel.«

Zwei Stunden später hatte die Speichelentnahme noch immer nicht begonnen. Lediglich die Vorbereitungen dafür waren getroffen. Anna streckte sich gähnend und schlenderte in den vorderen Teil des Schnellrestaurants. Sie hätte längst Feierabend haben müssen, dachte sie leicht verärgert. Der Dienststellenleiter hatte ihr verschwiegen, daß sie auch für die Vorbereitung der Räume und die Koordination der Entnahme vorgesehen war.

Sie hängte die Uniformjacke über einen Stuhl und setzte sich an einen Tisch mit Fensterblick. Gleich war Schichtwechsel, und dann würde sie die Sache schnell durchziehen. Im Schnellrestaurant war zu dieser Zeit kaum noch ein Gast. Nach einem betriebsamen Nachmittag war Ruhe eingekehrt. Einige Kassiererinnen lehnten im Durchgang zur Küche und quatschten mit den Küchenhilfen. Eine andere Mitarbeiterin lief umher, räumte stehengelassene Tabletts von den Tischen und sortierte den Müll in die Wertstoffbehälter.

Anna lehnte sich zurück und versuchte, ein wenig zu entspannen.

»Möchten Sie einen Cheeseburger?« fragte eine dünne Stimme.

Sie drehte sich um. Hinter ihr stand eine junge Frau und sah sie schüchtern an. Anna hatte sie vor einigen Minuten in die Filiale eintreten sehen, die erste Mitarbeiterin der Spätschicht, die eingetroffen war. Sie war klein und etwas untersetzt, das billige Polyesterhemd spannte sich über ihren Brüsten. Mit der freien Hand strich sie sich nervös durch die Haare.

»Danke«, sagte Anna. »Aber ich habe mein Geld auf dem Revier liegen lassen.«

»O nein«, wehrte das Mädchen ab. »Sie müssen ihn nicht bezahlen.«

Sie deutete auf die Durchreiche zur Küche.

»Wenn die Burger zehn Minuten in der Kontrolle gelegen haben, dürfen wir sie nicht mehr verkaufen.« Das Mädchen machte plötzlich ein erschrockenes Gesicht. »Sie schmecken aber noch gut«, versicherte sie eilig. »Wir selbst essen sie auch immer.«

Anna lächelte und griff zu. »Dann nehme ich gerne einen. Wie heißt du?« fragte sie nach dem ersten Bissen.

»Ute«, sagte das Mädchen. »Ute Schaum.«

»Na dann, Ute Schaum. Vielen Dank.«

Sie wollte sich bereits wieder zum Fenster drehen, doch die junge Frau blieb vor ihr stehen und sah sie nachdenklich an.

»Sie sind wegen des Mordes hier, nicht wahr?«

Anna nickte.

»Glauben Sie, daß Sie den Mörder dieses Mal zu fassen bekommen?«

»Das weiß ich nicht«, sagte Anna. »Aber ich will es doch hoffen.«

Das Mädchen schwieg, als müsse sie über die Antwort nachdenken. »Ich muß mit dem Fahrrad dort entlangfahren«, sagte sie dann. »Jede Nacht.«

»An den Parkplätzen, wo es passiert ist?«

Sie nickte wieder. »Ich wohne in Kreuzberg.«

Anna betrachtete die junge Frau, die noch immer Distanz hielt, und deutete mit einer einladenden Geste auf den freien Platz neben sich. Ute sah sie überrascht an und setzte sich dann.

»Ich glaube nicht, daß du Angst haben mußt«, sagte Anna. »Der Mörder sucht sich seine Opfer genau aus. Er beobachtet sie eine Zeitlang, dann lauert er ihnen auf. Er mußte gewußt haben, daß Bettina in der Nacht dort entlangfahren würde. Sonst wäre er gar nicht dort gewesen.«

»Sie glauben also, er ist gar nicht mehr hier in der Nähe?«

»Wahrscheinlich nicht«, sagte sie, obwohl sie wußte, daß die Ermittler zu diesem Zeitpunkt von genau dieser Überlegung ausgingen.

»Dennoch wäre es besser, wenn du dir eine U-Bahnkarte kaufen würdest. Erst einmal. Kannst du dir eine Monatskarte leisten?« fragte Anna vorsichtig.

Ute Schaum sah zu ihr auf und lächelte sie an. Dann nickte sie. »Danke«, sagte sie. »Ich muß nun an die Arbeit.«

Anna sah sich überrascht in dem Restaurant um, wo sich außer ihr kein Gast mehr befand. Alle Mitarbeiterinnen standen herum und unterhielten sich. Es gab überhaupt keine Arbeit. Ute hatte offenbar Angst, ihr auf die Nerven zu gehen.

»Wie lange arbeitest du schon hier?« fragte Anna freundlich.

»Seit einem halben Jahr.«

»Und gefällt es dir hier?«

Ute Schaum sah sie erstaunt an. Fast wirkte es so, als wüßte sie nicht, was sie sagen sollte. Anna lächelte ihr aufmunternd zu. Offenbar war die junge Frau es nicht gewohnt, daß sich jemand für sie interessierte.

»O ja«, sagte Ute schließlich. »Ich habe mich daran gewöhnt.«

»Na, das hört sich aber nicht begeistert an.«

»Es ist hier besser als anderswo«, sagte sie. »Und schwer ist es immer nur am Anfang.«

»Bis man sich zwischen den vielen Kassen und Maschinen zurechtfindet?« fragte Anna.

Das Mädchen lachte. »Das ist gar nicht so einfach. Ich hatte ein bißchen Angst vor der Pommesstation. Da kann man sich sehr schnell verbrennen.«

Anna machte ein mitfühlendes Gesicht und lächelte.

»Aber schwieriger ist es, sich an die neue Uniform zu gewöhnen«, sagte Ute. »Am Anfang wache ich immer auf und weiß gar nicht, wer ich bin: Zimmermädchen, Kassiererin, Telefonauskunft, Pförtnerin. Doch dann sehe ich die Uniform über meinem Stuhl liegen«, sagte sie kichernd. »Und das erste, was ich denke, ist: Willkommen bei Burger Point, Ihre Bestellung bitte. Dann weiß ich wieder, wo ich hingehöre.«

Annas Lächeln erstarrte ein wenig. »Hast du denn eine Ausbildung gemacht?« fragte sie.

»Nein. Aber ich habe einen Realschulabschluß.«

»Dann könntest du das noch nachholen.«

Ute sah auf den Boden und zuckte mit den Schultern. »Mir gefällt es so, wie es ist.«

Anna bereute, davon angefangen zu haben.

»Du hast recht«, sagte sie schnell. »Bei der Polizei ist es auch nicht immer schön. Da gibt es Tage, an denen ich am liebsten kündigen würde.«

Ute sah sie mit großen Augen an.

»Wirklich?« fragte sie erstaunt. »Das kann ich mir bei der Polizei gar nicht vorstellen.«

Anna mußte lachen. Doch das Mädchen sah sie beinahe enttäuscht an.

»Aber Sie sorgen doch für Gerechtigkeit!« rief sie. »Ich habe noch nie etwas getan, worauf ich so stolz hätte sein können.«

Anna wollte etwas sagen, doch Ute kam ihr zuvor. »Die Menschen haben Respekt vor Ihnen. Und Sie setzen sich den ganzen Tag dafür ein, daß ihnen kein Unrecht passiert.«

Anna schaffte es nur mühsam, ihre Belustigung zu unterdrücken. »Es ist nicht so, wie du es dir vorstellst.«

Das Mädchen sah sie verständnislos an.

»Die meiste Zeit meiner Arbeit verbringe ich zum Beispiel damit, Verkehrsunfälle aufzunehmen«, sagte Anna. »Das ist einfach langweilig und bedeutet viel Schreibarbeit. Und die Leute sind oft böse auf mich und schimpfen herum, obwohl ich gar nichts für den Unfall kann.«

Die junge Frau kicherte, als habe Anna etwas Ungehöriges gesagt.

»Dann sind in unserem Abschnitt viele Touristen«, fuhr sie fort. »Erst passen sie nicht auf ihre Taschen auf, und dann behandeln sie mich, als ob *ich* sie beklaut hätte. Und wenn ich für Ordnung sorgen soll, dann schreit immer irgendwo jemand Nazi.« Sie schüttelte den Kopf. »Und schließlich der Schichtdienst. Daran werde ich mich nie gewöhnen.«

Ute strahlte sie noch immer an. »Ich stelle es mir ganz wunderbar vor.«

Anna schüttelte lachend den Kopf. Insgeheim fragte sie sich, ob die junge Frau sie auf den Arm nahm. In diesem Moment steckte die Restaurantleiterin den Kopf aus ihrem Büro.

»Ute«, rief sie. »Was machst du denn da?«

»Ich komme! Entschuldigung!«

Ute sprang auf und zwinkerte Anna noch einmal zu. Die Polizistin sah der jungen Frau nach, wie sie hinter der Verkaufstheke verschwand und einen Stapel Tabletts wegräumte. Dann biß sie nachdenklich in den Cheeseburger.

4

Wolfgang Herzberger leerte den Kaffeebecher mit einem tiefen Schluck.

»Und bei dir?« fragte er tonlos.

Michael winkte ab. »Es gab zwar keine Tränen, aber erfahren habe ich auch nichts.«

»Kein Hinweis auf den Vater des Kindes, keine weiteren Freunde?«

»Genau. Und niemand weiß, wohin sie nach ihrer Schicht wollte«, sagte Michael.

Wolfgang stieß geräuschvoll die Luft aus, dann warf er den leeren Pappbecher in einem Bogen in den Mülleimer und verließ das Zimmer.

»Was ist mit der anderen Schwester?« rief Michael ihm nach. »Barbara.«

Er blieb kurz in der Tür stehen. »Sie hat den Vernehmungstermin heute nachmittag abgesagt.«

»Gibt es schon einen neuen Termin?«

»Bislang noch nicht«, meinte Wolfgang. »Aber sie und ihre Schwester hatten ohnehin keinen Kontakt. Ich erhoffe mir da kaum neue Erkenntnisse.«

»Sie wohnt doch am Treptower Park, nicht wahr?«

Sein Chef zuckte mit den Schultern.

»Ich könnte heute abend dort vorbeifahren, es liegt fast auf meinem Weg.«

»Du könntest auch die Kollegen bei der Suche nach Zeugen in den Plattenbauten unterstützen.«

»Komm schon«, sagte Michael. »Früher oder später muß sie ohnehin befragt werden.«

Wolfgang Herzberger nickte kurz. »Ich habe hier ohnehin nichts zu sagen«, murmelte er und ließ die Tür hinter sich ins Schloß fallen.

Es war bereits dunkel, als Michael Schöne den Wagen vor dem Jugendstilhaus in der Richterstraße am Treptower Park abstellte. In der ruhigen Sackgasse stand ein gutes Dutzend liebevoll hergerichteter Mietshäuser aus den zwanziger Jahren. Die gepflegten Vorgärten und die parkenden Autos gaben Aufschluß über die Bewohner. Mit seinem Gehalt hätte sich Michael kaum eine Wohnung in dieser Straße leisten können.

Aber das spielte keine Rolle. Früher wäre er voller Ehrfurcht gewesen angesichts dieser prächtigen Häuser und der gutgekleideten und gebildeten Menschen, die in ihnen lebten. Durch seinen Beruf hatte er jedoch auch diese Welt von innen kennengelernt, und mit der Zeit war der Respekt verschwunden. Hinter diesen Fassaden herrschte oft das gleiche Maß an Haß und Gleichgültigkeit wie in der verdreckten Wohnung, in der er aufgewachsen war.

Barbara Nowack ließ ihn ohne Nachfragen ins Haus. Sie empfing ihn im ersten Stock und sah kühl auf ihn herab. Schon auf den ersten Blick erwies sie sich als das blanke Gegenteil ihrer Mutter. Mit ihren fast einen Meter achtzig stand sie stolz und herausfordernd in der offenen Tür. Ihre schlanke und sportliche Figur betonte sie mit dunkler, enganliegender Kleidung, und ihre entschiedenen Bewegungen zeugten von Selbstbewußtsein. Sie begrüßte ihn knapp und wies ihn mit einer Bewegung ins Innere der Wohnung. Ihre Augen wirkten kühl und verschlossen. Instinktiv fragte Michael sich, was sie dahinter zu verbergen suchte. Doch schließlich war ihre Schwester ermordet worden, und er konnte es gut verstehen, daß sie sich ihm gegenüber distanziert zeigte.

Er ließ sich von ihr ins Wohnzimmer führen. Dabei nutzte er die Gelegenheit, sich in der Wohnung umzusehen. Sie war sehr teuer eingerichtet, auffallend teuer. Doch die Möbel wirkten bei aller Eleganz eher schlicht und ließen keinerlei Wärme oder Behaglichkeit entstehen.

Michael nahm im Wohnzimmer auf einer breiten Ledercouch Platz, Barbara Nowack setzte sich ihm gegenüber auf einen Stuhl.

»Sie haben eine schöne Wohnung«, sagte Michael höflich.

Sie machte eine wegwerfende Handbewegung. »Meine Schwester ist ermordet worden«, sagte sie. Der harte Tonfall ließ ihn fast zusammenzucken. »Von diesem Psychopathen, den alle den Würger von Pankow nennen, obwohl er die meisten seiner Opfer erdrosselt und nicht erwürgt.«

»Wir nennen ihn nicht so«, schob er dazwischen.

»Bettina ist jetzt also das dritte Opfer dieses Monsters geworden, und die Polizei hat zwar seine DNA, aber sonst keine Spur, richtig?«

»So in etwa.«

»Und was wollen Sie dann von mir?« fragte sie kühl.

Michael war so perplex, daß er nicht wußte, was er sagen sollte. Er hatte fest damit gerechnet, hinter ihre Maske blikken zu können, sobald die Sprache auf Bettina käme. Doch Barbara Nowack war offenbar fest entschlossen, ihm diesen Blick nicht zu gestatten.

»Was habe ich damit zu tun?« beharrte sie.

»Die Umstände deuten darauf hin, daß es sich in diesem Fall um eine Beziehungstat handeln könnte.«

»Welche Umstände?«

Michael beschloß, sie nicht zu schonen. »Dieser Mord wirkt nicht wie eine sadistische Gewalttat, bei der sich der Täter am Leid seines Opfers weidet«, sagte er. »Zudem sind erstmals keine sexuellen Handlungen am Opfer vorgenommen worden. Vielmehr wirkt es so, als hätte der Täter sie möglichst schnell und schmerzfrei umbringen wollen.«

»Schmerzfrei!« spuckte sie aus und funkelte ihn böse an. Es schien, als würde sie nun Gefühle zeigen. Aber bevor er darauf eingehen konnte, besann sie sich und stand auf.

»Ich kann Ihnen da nicht helfen«, sagte sie. »Wenn Sie etwas über den Lebenswandel und über die Freunde von Bettina erfahren wollen, dann fragen Sie meine Mutter und meinen Bruder.«

»Wissen Sie denn gar nichts über das Leben Ihrer Schwester?«

Sie zuckte mit den Schultern und sah ihn nüchtern an.

»Ihr Bruder Olaf bedauert, daß Sie Bettina als letzte gesehen haben.«

»Mein Bruder Olaf ist ein Idiot«, sagte sie. »Er fürchtet sich vor mir, weil ich auf der Uni war. Und er gönnt mir meinen Erfolg nicht. Weil er zu einfältig ist, um etwas aus seinem Leben zu machen. Sehen Sie sich mal die Akte an, die bei der Polizei über ihn geführt wird. Vielleicht ist das ja interessant. Graffitisprayen, Mitschüler erpressen, sogar eine Tankstelle wollte er ausrauben. Doch dazu fehlte ihm natürlich der Mumm, und er hat statt dessen seinen Kumpel verpfiffen. Und Mutter deckt das alles, als wäre es völlig normal, daß Jugendliche gewalttätig und kriminell werden.«

Sie ging durch das Zimmer und blieb am Fenster stehen. Michael beobachtete sie aufmerksam und schwieg.

»Meine Familie und ihre sechsundachtzig Quadratmeter in der Platte«, seufzte sie schließlich. »Für jeden ein Zimmer und für alle zusammen die große Küche. Alle drei kommen draußen in der Welt nicht zurecht. Und dann hocken sie zusammen in ihrer Platte, kochen, sehen fern, fallen sich auf die Nerven. Und die Heizung ist selbst im Sommer aufgedreht.«

Sie drehte sich zu ihm. »Niemand von den dreien ist glücklich. Sie alle wissen nicht, wohin mit ihrem Leben. Und sie haben alle schon lange aufgehört, nach einem Weg zu suchen. Die Wohnung verlassen sie nur im Notfall. Draußen gibt es für sie schließlich nur schlechtbezahlte Jobs, das Sozialamt und den Jugendknast. Also hocken sie zu Hause herum und schlagen die Zeit tot.«

Sie brach ab. Es war still in der Wohnung. Michael hatte sie nun gesehen, die andere Seite hinter der Maske. Er versuchte zu lächeln.

»Und dennoch haben Sie sich, nicht wahr?« sagte er.

Sie lächelte nicht zurück, hielt seinem Blick jedoch stand.

»Es ist nicht einfach, innerhalb einer Familie völlig isoliert zu sein«, versuchte er es weiter.

Für einen Augenblick wirkte Barbara Nowack wie zerschlagen. Sie fuhr sich erschöpft mit der Hand durch das

Gesicht. Michael sah sie nachdenklich an. Vielleicht war solch ein Schicksal noch schlimmer, als überhaupt keine Familie zu haben, dachte er. Im Gegensatz zu ihm mußte sie an zwei Fronten kämpfen.

»Sie sehen, ich kann Ihnen nicht weiterhelfen«, sagte sie. »Wenn Sie keine weiteren Fragen haben, dann würde ich Sie jetzt gern verabschieden.«

Michael nickte. Es gab keinen Grund, sie weiter zu quälen. Also bedankte er sich und verließ die Wohnung. Von der Straße aus sah er zu ihren Fenstern hoch. Doch sie hatte das Licht gelöscht.

Er setzte sich in seinen Golf und steckte den Zündschlüssel ins Schloß. In diesem Moment ertönte das Handy in seinem Handschuhfach. Er zog es hervor und sah auf das Display. Es war Elisabeth.

»Wo bist du?« fragte sie.

»Am Treptower Park. Ich wollte gerade nach Hause.«

»Ich bin bei der Premierenfeier im Kino International«, sagte sie hastig. »Die Interviews habe ich bereits im Kasten, und wir könnten uns sehen, wenn du Zeit hast. Holst du mich ab?«

»Was ist mit Werner?« fragte er.

»Was soll schon mit ihm sein! Er ist zu Hause bei den Kindern. Er rechnet so früh nicht mit mir.«

Michael dachte an die Szene in der Kollwitzstraße. Er hatte ihre Zweisamkeit von der Straße aus beobachtet. Elisabeth und Werner Held. Und wieder einmal fühlte er sich wie ein Eindringling. Als wäre er es gewesen, der sich gewaltsam in ihre Ehe gedrängt hätte.

»Na, was ist?« sprach sie in seine Gedanken hinein.

»Ja, klar«, sagte er. »Ich freue mich.«

»Bis gleich.«

Er beendete das Gespräch und starrte auf das Display. Kurz noch leuchtete ihr Name in der Dunkelheit, dann verlosch er langsam. Michael warf das Handy neben sich auf den Sitz und startete den Wagen.

Barbara Nowack atmete erleichtert aus, nachdem der Kommissar die Tür hinter sich zugezogen hatte. Sie lauschte in die Stille der Wohnung.

Schöne hatte nichts gesehen. Das Versteck in ihrem Schlafzimmer war seinen neugierigen Blicken verborgen geblieben. Sie vergewisserte sich, daß es sonst nirgends einen Hinweis auf die Dinge gab, die sie dort zusammengetragen hatte.

Plötzlich fiel ihr ein, daß der Kommissar sie von draußen würde beobachten können. Die Vorhänge waren weit zurückgezogen, und die Fenster führten direkt auf die Straße. Mit einer schnellen Handbewegung schaltete sie das Licht aus.

Sie ging mit großen Schritten zum Fenster und sah hinaus. Der Kommissar stand unten vor seinem Wagen. Er blickte noch einmal hoch, ehe er einstieg. Sie beobachtete, wie er im Wagen telefonierte, dann sein schmutziges Auto startete und davonfuhr.

Sie sah ihm nach, bis er in die Hauptstraße einbog. Dann griff sie nach ihrem Mantel. Sie war lange genug aufgehalten worden.

Erst spät abends machte sich Wolfgang Herzberger auf den Weg nach Hause. Müde ging er die Flure entlang und löschte alle Lampen, die in den verlassenen Büros noch brannten. Er wollte gerade hinunter in den Hof, als er in der fünften Etage noch Licht sah.

Er stieg die Treppen hinauf, bis zu dem Besprechungsraum unterm Dach, und öffnete die Tür. Gerhard Pohl, der Fallanalytiker, stand mit einem Stift vor dem Flipchart, die Stirn in tiefe Falten gelegt. Er hatte die Ärmel seines Hemdes aufgekrempelt und die Krawatte gelockert. Auf dem Pult lag seine Brille.

Als er Wolfgang hereinkommen hörte, drehte er sich zu ihm um.

»Herr Herzberger«, rief er überrascht. »Sie sind noch im Haus?«

Wolfgang winkte ab. »Ich hatte noch ein Gespräch mit der Pressesprecherin.«

Ein Lächeln huschte über Gerhard Pohls Gesicht. »Die hat auch keinen leichten Job zur Zeit.«

»Sie sagt, sie habe große Lust, alles hinzuwerfen und woanders anzufangen. Ganz egal, wo, sagt sie, Hauptsache, sie kann Erfolgsmeldungen an die Presse weitergeben.«

»Ich glaube, bei Scientology ist eine entsprechende Stelle frei«, sagte Pohl.

»Ich werde es ihr ausrichten«, meinte Wolfgang lächelnd. »Und wie kommen Sie voran?«

Der Fallanalytiker seufzte tief und starrte auf das Flipchart. Das Papier war voller für Außenstehende unverständlicher Kürzel, umrahmt von zahllosen Pfeilen und Kreisen.

Wolfgang zog einen Stuhl heran und setzte sich.

»Was denken Sie über unsere Ermittlungsstrategie?« fragte er den Fallanalytiker. »Wir stellen nun vorerst eine Beziehungstat ins Zentrum unserer Überlegungen.«

»Erst einmal nicht falsch«, sagte Pohl schulterzuckend. »Machen Sie Fortschritte?«

»Es gibt einen großen Unbekannten, mit dem Bettina Nowack Sex gehabt haben muß. Vielleicht hatten sie sogar eine Affäre.«

»Und weiter?«

»Das war es schon.«

Der Fallanalytiker lächelte und setzte sich auf das Pult. »Bislang sind wir davon ausgegangen, daß der Täter noch keine sexuellen Erfahrungen mit Frauen sammeln konnte«, sagte er. »Er hat den Opfern postmortal den Schambereich freigelegt und anschließend masturbiert. Wahrscheinlich war das der Reizpunkt, weil er Bauch und Brüste bereits am See gesehen hat. Der Schambereich war neu für ihn.«

»Sie denken, er hätte keine sexuellen Beziehungen zu einer Frau aufnehmen können?«

»Doch, schon«, sagte er. »Aber es würde mich auch nicht wundern, wenn das konfliktreich vonstatten gegangen und dramatisch geendet wäre.«

»Was könnte sonst noch für den unbekannten Liebhaber sprechen?«

»Ich habe mir die Polizeiberichte angesehen«, sagte Pohl. »Der Täter hat das Opfer nach der Tat mit dessen Mantel bedeckt. Dieser Mantel wurde erst durch den Zeugen, der die Tote gefunden hat, beiseite gezogen.«

»Und weiter?«

»Es ist nur eine Theorie. Man spricht vom Undoing, von Wiedergutmachungshandlungen am Opfer nach der Tat. Der Täter zeigt Reue, Schuldgefühle. Es sind die letzten menschlichen Gefühle in seiner sadistischen Seele.«

»Er hat die Konsequenz seiner Tat erkannt und wollte Bettina Nowack nicht unbedeckt zurücklassen.«

»Zumindest wäre das eine Möglichkeit«, sagte Pohl.

Wolfgang überlegte. »Was ist mit der Wehrhaftigkeit des Opfers? Sie sagten, daß er durch ihren enormen Widerstand am Ausleben seiner Phantasien gehindert worden sein könnte und so seine sexuelle und seelische Befriedigung nicht erlangen konnte.«

»Auch das ist eine Möglichkeit. Da stellt sich allerdings die Frage der Opferwahl. Bettina war viel zu lebhaft, um seinen emotionalen Bedürfnissen gerecht zu werden. Das hätte er im Vorfeld wissen müssen.«

»Und wenn er doch einfach nur gestört wurde?«

»Dann müßte es Zeugen geben«, sagte Pohl.

Wolfgang seufzte auf. »Jetzt haben Sie wieder das schlimme Wort benutzt«, sagte er und richtete sich in seinem Stuhl auf. »Wir haben eine ganze Armee von Ermittlungsbeamten in die anliegenden Plattenbauten geschickt. Doch niemand hat etwas gesehen. Mit den öffentlichen Aufrufen in der Presse ist es das gleiche. Es melden sich nur Wahnsinnige, die irgendeinen Unfug erzählen.«

»Als hätten wir nicht ohnehin genug Verrückte, was?«

Wolfgang sah nachdenklich auf die unleserlichen Stichpunkte des Fallanalytikers.

»Und wenn man nicht mehr weiterweiß, dann geht man zum Profiler?« fragte Pohl lächelnd.

»Haben Sie einen Vorschlag?«

»Vielleicht habe ich eine Idee«, sagte Pohl vorsichtig.

»Nur zu! Es kann uns niemand hören.«

»Der Täter hatte zu dem Opfer eine andere Beziehung als zu den vorherigen. So viel ist klar. Vielleicht war sie exklusiver. Die Wiedergutmachungshandlungen könnten darauf hinweisen.«

»Und was machen wir damit?«

»Wir könnten die Presse in eine proaktive Ermittlungsstrategie einbinden«, sagte er. »Wenn wir persönliche Daten des Opfers veröffentlichen, etwas über das Leben des Mädchens erzählen, vielleicht sogar die Leiden und das Grauen seines Todes genau nachzeichnen, dann könnte dies Folgen haben.«

»Der Täter könnte seine Schuldgefühle nicht mehr verdrängen«, meinte Wolfgang.

»Falls er die noch hat«, fügte Pohl hinzu. »Dann jedoch könnte er nervös werden. Er könnte einen Fehler machen.«

Sie sahen sich an. Wolfgang zog die Stirn in Falten.

»Das ist sehr vage«, sagte Pohl. »Aber im Moment ist es alles, was mir einfällt.«

»Ich werde darüber nachdenken.« Wolfgang stand auf. »Ach, übrigens! Glauben Sie, er wird dieses Mal zum Tatort zurückkehren?«

»Haben Sie eine Observationseinheit eingesetzt?«

Wolfgang nickte. »Sie beobachten vierundzwanzig Stunden die Parkplätze an der Alexanderstraße.«

Pohl dachte darüber nach und zuckte mit den Schultern. »Ehrlich gesagt glaube ich nicht, daß er wiederkommen wird. Aber wer will das schon mit Sicherheit sagen können? Bei dieser Tat ist ohnehin so vieles anders.«

Der Fallanalytiker nickte Wolfgang zu, dann drehte er sich wieder zum Flipchart und vertiefte sich in seine Notizen.

Der dunkle Passat des Observationsteams parkte in einer der hinteren Buchten an der Alexanderstraße. Von dort aus hatten Karen Schipp und ihr Kollege Peter Östrich von der Dritten Observationseinheit des LKA einen guten Blick auf den schwachbeleuchteten Tatort, der gut hundert Meter entfernt zwischen ihnen und dem Alexanderplatz lag.

Karen kämpfte seit über einer Stunde gegen ihre Müdigkeit an. Dabei hatte die Nacht gerade erst angefangen. Die Schicht würde noch lange dauern. Sie stellte die Standheizung des Passats niedriger. Die warme Luft machte sie schläfrig.

Sie gehörte der Einheit an, die bereits in Pankow die Tatorte überwacht hatte. Der Täter war damals nicht zurückgekehrt. Und er würde es auch dieses Mal nicht tun, dachte Karen. Die Observationen waren hinausgeworfenes Geld, jedesmal. Sie fragte sich, wann die Einsatzleitung das endlich begreifen würde.

Peter war kurz zum S-Bahnhof Jannowitzbrücke gelaufen, um Kaffee aus dem Bahnhofsimbiß zu besorgen. Das lauwarme Zeug aus der Thermosflasche war einfach ungenießbar. Karen stellte den Rückspiegel so ein, daß sie ihn kommen sehen würde, wenn er auf dem Parkplatz auftauchte.

Als sie wieder zum Tatort sah, erschrak sie. Eine verdächtige Person hatte sich genähert. Der Mann sah sich um, dann ging er direkt zu der Stelle, wo die Leiche aufgefunden worden war. Er beugte sich herab und fuhr langsam mit einem Finger über den Asphalt. Nach einer Weile sah er auf und blickte hinüber zur Jannowitzbrücke.

Karen griff sofort nach dem Funkgerät.

»Dritte Observationseinheit«, flüsterte sie hinein. »Einsatzzentrale, bitte melden!«

»Was gibt es, Karen?«

»Ihr werdet es nicht glauben, aber wir haben hier eine verdächtige Person. Männlich, etwa 1,80 bis 1,85 groß, dunkel gekleidet, trägt eine Wollmütze, Gesicht unbekannt. Begeht Tatort.«

»Alles klar! Zugriff vorbereiten!«

»Steht die Schutzpolizei bereit?«

»Na, so in etwa. In zwei bis drei Minuten müßte Unterstützung da sein.«

»Alles klar, Ende.«

Karen Schipp griff nach ihrer Waffe, entsicherte sie und steckte sie zurück ins Halfter. Im gleichen Moment huschte ein Schatten von hinten über das Auto. Es war Peter, und in der Hand trug er zwei Becher Kaffee. Ein Baum versperrte ihm den Blick auf den Parkplatz, offensichtlich konnte er den Verdächtigen nicht sehen.

Karen starrte entsetzt durch das Beifahrerfenster, ihr blieb keine Zeit zum Handeln.

»Frischer Kaffee!« rief Peter und stellte die Becher auf das Autodach. »Die volle Bohne! Das volle Aroma!«

Dann riß er die Tür auf und grinste sie an. Als er ihren Blick registrierte, war es bereits zu spät. Der Verdächtige erschrak und sah zu ihnen herüber. Er zögerte für den Bruchteil einer Sekunde, dann wandte er sich ab und begann zu rennen.

»Zugriff!« rief Karen in das Funkgerät. »Person flieht in Richtung Stralauer Straße!«

Sie warf das Funkgerät zwischen die Sitze und sprang aus dem Wagen. Peter war bereits fünf Meter vor ihr, seine Waffe lag allerdings noch auf dem Rücksitz.

Der Mann hatte bereits einen großen Vorsprung. Peter war schnell, doch er würde ihn nicht mehr einholen.

»Stehenbleiben!« schrie Karen. »Polizei!«

Sie gab einen Warnschuß in die Luft ab. Der Mann reagierte nicht, sondern rannte atemlos weiter. In einer Sekunde würde er die S-Bahnbögen erreicht haben und aus der Schußlinie verschwunden sein.

»Stehenbleiben!« rief sie verzweifelt und zielte mit der Waffe auf seine Beine.

5

Michael Schöne lag nackt zwischen den blütenweißen Laken des Hotelbetts. Er döste im Zwielicht der Nachttischlampe und lauschte den Geräuschen aus der Dusche, die durch die offene Badezimmertür zu ihm herüberdrangen.

Sein Körper war warm und wohlig, er fühlte sich satt und leicht und frei. Mit geschlossenen Augen rutschte er tiefer in die Laken und atmete Elisabeths Duft ein. Das alles würde bald vorbei sein, er wollte jeden Augenblick genießen. Sobald sie das Hotelzimmer verlassen hätten, wäre diese Nähe vorbei. Ihre gemeinsamen Stunden würden keine Spuren hinterlassen.

Elisabeth drehte das Wasser ab und stieg aus der Dusche. In ein Badetuch gehüllt huschte sie ins Zimmer, wobei sie feuchte Spuren auf dem Teppichboden hinterließ. Sie strich die nassen Haare aus dem Gesicht und lächelte ihn an, dann zog sie eine Haarbürste aus ihrer Tasche und verschwand wieder im Bad.

»Ihr habt ein neues Opfer«, rief sie. »Ich habe in der Zeitung davon gelesen.«

Er ging nicht darauf ein, sondern lauschte den Geräuschen aus dem Bad. Haarnadeln klirrten auf das Porzellan, ein Glasfläschchen fiel ins Waschbecken.

»Es ist einfach grauenhaft«, fuhr sie fort. »Wann wird das nur zu Ende sein?«

»Erst dann, wenn der Täter gefaßt ist.«

»Wie kommt ein Mensch nur dazu, so etwas zu tun?«

Er richtete sich in den Kissen auf. »Im Grunde sind wir alle gar nicht so weit davon entfernt.«

Sie steckte den Kopf durch die Tür.

»Was meinst du denn damit?«

»Diese Abgründe schlummern in jedem Menschen«, sagte er. »Die Frage ist nur, wen wir hineinstoßen. Am Ende sind wir, die Gesellschaft, es doch selbst, die diese Alpträume erschaffen.«

Er hatte sich lange genug mit diesem Tätertypus auseinandergesetzt, um seine Motivation zu begreifen. Der Täter hatte eine Geschichte, und nur die hatte ihn zu solchen Handlungen befähigt. Von außen betrachtet war er vielleicht schon immer ein Monster gewesen. Ein Kind, das Tiere quälte, Feuer legte, niemals Freunde hatte. Doch auch diese Kinder waren erst durch Gleichgültigkeit, Haß, Gewalt und Demütigung zu Monster gemacht worden.

»Er mordet, weil er seine seelischen Fesseln sprengen will«, sagte er. »Es ist grauenhaft.« Er zog sich die Bettdecke bis ans Kinn. »Vielleicht müssen wir sogar Mitleid mit ihm haben.«

Sie zog die Stirn kraus und sah ihn lange an. Es war wohl besser, das Thema zu wechseln. Doch sie trat bereits einen Schritt auf ihn zu.

»Du mußt nicht immer alles erklären können«, sagte sie. »Manchmal wäre es ganz gut, einfach deine Wut herauszulassen.«

»Ich gehöre zu dem Ermittlungsteam«, wandte er ein. »Was würde wohl passieren, wenn wir anfingen, unseren Affekten zu folgen?« Er schüttelte den Kopf. »Wir müssen nun einmal sachlich bleiben.«

Sie lächelte. »Es geht gar nicht um eure Ermittlungen, nicht wahr? Es geht dabei um deine eigene Geschichte.«

Er spürte wieder dieses Ziehen in der Brust. Elisabeth sah ihn unverwandt an. Er hatte ihr einmal erzählt, was vor vielen Jahren passiert war. Es war hier in ihrem Hotelbett gewesen, in einer der seltenen Nächte, die sie ganz für sich allein hatten. Sie hatten Kerzen aufgestellt, im Bett gelegen und Rotwein getrunken. Für eine Nacht war es, als wäre das, was sie miteinander verband, eine wirkliche Liebe. Und Michael hatte damit begonnen, von seinen Schrecken zu erzählen. Erst zaghaft und in Andeutungen. Doch als Elisabeth seine Hand genommen und ihm zugehört hatte, war es schließlich ungebremst aus ihm herausgebrochen.

Aber diese Nacht war vorübergegangen, und später hatte er es schon mehrfach bereut, sie eingeweiht zu haben. In ihrer Beziehung war er ohnehin der Schwächere. Dieses Geständnis verstärkte das Gefälle nur.

»Es geht hier um einen sadistischen Serienmörder«, sagte er. »Der Mann ist so weit abgedriftet, daß er Frauen qualvoll sterben lassen muß, um für sich einen Moment des Friedens zu finden. Wie kann das irgend etwas mit meiner Geschichte zu tun haben?«

Sie betrachtete ihn schweigend, dann nickte sie, als würde sie seinen Einwand respektieren. Ihm blieb das ungute Gefühl, daß sie glaubte, ihn durchschaut zu haben.

Sie drehte sich um und verschwand wieder im Bad.

»Der Druck auf eure Arbeit muß ungeheuerlich sein«, rief sie. »Ich weiß nicht, wann jemals ein Verbrechen so ausführlich in der Presse und in den Nachrichten behandelt wurde.«

»Das meiste bekommt der Kommissionsleiter ab«, sagte er. »Wir spüren diesen Druck dann nur mittelbar.«

»Das heißt, Wolfgang wird am Ende das Magengeschwür haben?«

Er mußte unfreiwillig lachen. Wolfgang hatte ihm gegenüber bemerkt, daß im Grunde die Verbrecher an seinen Streßleiden erkranken müßten. Erst dann könnte Gerechtigkeit entstehen.

Elisabeth kam noch mal aus dem Bad und zog einen kleinen Kosmetikspiegel aus ihrer Tasche.

»Hast du genügend Geld dabei, um das Zimmer zu zahlen?« fragte sie. »Ich habe nur meine Kreditkarte eingesteckt.«

»Kein Problem«, sagte er.

Sie lächelte ihm kurz zu, dann zog sie sich wieder ins Bad zurück.

Es war dieses Lächeln. Ihre Bewegungen, ihr Duft in den Laken. Plötzlich drückten all die Gefühle, die er stets wegzuschieben suchte, schwer auf seine Brust. Seine Sehnsucht wurde unerträglich.

Doch ihm war klar, daß er es ihr nicht sagen durfte.

Er atmete tief durch.

»Bleib bei mir.«

Es herrschte Stille. Sekundenlang. Er glaubte, ihren Atem zu hören.

Der Fön sprang an. Das monotone Heulen erfüllte den Raum. Es war wie ein Geräusch ohne Anfang und ohne Ende. Er rutschte zurück in die Kissen und lauschte, solange er den Atem anhalten konnte.

Um zehn Minuten vor drei wurden in der Burger-Point-Filiale am Alexanderplatz die letzten Bestellungen aufgegeben. Eine Handvoll Nachtschwärmer und Schichtarbeiter hatte sich eingefunden, um die letzte Gelegenheit zu nutzen, noch etwas zu essen zu bekommen.

Anna Proschinski hatte Ute sofort hinter der Verkaufstheke gesehen. Gerade drückte sie einem Gast das Wechselgeld in die Hand. Dann blickte sie hoch und entdeckte Anna im Eingang. Ein überraschtes Lächeln breitete sich auf ihrem Gesicht aus.

»Hast du heute Schlußdienst?« wollte Anna wissen.

Sie war einige Stunden zuvor zur Entnahme der Speichelproben im Burger Point gewesen, als Ute gerade gearbeitet hatte. Dabei hatte Anna von den unterschiedlichen Schichtmodellen erfahren. Für den Schlußdienst waren jede Nacht zwei Mitarbeiter eingeteilt, die nach Schichtende noch blieben und für den nächsten Tag aufräumten.

»Nein«, sagte Ute. »Ich kann in fünf Minuten gehen.«

»Prima! Was hältst du davon, wenn ich dich nach Hause bringe?«

»In einem Streifenwagen?« Ihre Augen leuchteten auf.

»Ja, natürlich«, sagte Anna. »Du sitzt auf dem Beifahrersitz. Mein Kollege Jürgen bleibt solange hier und ißt eine Kleinigkeit.«

Ute konnte es kaum glauben. »Geht das denn so einfach?«

»Heute nacht ist überhaupt nichts los«, log Anna. »Es

wird schon niemandem auffallen, wenn ich ein paar Minuten alleine mit dem Wagen unterwegs bin.«

Tatsächlich hatte sie mit der Einsatzleitung abgesprochen, das Mädchen nach Hause zu bringen. Die Nerven lagen bei allen bloß, nachdem der Verdächtige entkommen war. Auch wenn es keinen unmittelbaren Anlaß zur Sorge gab, denn der Mann hatte anscheinend den Tatort nur aufgesucht, um seine Tat nochmals in Gedanken zu durchleben. Darüber hinaus ging niemand davon aus, daß die Mädchen aus dem Burger Point bedroht waren. Schließlich suchte sich der Täter seine Opfer sorgsam und über einen langen Zeitraum aus. Und letztlich war er in dieser Nacht sicher in die Flucht geschlagen worden. Dennoch fühlten sich alle besser, wenn heute keines der Mädchen allein nach Hause fahren mußte.

Ute nahm aufgeregt ihre Kassenlade unter den Arm. Sie strahlte Anna an und verschwand nach hinten ins Büro, um die Abrechnung zu machen. Es dauerte nur wenige Minuten, dann war sie fertig. Sie kletterte zu Anna ins Auto, und sie fuhren los.

»Was ist heute nacht passiert?« fragte Ute auf der Alexanderstraße.

Anna dachte kurz nach. »Wir hatten zwei Verkehrsunfälle«, sagte sie. »Dann einen Betrunkenen, der Touristen belästigt hat. Und schließlich haben wir uns an einer Verfolgung des LKA beteiligt, ein Observationsteam hat einen Verdächtigen überwacht, der ihnen entwischt ist. Aber wir haben ihn leider nicht geschnappt.«

»Das ist doch toll!« rief Ute.

»Aber er ist uns entwischt«, sagte Anna belustigt.

»Trotzdem! Sie erleben so viel!«

Anna lächelte und konzentrierte sich auf die Straße. Ute schwieg und sah nachdenklich aus dem Fenster.

»Bei mir jedenfalls passiert nie etwas«, sagte sie schließlich leise.

Anna überlegte, was sie darauf erwidern könnte. Doch ihr fiel nichts ein.

»Wenn ich ins Bett gehe«, fuhr das Mädchen fort, »habe

ich nur ein bißchen Geld verdient, passiert ist aber nichts. Es ist nur ein Tag meines Lebens vorbei.«

Anna wollte das Thema wechseln. »Wo muß ich jetzt abfahren?« fragte sie, obwohl sie die Strecke kannte. »Dort in die Dresdener?«

»Genau«, sagte Ute. »Und dann über den Todesstreifen. Da vorne ist es schon.«

Als Anna vor dem Haus hielt, wandte sich Ute ihr noch einmal zu.

»Frau Proschinski?« fragte sie vorsichtig. »Glauben Sie, ich könnte auch Polizistin werden?«

Die Polizeibeamtin stutzte. Sie wußte, sie mußte schnell reagieren. Ihr mußte etwas einfallen, was die junge Frau nicht zu sehr verletzen würde.

Doch sie zögerte zu lange. Ute nickte und stieg eilig aus dem Wagen. Sie war schon fast an ihrer Tür, als sie sich nochmals umdrehte.

Anna sah ihr an, wie bemüht sie war, ihre Enttäuschung zu überspielen.

»Mir ist da noch etwas zu Bettina eingefallen«, sagte sie. »Ich weiß aber nicht, ob das wichtig ist. Und ich will über niemanden schlecht sprechen.«

»Du kannst es mir ruhig sagen. Ich werde es nicht an die große Glocke hängen.«

»Ich bin neulich während der Schicht in den Pausenraum gegangen«, sagte sie. »Ich hatte eine Rolle Fünfzig-Cent-Stücke verloren und wollte nachsehen, ob ich sie dort liegengelassen hatte.«

»Und?«

»Im Pausenraum waren Bettina und Serkan, eine der Küchenhilfen. Sie waren ...« Sie suchte nach Worten. »... intim miteinander. Vielleicht weiß Serkan ja noch etwas. Der wurde nämlich bislang von der Polizei gar nicht befragt.«

6

Wolfgang Herzberger wartete vor dem steinernen Friedhofstor. Michael hatte ihn bereits dort stehen sehen und beeilte sich, die Greifswalder Straße hinunterzulaufen. Er hatte eine Zeitlang mit seinem Golf durch die Straßen kurven müssen, bis er einen Parkplatz in der Nähe des Friedhofs gefunden hatte.

Die breite Straße zitterte unter der Last des dichten Verkehrs. Michael rief seinem Chef etwas zu, doch seine Stimme ging im Bimmeln einer herannahenden Straßenbahn völlig unter. Er wartete, bis sie vorübergerumpelt war, dann hastete er über die Straße.

Wolfgang sah ihn müde an.

»Ich bin nur fünf Minuten zu spät«, sagte Michael.

Er wollte nach der Beerdigung fragen, doch da fiel ihm eine breite Dreckspur auf dem Mantel seines Chefs auf. Sie verlief von der Hüfte abwärts, quer über den teuren Stoff.

»Was ist denn mit dir passiert?«

Wolfgang zuckte mit den Schultern und deutete zu dem schmalen Friedhofsweg, der steil hinauf zu den Gräbern führte. Jenseits der Straße hatte die Märzsonne den letzten Schnee noch nicht tauen lassen, und unter dem Matsch verbarg sich noch eine Anzahl gefährlich glatter Stellen.

Michael konnte sich ein Grinsen nicht verkneifen. »War es denn wenigstens interessant?«

»Es war niemand da, den wir nicht bereits befragt hätten«, sagte Wolfgang. »Die Familie, ein paar Freundinnen und die Belegschaft aus dem Burger Point. Die Restaurantleiterin hat die Filiale für zwei Stunden geschlossen, damit alle zur Beerdigung gehen konnten.«

»Also nichts Auffälliges.«

»Nein«, sagte er. »Wenn man einmal davon absieht, daß

Barbara Nowack nicht zur Beerdigung ihrer Schwester gekommen ist.«

Michael schaute überrascht auf. »Sie ist nicht gekommen?«

Er sah zum Friedhof hinüber. Neben dem Tor befand sich ein Blumenladen, der in einem schmutzigen Klinkerbau untergebracht war. Einzelne Kränze standen auf dem Bürgersteig, ihre Zweige reichten fast bis auf die Fahrbahn. Er dachte über das Gespräch nach, das er am Vorabend mit Barbara geführt hatte.

Dann wandte er sich seinem Chef zu. »Fahr du mit meinem Wagen in die Keithstraße. Ich komme mit der U-Bahn nach.«

»Was hast du denn jetzt vor?«

»Es ist nur eine Idee. Ich bleibe noch.«

»Und weshalb?« fragte Wolfgang ärgerlich. »Glaubst du, der Täter wartet auf das Ende der Trauerfeier, um sich dann auf den Friedhof zu schleichen?«

»Bitte, Wolfgang«, sagte er eindringlich. »Ich komme in einer halben Stunde nach. Versprochen.«

Sein Chef sah sich mißmutig um. »Was ist denn mit den Plattenbauten an der Alexanderstraße, seid ihr damit fertig?« fragte er schließlich.

»Den Bericht schreibe ich später«, sagte Michael. »Notfalls noch heute nacht.«

Wolfgang seufzte. »Um 15 Uhr 30 ist Dienstbesprechung. Spätestens dann bist du wieder in Schöneberg. Verstanden?«

Michael nickte und drückte ihm den Autoschlüssel in die Hand.

»Na, dann hoffe ich mal, daß mir dein Golf nicht unterm Hintern zusammenbricht«, murmelte Wolfgang im Gehen.

»Bei dir fährt er doch immer tadellos«, sagte Michael. »Weiß der Teufel, wie du das anstellst.«

Doch den letzten Satz hörte Wolfgang Herzberger nicht mehr. Er war bereits über die Fußgängerampel in Richtung Parkplatz verschwunden.

Michael sah sich um. Auf der anderen Straßenseite entdeckte er ein Café. Hinter den Fenstern standen schlichte Holztische und riesige Sessel, von denen aus er eine freie Sicht auf das Friedhofstor haben würde. Also gut, dachte er und machte sich auf den Weg. Ich werde warten.

Eine halbe Stunde später starrte Michael Schöne noch immer aus dem Fenster des Cafés. Er stocherte bereits in seinem zweiten Stück Torte herum und tunkte gedankenlos Sahnestückchen in den Kaffee.

Da tauchte Barbara Nowack vor dem Friedhof auf.

Im ersten Moment hätte er sie fast nicht erkannt, sie hatte sich eine Wollmütze tief ins Gesicht gezogen. Vor dem Tor blieb sie stehen und betrachtete den steinernen Torbogen. Dann schlug sie den Kragen ihrer Lederjacke hoch und ging hindurch.

Michael bezahlte eilig und verließ das Café. Als er auf die Straße trat, war Barbara Nowack bereits auf dem Friedhof verschwunden. Wieder mußte er eine Straßenbahn abwarten, bevor er über die Straße gelangen konnte. Und als er endlich den engen Pfad zu den Gräbern hinaufstieg, gab es keine Spur mehr von Barbara Nowack.

Der Straßenverkehr wurde immer leiser. Schließlich schluckte die Ruhe des Friedhofs jedes Geräusch von außen.

Michael irrte ärgerlich umher. Er hätte sich von Wolfgang erklären lassen sollen, wo er Bettinas Grab finden würde. Der Friedhof reichte weit auf den Hügel, und die Sicht wurde überall von dichten Hecken und steinernen Grüften versperrt.

Doch schließlich fand er das Grab. Es lag zwischen den hohen Tannen auf der Kuppe des Hügels. Barbara Nowack hockte vor dem Erdwall, unter dem der Sarg begraben lag. Eine Weile verharrte sie reglos, dann griff sie nach einem der Kränze und zog die Schleife gerade. Es war der Kranz der Burger-Point-Filiale. Er lag seitlich neben dem Grab, großzügig, teuer und prachtvoll. Nicht einmal der Kranz der Familie Nowack hatte da mithalten können.

Als sie sich mit einem Ruck erhob, war es zu spät, um sich

hinter einem der Grabmäler zu verstecken. Sie entdeckte ihn sofort und sah ihn überrascht an.

»Die Trauerfeier ist bereits vorbei«, sagte er.

Sie ging nicht darauf ein. »Was wollen Sie hier?«

»Ich habe Sie zufällig kommen sehen«, log er. »Wir waren bei der Zeremonie.«

Sie nickte und sah nochmals zu dem Grab hinüber.

»Wollten Sie nicht dabeisein?«

»Ich habe eine Agentur. Da kann ich nicht jederzeit weggehen, wenn ich Lust dazu habe.«

»Aber Ihre Mutter ...«

»Meine Mutter!« Sie verzog das Gesicht. »Hätte ich ihr die Hand halten sollen?« Es schien, als wollte sie noch etwas hinzufügen. Doch dann schüttelte sie den Kopf und ging an ihm vorbei.

»Ich will Sie nicht aufhalten«, sagte sie. »Unsere Familie ist nun wirklich nicht so interessant. Und Sie müssen schließlich einen Mörder suchen.«

Grußlos verschwand sie zwischen den Tannen. Michael sah ihr nach. Er fragte sich, was Barbara Nowack am Grab ihrer Schwester gedacht haben mochte. Ein sonderbares Gefühl ließ ihm bei alldem keine Ruhe.

Ihm blieb keine Zeit. Barbara war gerade hinter einer Hecke verschwunden, da faßte er einen Entschluß. Er folgte ihr.

Niemand schien zu bemerken, daß Wolfgang Herzberger in den Gruppenraum der fünften Etage trat. Die Kommissionsmitglieder saßen beisammen, aßen Schokoriegel und diskutierten lebhaft über das Stagnieren der Ermittlungen.

Er legte seine Unterlagen ab und zog einen Zettel hervor, den die Sekretärin ihm in seiner Abwesenheit hingelegt hatte. Es war eine Telefonnotiz.

Dienstag, 15. März, 15:24 Uhr

Kriminalkommissar Michael Schöne meldet, noch im Einsatz zu sein. Er wird nicht zum Dienstgespräch erscheinen. Bittet um wörtliche Übermittlung folgender Botschaft:
Tut mir leid, Wolfgang, ich werde zur Strafe die nächsten fünf Sitzungsprotokolle schreiben.

Wolfgang knüllte das Papier zusammen und warf es in einem hohen Bogen zum Papierkorb. Es landete auf dem Teppichboden. Einsatz, dachte er verärgert. Michael saß vermutlich auf einer Friedhofsbank, fütterte die Tauben und ließ sich die Sonne ins Gesicht scheinen. Wütend hob er das Papier auf und warf es in den Korb.

Dann überflog er die Tagesordnung. Mit dem Pressespiegel sollte es losgehen. Er hätte den Punkt am liebsten übergangen, die Zeitungen überschlugen sich gerade mit Meldungen über die unzulängliche Polizeiarbeit bei diesem Fall. Die gescheiterte Observation und die Flucht der verdächtigen Person waren wieder einmal sekundenschnell an die Presse gelangt, ohne daß irgend jemand eine Erklärung dafür hatte.

Vielleicht sollte er den Punkt einfach ignorieren, dachte Wolfgang. Er könnte mit der Präsentation neuer Ermittlungsergebnisse oder der aktuellen Fallbeurteilung weitermachen.

Dann kann ich die Besprechung auch gleich auflösen und alle in die Cafeteria schicken, dachte er mutlos. Er hatte im Grunde nichts außer der Idee, die er mit dem Fallanalytiker besprochen hatte, und er war sich nicht sicher, wie das Team darauf reagieren würde. Aber einen Versuch, so glaubte er, war es in jedem Fall wert.

Er stellte sich vor das Flipchart und bat um Aufmerksamkeit. Nur langsam kehrte Ruhe ein. Als er mit der Tagesordnung beginnen wollte, öffnete sich die Tür, und sie wurden erneut gestört.

Frau Schrade, die Sekretärin, kam herein. In geduckter Haltung schlich sie an den Tischen vorbei und reichte Wolfgang einen Zettel.

»Tut mir leid«, flüsterte sie.

»Was ist das?« fragte er ungehalten.

»Heute morgen hat in aller Herrgottsfrühe eine Polizeimeisterin Proschinski aus dem Abschnitt 32 angerufen.« Sie strich sich verlegen durch die Haare und rückte ihre Brille zurecht. »Ich hatte noch den Mantel an«, sagte sie schnell. »Da muß ich die Notiz völlig vergessen haben. Es war eben noch so früh.«

Wolfgang nahm den Zettel und überflog die Nachricht. Fast glaubte er nicht richtig gelesen zu haben. Verblüfft sah er auf und starrte in die Runde. Er deutete auf den Kollegen, der links neben ihm saß. »Martin, du begleitest mich. Wir fahren zum Alexanderplatz.« Dann erhob er die Stimme und wandte sich an die Runde. »Herr Pohl wird die Moderation der Sitzung übernehmen. Bitte arbeitet konzentriert und haltet euch im Anschluß bereit. Vielleicht steht uns heute noch ein wichtiger Einsatz bevor.«

Marga Rintow blickte durch das Fenster ihres Büros in den Verkaufsbereich. Sie wußte sofort, daß ihr Versteckspiel aufgeflogen war – von dem Augenblick an, als die beiden Beamten der Kriminalpolizei ihre Filiale betreten hatten.

Sie sprachen mit einem Mädchen an der Kasse, das sich umdrehte und zu ihrem Büro zeigte. Die Restaurantleiterin atmete durch, dann stand sie auf, ging den Beamten entgegen und begrüßte sie freundlich.

Der Ältere reichte ihr die Hand.

»Mein Name ist Herzberger«, sagte er. »Es tut mir leid, daß wir Sie nochmals stören müssen, aber meine Kollegen sind da auf eine Unklarheit gestoßen.«

»Damit habe ich gerechnet«, sagte sie und schloß die Bürotür hinter ihnen. »Sie kommen wegen Serkan, nicht wahr?«

Herzberger nickte. »Sie haben uns verschwiegen, daß er bei Ihnen arbeitet.«

Sie ließ sich in ihren Sessel fallen. »Was passiert jetzt mit mir?«

»Erst einmal nichts«, sagte Herzberger. »Wichtig ist nur, daß Sie uns ab jetzt alles sagen, was Sie wissen.«

»Serkan ist Kurde«, sagte sie. »Er lebt illegal in Deutschland. Meine Schwester ist mit seinem Cousin verheiratet. Sie hat mich gebeten, ihn zu beschäftigen, als es Probleme mit seinem Aufenthaltsstatus gab. Serkan lebte bis dahin mit einer Duldung in Deutschland. Die wurde jedoch nicht mehr verlängert, und er sollte abgeschoben werden. Da ist er abgetaucht.«

»Sie haben ihn illegal beschäftigt?«

Sie nickte. »Er brauchte Hilfe«, sagte sie. »Er war doch schon so lange hier in Berlin. Wer wollte denn von ihm verlangen, in diese unruhige Gegend zu gehen, wo die Menschen eine so unsichere Zukunft haben?«

Nervös blickte sie durch das Fenster in den Restaurantbereich. »Es war gar nicht schwer, ihn in den Büchern zu verschweigen. Fast hat es mir ein bißchen Spaß gemacht.« Sie schüttelte den Kopf. »Aber es mußte ja früher oder später auffliegen. Ich hätte es von Anfang an wissen müssen. Wenn die Geschäftsführung davon erfährt, wird mir wohl gekündigt.«

»Es tut mir leid«, sagte Herzberger.

Sie stand auf und ging hinter dem Schreibtisch auf und ab. »Aber das ist noch nicht einmal das Schlimmste«, sagte sie. »Serkan ist seit dem Mord nicht mehr zur Arbeit erschienen. Er antwortet auch nicht auf meine Anrufe. Ich weiß nicht, ob er etwas damit zu tun hat oder nicht. Jedenfalls ist er wie vom Erdboden verschwunden.«

»Frau Rintow«, sagte Herzberger eindringlich, »Sie wissen, wo Serkan wohnt!«

»Aber ja, er wohnt nicht weit von hier. In der Brückenstraße.«

»Brückenstraße«, sagte der andere Kommissar, der sich bislang zurückgehalten hatte. »Ist das nicht an der chinesischen Botschaft?«

»Richtig«, sagte Marga Rintow. »Serkan wohnt nur hundert Meter von der Botschaft entfernt.«

»Das bedeutet ...« Der Polizist sprach den Satz nicht zu Ende und sah Herzberger mit großen Augen an.

»Bettina war auf dem Weg zu ihm«, sagte Herzberger. »Deshalb ist sie durch die Alexanderstraße gefahren. Und er war offenbar der einzige, der davon gewußt hat.«

7

»Fahren Sie weiter«, sagte Michael zu dem Taxifahrer. »Fahren Sie weiter und halten Sie erst da vorn an der nächsten Ecke.«

Der Fahrer brummte etwas und fuhr an Barbara Nowacks Sportwagen vorbei. Michael zog den Kopf ein und hoffte, daß sie nicht in das Taxi hineinsehen würde. Doch der Wind blies ihr die Haare ins Gesicht, und sie war damit beschäftigt, ihren Wagen abzuschließen. Sie hatte ihn nicht gesehen.

Michael ließ sich ein Stück weiter an der Skalitzer Straße absetzen. Dann ging er schnell zurück und auf das Kottbusser Tor zu, immer die dunkle Lederjacke von Barbara Nowack im Blick. Er schaffte es gerade noch, sie einzuholen, bevor sie den unübersichtlichen Platz betrat.

Die Straßen rund um das Kottbusser Tor waren voller Menschen. Es war Feierabendzeit. Zahllose Pendler strömten aus den U-Bahnschächten und bahnten sich ihren Weg an den Obdachlosen vorbei, die in den Aufgängen standen und Schnaps tranken.

Zielstrebig schritt Barbara Nowack an ihnen vorbei. Sie nahm weder Notiz von den Betrunkenen, die ihr nachriefen, noch von den türkischen Kindern, die ballspielend über den Platz liefen. Schließlich verschwand sie in einem U-Bahneingang.

Michael gratulierte sich zu seiner Idee, ihr zu folgen. Spätestens jetzt war klar, daß dies kein gewöhnlicher Ausflug werden würde. Barbara hatte etwas vor. Er kramte in seinem Mantel, fand jedoch nichts weiter als eine Schirmmütze. Er würde Abstand halten müssen, dachte er und zog sich die Mütze ins Gesicht.

In den gekachelten Gängen unterhalb der Erde herrschte ohrenbetäubender Lärm. Eine Gruppe Jugendlicher grölte, Besoffene stritten auf den Treppen miteinander, irgendwo bellte ein Hund. Michael kämpfte sich durch die Menschenmassen hindurch und konzentrierte sich ganz auf die junge Frau vor ihm.

Barbara erreichte nach etwa dreißig Metern die Halle, von der aus die verschiedenen U-Bahnsteige zu erreichen waren. Suchend ließ sie ihren Blick über die Menschen zwischen den Rolltreppen und den Gängen wandern. Dann stellte sie sich neben einen Blumenladen und wartete.

Michael zog die Mütze tiefer ins Gesicht und verschwand hinter einer Säule. Es dauerte nicht lange, bis sich Barbaras Gesicht plötzlich aufhellte. Sie hatte offenbar jemanden entdeckt. Fast unmerklich nickte sie in die Menge hinein, dann setzte sie sich wieder in Bewegung und verschwand durch einen anderen Gang hinauf zum Platz.

Michael lief ihr eilig hinterher. Er steckte gerade noch rechtzeitig den Kopf aus dem Aufgang, um zu sehen, daß ihr ein Mann gefolgt war. Sie wurde auf dem Platz von ihm eingeholt. Er war groß und kräftig, mindestens einen Meter neunzig. Im Vorbeigehen drückte er ihr ein Paket in die Hand. Sie berührten sich nur für eine Sekunde, dann hatte er sie überholt und ging davon.

Michael zögerte nur eine Sekunde. Dann folgte er dem Mann in die Adalbertstraße. Ein letztes Mal sah er sich nach Barbara Nowack um. Doch sie war bereits in der Menge verschwunden.

Der Mann vor ihm bog direkt hinter einem türkischen Imbiß in einen Hinterhof. Michael blieb vor der Hofdurchfahrt stehen. Er überflog die Geschäftsschilder, die an der Wand angebracht waren: Import-Export, Lager, Galerien. Er zögerte, dann ging er hinein. Der Straßenlärm wurde leiser, das schwindende Tageslicht fiel nur gebrochen in den engen Durchgang. Vorsichtig sah er sich um. Doch es schien niemand dort zu sein.

Als er den Mann aus dem Schatten treten sah, war es bereits zu spät. Er hat mir aufgelauert, schoß es ihm durch den Kopf. Er versuchte dem Schlag auszuweichen, doch der Mann war schneller. Er traf ihn mitten ins Gesicht. Michael taumelte zurück und stolperte über eine Betonkante. Seine Füße verloren den Halt, und sein Kopf knallte gegen die Mauer. Blut lief ihm über die Stirn, kaum daß er sein Gleichgewicht wiedergefunden hatte. Er wirbelte herum und versuchte zurückzuschlagen, doch da floß schon Blut in seine Augen. Er konnte nichts mehr sehen, schwankte und verlor die Orientierung.

Über sich sah er einen Schatten. Der Mann holte aus und schlug wieder zu. Dieses Mal spürte Michael den dumpfen Schlag in seinem Magen. Er krümmte sich stöhnend und glaubte, sich übergeben zu müssen. Seine Schirmmütze rutschte ihm vom Kopf und segelte über das Pflaster. Mit dem Rücken fiel er gegen die Wand, dann sackte er zu Boden.

Der Mann war noch immer über ihm. Michael sah nur undeutlich, wie er mit dem Bein ausholte. Mit seinen verbliebenen Kräften hob er schützend die Hände vors Gesicht, obwohl er wußte, daß es nichts mehr helfen würde.

Wolfgang Herzberger blickte auf das heruntergekommene Haus in der Brückenstraße. Hinter den schmutzigen Fenstern im ersten Stockwerk regte sich nichts. Dichter Verkehr drängte sich durch die enge Straße, und vorbeikriechende LKW versperrten immer wieder die Sicht auf die Wohnung.

Er nahm das Funkgerät und lauschte den Einsatzbefehlen, die der Leiter des Sondereinsatzkommandos seinen Kräften gab. Rungestraße – sicher. Ohmstraße – sicher. Köpenicker Straße – sicher. Ein Beamter hatte sich auf dem Dach des Nachbarhauses positioniert, zwei weitere sicherten den Hinterhof.

Schließlich meldete der Einsatzleiter: »Zugriff vorbereitet, Wohnung kann gestürmt werden.«

»Also gut«, sagte Wolfgang, »Zugriff!«

Er verließ den Wagen und eilte über die Straße. Der Leiter des Sondereinsatzkommandos wartete im Hauseingang. Von zwei bewaffneten Beamten begleitet, stiegen sie in den ersten Stock. Wolfgang hämmerte gegen die Tür.

»Aufmachen!« rief er. »Polizei.«

Niemand antwortete. Er nickte dem Einsatzleiter zu und trat zur Seite. In Sekundenschnelle hatten die Beamten die morsche Wohnungstür aufgetreten. Die Waffen im Anschlag, verschwanden sie im Inneren der Wohnung. Schon nach wenigen Augenblicken erschienen sie wieder. Die Spannung war von ihnen gewichen.

Einer der Beamten sah zu Wolfgang und schüttelte den Kopf.

»Nichts«, sagte er. »Keiner da.«

»Scheiße«, entfuhr es ihm.

Er trat in die Wohnung und sah sich um. Fahles Licht fiel in die kargen und staubigen Räume. Die dünnen Scheiben hielten kaum etwas ab von dem Straßenlärm.

Serkan besaß nur die notwendigsten Möbel: ein Bett, eine Truhe, einen Tisch und einen Stuhl. Alles schien aus den sechziger Jahren zu stammen und war offensichtlich vom Sperrmüll aufgelesen. Das Bett war ungemacht und die Truhe voller Kleidungsstücke. Offenbar wohnte Serkan noch immer dort. Nichts deutete darauf hin, daß er nach dem Mord aus der Wohnung geflohen war.

»Jemand soll den Erkennungsdienst verständigen«, sagte Wolfgang schließlich zum Einsatzleiter. »Die Spurensicherung soll möglichst heute abgeschlossen werden, damit ich zwei Ermittlungsteams hier hineinschicken kann.«

Er warf einen letzten Blick in die Wohnung, dann trat er ins Treppenhaus.

»Die Kollegen von den Observationseinheiten sollen das Feld übernehmen«, sagte er schließlich. »Setzen wir die Fahndung fort.«

Elisabeths Gesicht war das Erste, was durch die Dunkelheit zu ihm drang. Der Nebel lichtete sich nur langsam, und ihre Züge traten deutlicher hervor. Sie lächelte sanft auf ihn herab. Über ihrem Kopf bildete sich eine Corona aus rötlichem Licht, das in Wellenbewegungen aufleuchtete und wieder verlosch.

Michael glaubte zu träumen. Bereitwillig ließ er sich treiben in dem sanften Licht, begleitet von dem liebevollen Lächeln Elisabeths. Doch da kehrten die Schmerzen zurück in sein Bewußtsein. Mit einem Mal drohte sein Kopf zu explodieren.

Er begriff nun, daß er nicht träumte. Er war hellwach. Elisabeth hatte sich über ihn gebeugt und tupfte mit einem feuchten Tuch sein Gesicht ab. Auf ihrem Schoß lag ein Verbandskasten.

Er versuchte aus den Augenwinkeln heraus die Umgebung zu erkennen und einen Hinweis zu erhalten, wo er war und was passiert war. Doch viel konnte er nicht sehen. Er befand sich auf einer riesigen Couch in einer Garderobe. Ihm gegenüber stand ein Schminktisch an der Wand. Theaterrequisiten füllten den Raum, und bunte Lämpchen tauchten alles in ein dämmriges Licht.

Als Elisabeth bemerkte, daß er aufgewacht war, zog sie ihre Hand einen Moment lang zurück und richtete sich auf.

»Wo bin ich?« fragte er schwach.

»Wir sind in der Künstlergarderobe im Ballhaus«, sagte sie und lächelte. »Du hast unsere Verabredung nicht vergessen.«

Es dauerte einen Moment, bis er verstand. Im Ballhaus, einem kleinen Theater in Kreuzberg, sollte ein Off-Theaterstück Premiere haben, und Elisabeth wollte einen Artikel darüber schreiben. Im Anschluß, so hatten sie vereinbart, wollten sie sich treffen und ein bißchen Zeit miteinander verbringen.

Da fiel ihm auch der Rest wieder ein, Barbara Nowack und der fremde Mann am Kottbusser Tor. Er fragte sich, wie lange es her war, daß er dem Unbekannten in den Hinterhof gefolgt war.

»Wie bin ich denn hierhergekommen?«

»Ein Taxifahrer hat dich gefunden«, sagte sie. »Keine fünfhundert Meter von hier entfernt.«

»Er hat mich gefunden?«

»Ja«, sagte sie. »Er wollte dich ins Krankenhaus bringen.

Doch du hast dich mit Händen und Füßen gewehrt. Und immer wieder hast du gesagt, du mußt ins Ballhaus, in die Naunynstraße.«

»Ich muß unter Schock gestanden haben«, sagte er, um eine peinliche Pause zu verhindern.

»Du läßt dich also doch ins Krankenhaus fahren?«

Er antwortete ihr nicht und versuchte statt dessen, sich zu erheben. Doch ein höllischer Schmerz durchfuhr seinen Körper.

»Was ist denn passiert?« fragte Elisabeth.

»Es hat mit dem Fall zu tun«, antwortete er knapp.

Er biß die Zähne zusammen und versuchte erneut, sich aufzusetzen. Elisabeth stützte ihn an der Schulter und hielt seinen Arm.

»Laß das«, sagte er. »Es geht schon.«

»Aber deine Wunden müssen gereinigt werden.«

Sie kam ihm so nah, daß es ihm den Atem verschlug. Als sie ihn berührte, schoß ihm das Blut ins Gesicht. Mit einer Hand hielt sie seinen Kopf, dann nahm sie das kühle Tuch, um seine Wunden zu säubern. Er hielt es nicht mehr aus. Mit einer plötzlichen Bewegung schlug er ihren Arm beiseite. Das Tuch fiel herunter und landete auf dem Boden. Sie sah ihn erschrocken an.

»Es geht mir gut«, sagte er heftig. »Ich brauche keine Hilfe.«

»Aber jemand muß dich versorgen.«

»Nein. Ich komme alleine klar.« Er stand mühsam auf. »Ich komme alleine klar«, wiederholte er.

Elisabeths besorgtes Gesicht war mehr, als er ertragen konnte. Er bewegte sich nur langsam, doch mit jedem Schritt kehrten mehr Kräfte in seinen Körper zurück.

»Ich muß weiter«, sagte er, ein Zittern in der Stimme. »Du weißt schon, der Fall.«

Elisabeth setzte sich auf das breite Sofa und sah ihn wissend an.

»Es tut mir leid wegen unseres Treffens«, sagte er und öffnete die Tür. »Ich rufe dich an.«

Sie schwieg und faltete mit ernstem Gesicht den feuchten Lappen zusammen. Dann nickte sie.

Michael ahnte bereits, daß er sie verletzt haben mußte. Doch er konnte nicht anders. Er hatte den Satz nicht vergessen, den Elisabeth vor einiger Zeit in ihrem Hotelzimmer zu ihm gesagt hatte. Aus heiterem Himmel, obwohl sie doch nicht wissen konnte, worüber er nachdachte. Ich liebe Werner und die Kinder, hatte sie gesagt. Mehr als mein eigenes Leben.

Elisabeth legte den Lappen aus der Hand, sah zu ihm auf und versuchte zu lächeln. Er hatte sie nicht verletzt, dachte Michael. Außer ihm war niemand verletzt worden.

Du hast die Bedingungen festgelegt – das hatte sie gesagt, und er wußte, daß sie recht hatte. Wären Werner und die Kinder nicht gewesen, hätte er sie gar nicht kennengelernt. Es hätte niemals eine Verabredung gegeben. Sie waren das Schutzschild, unter dem er sich vorgewagt hatte. Doch was konnte er dafür, daß nun alles anders war?

Einen Moment blieb er am Ausgang stehen. Dann zog er leise die Tür hinter sich zu. Im Flur war es stockdunkel. Seine Augen gewöhnten sich nur sehr langsam an die Dunkelheit, und es dauerte lange, bis er die Orientierung wiedergefunden hatte.

Es war kurz nach drei. Der Mond schien durch die hohen Fenster auf sein Bett. Das Muster des Bettbezugs leuchtete in dem schwachen Licht. Gerhard Pohl wandte sich zum Fenster und starrte hinauf in den Himmel.

Er war aus einem unruhigen Schlaf aufgeschreckt. Mit einem Mal hatte er geglaubt, die Lösung für den Fall direkt vor sich zu haben. Er hatte davon geträumt. Doch so sehr er sich auch konzentrierte, die Träume waren wirr und irreführend gewesen. Sie hatten nichts mit seinem Fall zu tun.

Er war überspannt. Seine Arbeit verfolgte ihn wieder bis in den Schlaf. Das alles war nicht neu. Doch dieses Mal hatte er das Gefühl, eine Stimme hätte ihm zugeflüstert, daß er etwas übersehen habe, ein wesentliches Detail. In der nächtlichen Stille wuchs dieses Gefühl zu einer Erkenntnis heran. Er war sich plötzlich ganz sicher, er mußte etwas außer acht gelassen haben. Ein Detail, direkt vor seiner Nase, das ihn zu dem Mörder führen würde.

Seine Frau drehte sich um und seufzte im Schlaf. Sie öffnete die Augen.

»Gerd? Du bist wach?«

»Ich kann nicht schlafen.«

Sie sah ihn müde an. »Vergiß doch endlich deine Arbeit«, murmelte sie. »Du brauchst deinen Schlaf.«

Dann sackte sie ins Kissen zurück und schlief weiter. Gerhard Pohl sah seine Frau nachdenklich an. Dann drehte er sich auf die Seite und versuchte, die beunruhigende Ahnung von sich zu schieben. Sie hatte recht. Wenn er etwas auf vage nächtliche Gefühle gab, würde er noch verrückt werden.

8

Am nächsten Morgen kam Michael nicht umhin, sich einzugestehen, daß er noch immer grauenhaft aussah. Zwar waren die Prellungen abgeschwollen, und die Verletzungen hatten anfangs schlimmer ausgesehen, als sie tatsächlich waren. Doch sein Gesicht war voller blauer Flecken, und ein großes Pflaster klebte mitten auf der Stirn.

Als er im Präsidium eintraf, hatte er sich noch immer keine Ausrede einfallen lassen. Genau betrachtet hatte er eine Verdächtigenverfolgung aufgenommen, ohne die Grundsätze der Eigensicherung zu beachten. Er wußte noch immer nicht, wie er das aus dem Bericht würde heraushalten können. Überdies konnte er bei seinem derzeitigen Aussehen sicher sein, daß die Kollegen neugierig über ihn herfallen würden.

Doch zu seiner Überraschung nahm niemand von ihm Notiz. Es herrschte hektisches Treiben auf dem Flur der Sonderkommission. Kollegen stürmten aus ihren Büros, riefen quer über den Flur. Andere standen beisammen und diskutierten aufgeregt.

Wolfgang eilte mit einem Stoß Unterlagen aus seinem Büro und gab währenddessen Anweisungen an Frau Schrade weiter. Plötzlich sah er auf und entdeckte Michael. Sein Blick verfinsterte sich.

»Ich erwarte deinen genauen Bericht«, sagte er knapp. »In einer Stunde.«

»Natürlich«, sagte Michael.

»Was bildest du dir eigentlich ein!« rief Wolfgang plötzlich. »Falls du es vergessen haben solltest. Die Kommission ist wieder aufgestockt worden. Du arbeitest in einem Team.«

Michael nickte und sagte nichts. Wolfgang lenkte ein. »Was ist mit deinem Gesicht?« fragte er. »Bist du vom Barhocker gekippt?«

»So in etwa«, sagte Michael.

Wolfgang zögerte. Dann nickte er, sah wieder in seine Unterlagen und ging weiter. Michael atmete durch und schlüpfte in sein Büro. An einem der Schreibtische saß eine Kollegin. Sie sah auf und begrüßte ihn mit einem Lächeln.

»Was ist denn hier los?« fragte er. »Warum sind alle so aus dem Häuschen?«

»Du hast es noch gar nicht gehört?«

Er sah sie an und zuckte mit den Schultern.

»Wir haben einen Hauptverdächtigen«, sagte sie. »Ein Mitarbeiter aus dem Burger Point. Er ist seit dem Mord verschwunden und war bei der Entnahme der Speichelproben nicht dabei. Offenbar hatte er mit Bettina ein Verhältnis. Und er war wohl der einzige, der wußte, daß sie in dieser Nacht durch die Alexanderstraße fahren würde.«

»Und, haben wir ihn?«

»Er ist flüchtig. Deshalb die Unruhe.« Sie deutete auf seinen Schreibtisch. »Seine Personenbeschreibung liegt oben in der Ablage. Sie stimmt übrigens mit der unbekannten Person überein, die dem Observationsteam durch die Lappen gegangen ist.«

Michael überflog das Fahndungsschreiben und legte es zurück. Mit seinen Gedanken war er noch immer am Kottbusser Tor. Er nahm den Telefonhörer und wählte die Nummer, die er sich am Abend zuvor aus dem Telefonbuch herausgesucht hatte.

Nach zweimaligem Läuten meldete sich eine männliche Stimme.

»Agentur Nowack, mein Name ist Vogt.«

»Kriminalkommissar Schöne«, sagte er. »Verbinden Sie mich bitte mit Barbara Nowack.«

»Frau Nowack ist leider außer Haus.«

»Wann kann ich sie wieder erreichen?«

»Das kann ich Ihnen nicht sagen«, sagte die Stimme. »Sie hat sich diese Woche freigenommen. Möchten Sie mit ihrer Vertretung sprechen?«

»Die ganze Woche?«

»Erst einmal«, sagte Herr Vogt. »Vielleicht bleibt sie auch länger weg. Eine Familienangelegenheit.«

Michael bedankte sich und legte auf. Er sah nachdenklich aus dem Fenster. Dann blickte er zur Uhr. In einer halben Stunde würde die Dienstbesprechung beginnen. Er zögerte. Doch schließlich schnappte er sich seinen Autoschlüssel und verließ das Büro.

»Wo willst du hin?« fragte die Kollegin.

»Nichts Wichtiges. Bin gleich wieder da.«

Im Flur drückte er sich an seinen Kollegen vorbei. Durch ihre offene Bürotür bemerkte Frau Schrade sein Gehen. Sie blickte fragend über den Rand ihrer Brille.

»Ich muß einem Hinweis nachgehen«, rief er ihr zu. »Könnten Sie Herrn Herzberger Bescheid geben?«

»Wäre es nicht besser für Sie, wenn Sie das Dienstgespräch abwarten würden?« fragte sie mit erhobener Stimme.

»Ich beurteile den Hinweis als dringlich«, entgegnete er knapp.

Sie zog skeptisch eine Augenbraue hoch. »Dann hoffe ich nur, daß auch Herr Herzberger das so einschätzen wird, nachdem er Ihren Bericht gelesen hat.«

Michael wurde wütend. »Stellen Sie meine Kompetenz in Frage?«

Sie zuckte kaum merklich mit den Schultern. Dann wandte sie sich ab und beugte sich über die Computertastatur. Michael zögerte, drehte sich um und verließ das Gebäude. Es hatte ohnehin keinen Sinn, sich mit ihr anzulegen.

Es war kurz nach neun, und der Berufsverkehr flaute bereits wieder ab. Er würde wohl gut durchkommen zum Treptower Park.

Michael konnte sich schon vorstellen, was Wolfgang von seinem Plan hielte. Seine Beobachtungen am Kottbusser Tor, der Mann und die Übergabe des Paketes, das war nicht sonderlich viel. Er konnte geradezu sehen, wie Wolfgang den Kopf schüttelte. »Laß doch die arme Frau in Ruhe ihr Marihuana kaufen. Das geht uns nun wirklich nichts an.« Das würde er sagen.

Eine Dreiviertelstunde später bog Michael in die Richterstraße ein. Er parkte den Wagen vor dem Jugendstilhaus, in dem Barbara Nowack wohnte, und blickte hinauf zu ihren Fenstern. Doch die Vorhänge waren zugezogen. Es war nichts zu sehen.

Er drückte mehrmals auf die Klingel und wartete ab.

Schließlich bewegte sich etwas im Treppenhaus. Er sah einen Schatten, dann öffnete sich die Haustür. Ein Postbote zog sich die Uniform zurecht und ging an Michael vorbei ins Freie, ohne Notiz von ihm zu nehmen. Dann stopfte er ein paar Briefe in die große Tasche an der Lenkstange seines Fahrrads und fuhr weiter.

Michael drehte sich um. Die Tür war noch nicht ins Schloß gefallen. Mit einer schnellen Bewegung war er im Haus. Er ging hinauf und lauschte durch die Tür ins Innere von Barbaras Wohnung. Es regte sich nichts.

Unwillkürlich begutachtete er das Wohnungsschloß. Es hatte einen einfachen Bolzen. Er beugte sich vor und rüttelte leicht. Barbara Nowack schien die Tür nur ins Schloß gezogen zu haben. Sein Herzschlag beschleunigte sich.

Er sah sich im Treppenhaus um. Es war völlig still im Haus. Niemand beobachtete ihn. Er zog sein Portemonnaie heraus und betastete die Karten in den einzelnen Fächern. Der Büchereiausweis hatte die ideale Stärke. Er schob ihn sachte in den schmalen Spalt zwischen Tür und Rahmen. Als er auf den Widerstand des Bolzens traf, rüttelte er vorsichtig an dem Knauf. Es brauchte nur zwei Versuche, dann gab das Schloß nach.

Das Team der Dritten Observationseinheit war für die Brükkenstraße eingeteilt. Karen Schipp, die im Schatten der chinesischen Botschaft in einem dunklen Dienstwagen saß, rutschte unruhig auf dem Sitz herum. Es würde ein langer Tag werden, dachte Karen. Besser, sie machte es sich ein wenig bequem.

Ihr Kollege Peter Östrich zog die Thermosflasche vom Rücksitz und reichte ihr einen Becher.

»Kopf hoch, Karen. Vielleicht bekommen wir ihn dieses Mal.«

Sie schwieg und dachte an die Observation in der Alexanderstraße zurück. Zwei Tage war das erst her. Die Aufregung im LKA über den mißlungenen Einsatz war noch längst nicht abgeflaut.

»Ich hätte schießen sollen«, sagte sie nachdenklich.

»Du hast dich richtig verhalten«, sagte Peter. »Auf die Entfernung wäre es zu gefährlich gewesen.«

Doch sie wußte es besser. Bei den regelmäßigen Schußwaffenübungen hatte sie oft genug bewiesen, wie sicher sie im Gebrauch der Waffe war. Sie wußte, daß sie den Mann getroffen hätte. Zielgenau in die Beinmuskulatur.

»Und wenn sich jemand Vorwürfe machen muß«, sagte Peter, »dann bin ich es wohl.«

»Am besten vergessen wir das Ganze.«

Doch Peter hörte nicht mehr hin.

»Karen!« flüsterte er und deutete hinaus auf die Straße. Vor dem Haus war ein Mann aufgetaucht. Er wühlte in seinen Taschen und zog einen Schlüsselbund hervor. Dann machte er sich am Schloß der Haustür zu schaffen und verschwand im Inneren.

Karen schnappte sich das Fernglas und ließ es über die Fenster im ersten Stockwerk gleiten. Tatsächlich erschien der Mann wenige Sekunden später hinter den Scheiben. Er streifte seinen Rucksack von der Schulter und stellte ihn auf die Fensterbank. Danach verschwand er aus ihrem Blickfeld und kehrte mit einem Armvoll Wäsche zurück, die er in den Rucksack stopfte.

»Wir haben nicht einmal den Sitz unter unseren Hintern angewärmt«, sagte Peter. »Und schon passiert etwas. So was ist ja mal selten.«

Karen drückte ihm das Fernglas in die Hand und griff nach dem Funkgerät. »Dritte Observationseinheit«, sagte sie. »Einsatzzentrale, bitte melden.«

»Was gibt's?«

»Wir haben eine verdächtige Person. Hat das Objekt betreten. Männlich, ca. 1,80, kurze dunkle Haare, vermutlich arabischer Abstammung, trägt Jeans und einen dunklen Mantel. Befindet sich in der Wohnung des Tatverdächtigen.«

»Handelt es sich um den Gesuchten?«

»Nein, offenbar ist es ein Freund. Er hat sich mit einem Schlüssel Zugang zur Wohnung verschafft. Erbitten Erlaubnis zur Festnahme.«

»Warte einen Moment«, sagte der Kollege in der Einsatzzentrale.

Am anderen Ende klickte es, und aus dem Funkgerät drang ein langgezogenes Rauschen.

»Der verschwindet!« rief Peter und ließ das Fernglas in die Ablage fallen.

Karen sah zum Haus hinüber. Am Fenster war niemand mehr zu sehen. Sekunden später öffnete sich die schwere Haustür. Der Mann trat auf die Straße und warf sich den Rucksack über die Schulter.

»Einsatzzentrale!« rief Karen. »Verdammt noch mal, der haut uns ab.«

Im Funkgerät surrte es, dann hörte sie ein Knacken.

»Keine Festnahme! Nehmt die Verfolgung auf. Vermutlich führt er uns zu dem Verdächtigen.«

»Verstanden.« Sie nickte Peter zu, der den Wagen startete.

»Und dieses Mal keine Pannen«, kam es abschließend aus dem Funkgerät.

Karen überlegte, ob sie etwas erwidern sollte. Doch dann schaltete sie das Gerät ab und konzentrierte sich auf die Verfolgung.

Michael hatte die Küche, das Arbeitszimmer und schließlich auch das Wohnzimmer durchsucht. Er war dabei zügig vorangekommen, denn Barbara Nowack besaß nur wenige Möbel in ihrer aufgeräumten Wohnung, und selbst in den kleinen Schränken und Kommoden herrschte penible Ordnung. Doch das Paket hatte er nirgends entdecken können.

Er blickte auf die letzte verschlossene Tür, die vom Wohnzimmer abging. Das Schlafzimmer.

Michael stieß die Tür auf und sah in den schmalen Raum. Er hielt den Atem an. Ungläubig starrte er auf die Wand neben dem Bett. Es dauerte einen Moment, bis er begriff, was er sah. Dann trat er näher.

Die Wand war übersät mit Fotos, Zeitungsartikeln, Berichten und Skizzen. Sie alle drehten sich um den sogenannten Würger und seine Morde. Es war eine umfangreiche Sammlung. Barbara hatte Fotos von den Fundstellen aus dem Schloßpark in Pankow, darunter den Parkplatz an der Jannowitzbrücke. Die Positionen der Leichen hatte sie genauestens in die Fotos hineingezeichnet.

Daneben hingen Dutzende von Zeitungsartikeln. Sie mußte alles über die drei Morde gesammelt haben, was in der Berliner Presse erschienen war. Einzelne Stellen waren mit Textmarker angestrichen. Vorwiegend schien Barbara sich für den Modus operandi zu interessieren. Über den Artikeln war ein Stadtplan befestigt, die Tatorte und die mutmaßlichen Wege des Mörders waren eingezeichnet.

Michael wanderte an der Wand entlang. Mit zunehmendem Unbehagen verfolgte er die Chronologie des gesuchten Serientäters. Es schien ihm, als habe Barbara Nowack dem Mann ein Denkmal setzen wollen. Den Abschluß der Sammlung bildeten medizinische Berichte. Sie hatte Artikel aus Fachbüchern der forensischen Traumatologie herausgeschnitten und an die Wand gehängt, die die Vorgänge im Körper der Menschen beschrieben, die erdrosselt oder erwürgt wurden. Mit einem Textmarker hatte sie einzelne Stellen hervorgehoben. Darunter klebten Zeichnungen von Strangfurchen und Fotos erdrosselter Frauen. Michael lief ein Schauer über den Rücken.

Ein schrilles Geräusch ließ ihn aufschrecken. Er wirbelte herum und starrte durch die offene Tür nach nebenan. Erst beim zweitenmal erkannte er das Geräusch: Sein Handy meldete sich. Er hatte es beim Hereinkommen auf den Küchentisch gelegt. Es war Wolfgang.

»Wo bist du?« fragte er.

»Wolfgang, ich kann dir das erklären ...«

Doch sein Chef ging nicht darauf ein. »Nicht so wichtig«, sagte er. »Wir wissen, wo sich der Verdächtige aufhält. Er ist im Märkischen Viertel. Das Observationsteam hat von der Wohnung in der Brückenstraße aus einen Mann verfolgt. Serkan ist bei ihm untergekommen.«

»Habt ihr ihn festgenommen?«

»Zugriff erfolgt in fünf Minuten«, sagte Wolfgang. »Ich bin gerade hier angekommen. Was meinst du, kannst du in einer Stunde in der Keithstraße sein?«

»Na klar.«

»Dann sehen wir uns da zur Vernehmung.«

Wolfgang legte auf.

Michael sah noch einmal auf die Sammlung. Dann schloß er vorsichtig die Tür zum Schlafzimmer und verließ die Wohnung.

Wolfgang brauchte einen Moment, bis er sich in dem Siebziger-Jahre-Hochhausviertel zurechtgefunden hatte. Überall ragten riesige Bauten in den Himmel. Ihre Ordnung mutete an wie ein rätselhaftes kultisches Prinzip. Zwar führten Straßen hindurch, Pfeile und Hausnummern wiesen den Weg, dennoch mußte er zweimal den Wagen wenden, bis er das Haus gefunden hatte, in dem sich der Verdächtige aufhielt.

Auf dem Platz vor dem Gebäude waren weder Streifenwagen noch Beamte des Sondereinsatzkommandos zu sehen. Sie alle hatten sich so aufgestellt, daß oben in der Wohnung niemand Verdacht schöpfen würde. Wolfgang stieg aus dem Wagen und ging auf das Haus zu.

Vor der Tür wartete eine Beamtin der Observationseinheit auf ihn.

»Sind Sie Herr Herzberger?« fragte sie. Er nickte, und sie hielt ihm die Tür auf.

»Karen Schipp«, stellte sie sich vor. »Der Verdächtige befindet sich in einer Wohnung im siebzehnten Stock. Ich begleite Sie.«

Sie fuhren mit dem Fahrstuhl in die oberste Etage. Die Beamten des Sondereinsatzkommandos warteten bereits auf ihn. Die Wohnung befand sich am Ende eines langen Flures. Wolfgang nickte dem Einsatzleiter zu, der vor der Wohnungstür wartete.

»Wie sieht es aus?« erkundigte er sich.

»Alle in Position«, meinte der Einsatzleiter. »Wir können loslegen.«

Wolfgang trat vor und drückte auf die Klingel.

»Aufmachen! Polizei!«

Aus der Wohnung drangen Stimmen. Männer redeten durcheinander und liefen aufgeregt umher. Türen knallten. Wolfgang hörte es scheppern.

»Öffnen Sie die Tür!« rief er. »Sonst verschaffen wir uns Zutritt!«

Er wartete noch einen Moment, ehe er dem Einsatzleiter ein Zeichen gab. Dann trat er zurück an die Wand und beobachtete von dort aus, wie die Polizisten die Tür aufbrachen und in Sekundenschnelle in die Wohnung eindrangen.

Wolfgang eilte hinterher. In den engen Räumen herrschte Chaos. Schranktüren standen offen, Stühle waren umgekippt, dazwischen lag eine Bettdecke. Es wirkte so, als habe Serkan in letzter Sekunde verzweifelt nach einem Versteck gesucht.

Die Beamten verteilten sich blitzartig in der kleinen Wohnung. Sie durchkämmten jeden Winkel. Serkans Freund wurde im Wohnzimmer überwältigt. Er rief etwas in einer fremden Sprache, dann fiel er zu Boden. Die Beamten durchsuchten ihn und drückten sein Gesicht auf den Teppich.

Serkan schien nicht mehr in der Wohnung zu sein. In der Küche bewegte sich ein Vorhang. Die Tür zum Balkon stand ein Spalt weit offen.

Mit einer schnellen Bewegung riß Wolfgang den Vorhang zur Seite. Der Balkon war leer. Ein Träger führte weiter nach oben. Er trat einen Schritt vor und sah hinauf. Serkan hätte von dort aus problemlos auf das Dach klettern können.

Er gab den Beamten ein Zeichen. »Auf das Dach!«

Wenige Sekunden später erreichten sie das Treppenhaus. Karen Schipp sah sie erstaunt an und folgte ihnen die Treppe hinauf aufs Dach.

Eine Brandschutztür führte ins Freie. Die Beamten des Kommandos stürmten voran, Wolfgang und Karen Schipp folgten. Sie waren von der Helligkeit geblendet. Um sie her nichts als Himmel. Serkan erschien als dunkle Gestalt am Rande des Daches. Er sah hinüber und schrie. Sie verstanden ihn nicht, doch in seiner Stimme war Panik zu hören. Mit einer ruckartigen Bewegung wandte er sich ab und kletterte an einem Gitter hinauf.

Wolfgang blinzelte angestrengt gegen das Licht. Das Gitter stellte sich als Absperrung heraus. Es war am Rande des Daches installiert worden, damit niemand versehentlich hinunterstürzen konnte.

»Mein Gott«, entfuhr es ihm. »Er bringt sich um!«

Serkan schwang sich an dem Gitter hoch. Er reagiert wie ein in die Enge getriebenes Tier, dachte Wolfgang. Ihnen blieb keine Zeit. Er würde ihnen keine Möglichkeit lassen, mit ihm zu reden, ihn zu überzeugen. Er würde springen, und sie konnten nichts dagegen unternehmen.

Wolfgang starrte entsetzt auf das Gitter. Serkan hatte bereits ein Bein auf die andere Seite geschwungen. Er bräuchte sich nur noch abzustoßen.

In diesem Moment fiel ein Schuß.

9

Anna Proschinski passierte mit ihrem Wagen den ehemaligen Todesstreifen. Der Himmel war verhangen, und die Häuserzeile am Ende des brachliegenden Streifens ragte wie eine Felswand aus dem Boden. Erst auf den zweiten Blick sah sie die knospenden Blumen auf den Fensterbänken und die sanften Lichter in den einzelnen Wohnungen.

Sie bog in die Dresdner Straße ein, hielt vor dem letzten Haus und hupte zweimal. Ute erschien an ihrem Fenster im ersten Stock. Sie winkte Anna zu, dann verschwand sie im hinteren Teil der Wohnung.

Wegen des diesigen Wetters wurde es früher dunkel als sonst. Obwohl es erst kurz nach drei war, hatte Anna die Scheinwerfer einschalten müssen. Sie arbeitete wieder in der Nachtschicht, in sechs Stunden würde sie anfangen. Bis dahin hatten sie noch genug Zeit.

Ute erschien mit ihrer Sporttasche und strahlte Anna an.

»Ohne Uniform hätte ich Sie fast nicht erkannt«, rief sie ihr entgegen und stieg ins Auto.

Anna mußte lächeln. Die Fröhlichkeit des Mädchens schien ungebrochen. Sie setzte den Wagen zurück und fuhr in Richtung Alexanderplatz.

»Dann wollen wir mal sehen, was du drauf hast«, sagte sie und grinste Ute an.

»Sie denken wirklich, ich könnte die Aufnahmeprüfung bei der Polizei schaffen?«

»Ich will nichts versprechen«, sagte Anna. »Aber wir werden es versuchen. Zunächst will ich einfach mal sehen, was du kannst.«

»In der Schule war ich aber nie gut in Sport«, sagte Ute zurückhaltend. »Ich habe es immer gehaßt.« Sie sah zu der Polizistin hinüber. »Die meiste Zeit habe ich auf der Bank gesessen. Entweder, weil mich niemand in seine Mannschaft wählen wollte. Oder weil ich als erste aus dem Spiel ausscheiden mußte. Ich bin wohl einfach lahm und unsportlich.«

»Ich habe früher auch den Sportunterricht gehaßt«, sagte Anna.

Ute sah sie mit großen Augen an. »Sie?«

»Aber ja. Trotzdem: Kein Mensch ist unsportlich. So etwas gibt es nicht.«

»Ich weiß nicht«, sagte Ute skeptisch.

»Es kommt nicht darauf an, wie gut du bist, wenn dich jemand zwingt, einen Ball zu werfen. Es kommt darauf an, daß du selbst den Ball werfen willst. Wille und Disziplin. Du mußt einfach beschließen, gut zu werden. Und dann brauchst du einen eisernen Willen für dein Training. Aber das ist auch schon alles.«

»Wirklich?«

»Schulsport verhindert nur, daß Mädchen wie du merken, wie gut sie sein können. Du mußt keine Angst vor dem Training haben. Du mußt nur den Willen in dir entdecken. Wenn er vorhanden ist, dann werde ich ihn sehen.«

Utes Gesicht hellte sich wieder auf. »Ich werde versprechen, alles zu tun«, sagte sie feierlich.

Anna lächelte. Sie hielt vor einer roten Ampel an der Heinrich-Heine-Straße. Die beiden Schornsteine der Gaswerke ragten in den nebligen Himmel. Es wurde immer dunkler.

»Dann gibt es noch eine schriftliche und eine mündliche Eignungsprüfung«, fuhr sie fort. »Einen Intelligenztest, einen Wissenstest, ein Diktat.«

»Ist das denn schwer?« fragte Ute.

»Man kann sich auf alles vorbereiten«, sagte Anna. Die Ampel sprang auf Grün, und sie fuhr weiter. »Und du hast ja mich«, sagte sie. »Ich habe das alles schon hinter mir. Ich kann dir genau sagen, was vorkommen wird.«

Ute sah aus dem Fenster und schien eine Zeitlang darüber nachzudenken. Sie betrachtete die Schornsteine der Gaswerke, bis sie hinter den S-Bahnbögen der Jannowitzbrücke verschwanden.

»Frau Proschinski«, sagte sie schließlich. »Haben Sie Serkan inzwischen gefaßt?«

Die Polizistin nickte langsam. »Er war der Hauptverdächtige. Und er war die einzige Spur, die die Soko hatte.«

Sie schwieg wieder. »Aber er ist nicht der Mörder, der gesucht wird, oder?«

»Nein«, erwiderte Anna. »Das ist er nicht.« Sie sah zu Ute hinüber, doch das Mädchen blickte starr aus dem Fenster. »Niemand konnte das wissen«, fuhr Anna fort. »Er schien der einzige zu sein, der wußte, daß Bettina in dieser Nacht über die Alexanderstraße fahren würde. Und er war nach dem Mord spurlos verschwunden. Die Ermittelnden mußten davon ausgehen, daß er etwas damit zu tun hat.«

»Wann haben sie gemerkt, daß er es nicht war?«

»Seine DNA paßte nicht«, sagte Anna. »Serkan war bei einem Freund untergetaucht. Die Sonderkommission hat ihn dort stellen können.«

»Er hat sich einfach festnehmen lassen?«

Anna atmete durch. »Nein. Als Serkan bemerkte, daß er in der Falle sitzt, ist er durchgedreht. Er ist auf das Dach geflohen und wollte sich in den Tod stürzen.« Anna wußte, daß sie diese Informationen nicht weitergeben durfte. Doch sie glaubte, daß Ute ein Recht hatte, alles zu erfahren. »Karen Schipp, eine Beamtin aus der Observationseinheit, hat ihm in den Unterarm geschossen, gerade als er sich vom Dach abstoßen wollte. So ist er abgerutscht und gestürzt. Sie überwältigten ihn, bevor er es ein zweites Mal versuchen konnte. Es ist ein präziser Durchschuß, Karen ist eine hervorragende Schützin. Er wird wieder völlig gesund.«

»Was wird jetzt mit ihm passieren?« fragte Ute.

Anna zögerte. Es hatte keinen Sinn, dem Mädchen etwas vorzumachen.

»Er wurde in die Abschiebehaft überführt. Sobald er gesund ist, wird er in seine Heimat ausgeflogen.«

Ute senkte ihren Blick. »Ich bin schuld daran, nicht wahr? Meinetwegen muß Serkan das Land verlassen.«

Anna schwieg. Sie kannte solche Gefühle nur zu gut.

Sie bogen in den Hof des Fitneßstudios. Anna parkte den Wagen neben dem Eingang und stellte den Motor ab. Dann schnappte sie sich ihre Sporttasche vom Rücksitz und öffnete die Tür.

»Die Welt ist viel zu kompliziert für unsere Rechtsordnung«, sagte sie, bevor sie ausstieg. »Du wirst häufiger in solche Situationen kommen, wenn du Polizistin werden willst. Unser Beruf ist voll davon.«

Ute nickte. Sie machte noch immer keine Anstalten auszusteigen.

»So ein Dilemma ist nie leicht zu lösen«, sagte Anna. »Aber du mußt damit zurechtkommen. Jeder von uns findet da seinen eigenen Weg. Es gibt einige, die schreiben nicht alles in ihre Berichte. Andere verstecken sich hinter ihrer Pflicht. Einfach ist es nie.«

»Es hätte eine wichtige Spur sein können, nicht wahr?«

Anna zuckte mit den Schultern. »Ich denke, daß du richtig gehandelt hast.«

»Ich hätte mir so sehr gewünscht, daß dieses Monster gefaßt wird«, sagte Ute. Zwei Männer mit Sporttaschen kamen aus dem Studio. Sie sahen kurz zu ihnen hinüber, dann vertieften sie sich wieder in ihr Gespräch.

»Das alles geht mir nicht aus dem Kopf«, sagte Ute. »Er hat Bettina aufgelauert. Abends sehe ich mir die Männer an, die bei mir einen Burger kaufen. Und plötzlich denke ich: Der könnte es gewesen sein! Oder der? Dann habe ich dieses Gefühl bei jedem, den ich bediene. Bei den Leuten in der U-Bahn, den Menschen auf der Straße.«

»Du darfst dich nicht hineinsteigern«, sagte Anna. »Das hilft niemandem.«

Ute nickte langsam und griff nach ihrer Sporttasche. Anna hatte bereits die Autotür hinter sich zugeworfen, als das Mädchen ausstieg und zu ihr hinübersah.

»Frau Proschinski«, sagte sie. »Denken Sie, daß er noch in der Nähe des Burger Point ist?«

Die Polizistin spürte den Impuls, etwas Beruhigendes zu sagen.

»Ich weiß es nicht«, sagte sie statt dessen. »Niemand kann das wissen.«

Die Dämmerung hatte sich über den Alexanderplatz gelegt. Eine dunkle Wolkenwand war am Himmel aufgezogen und schluckte das letzte Licht. Nach und nach flackerten die Laternen auf. Ein kalter Wind trieb liegengebliebene Bierdosen und alte Zeitungen vor sich her. Die Titelseite einer Zeitung rutschte von einer Bank herunter und überschlug sich auf dem Asphalt. Die Schlagzeile über den Serientäter und die Fotos seiner Tatorte tanzten im Wind, bis das Blatt an die Füße eines Mannes geweht wurde, der neben dem Aufgang der U-Bahn stand.

Er stieß die Zeitung nachlässig weg, ohne sie zu beachten. Seine Aufmerksamkeit richtete sich auf die Burger-Point-Filiale, durch deren hohe Fenster er die geschäftigen Mitarbeiterinnen sehen konnte. Er starrte hinein und versuchte seiner aufgewühlten Gefühle Herr zu werden.

Er hatte die Kontrolle verloren. Er hatte versagt. Seine ganze Sicherheit, das Gefühl der Überlegenheit, es war alles ins Wanken geraten. Bislang hatte *er* über ihr Schicksal entschieden. Sie hatten sich ihm fügen müssen. Diese Kontrolle war alles gewesen. Und nun hatte er sie verloren.

Es dauerte eine Weile, bis er die Frau bemerkte, die auf den Platz getreten war. Er hatte in ihre Richtung gesehen, ohne sie wahrzunehmen. Die junge Frau wandte sich schnell ab und sah zu Boden. Sie drückte ihre Tüte mit dem Burger-Point-Aufdruck eng an den Körper, drehte sich ängstlich zu ihm um, dann ging sie eilig über den Platz.

Die Frau hatte Angst vor ihm, schoß es ihm durch den Kopf. Er verlor seine Unsichtbarkeit. Schweiß trat ihm auf die Stirn. Er wandte sich ab und lief zum U-Bahn-Eingang. Dort unten waren Menschen. Er mußte wieder untertauchen, unsichtbar werden. Dort unten würde er in die Menge eintauchen können.

Es dauerte nur Sekunden, dann war er an den Treppen angelangt und unter der Erde verschwunden.

Es war bereits nach acht, als Gerhard Pohl die Tür zur Kantine im Kellergewölbe der Keithstraße aufstieß. Zwar hatte die Küche bereits geschlossen, doch er wußte, daß sich im Durchgang noch ein Kaffeeautomat befand. Der Automat in der vierten Etage war seit Mittag defekt, und er hoffte, hier unten noch einen Becher zu bekommen.

Zu seiner Überraschung war er nicht allein in der Kantine. Ein Tisch in dem großen Speisesaal war noch besetzt. Wolfgang Herzberger saß dort mit Dr. Freythal, der Rechtsmedizinerin. Gerhard Pohl stutzte und fragte sich, wo das rechtsmedizinische Institut eigentlich seinen Sitz hatte. Offenbar besaß Dr. Freythal neue Ermittlungshinweise, wenn sie noch am Abend nach Schöneberg gekommen war. Er winkte ihnen zu und trat an ihren Tisch. Sie hatten große Tassen frisch aufgebrühten, duftenden Kaffees vor sich stehen.

»Wo haben Sie denn frischen Kaffee organisiert?«

Wolfgang lächelte ihn an. »Mittwochs bleibt eine Küchenhilfe nach Feierabend und putzt die Regale. Ich habe sie mit fünf Euro bestochen. Versuchen Sie es auch. Der Kaffee schmeckt hervorragend.«

»Danke, aber ich bleibe beim Automaten.« Er setzte sich mit seinem Becher zu ihnen. »Haben Sie etwas Neues erfahren?« fragte er, an die Rechtsmedizinerin gewandt.

»Nein«, antwortete Wolfgang an ihrer Stelle. »Der rechtsmedizinische Bericht ist abgeschlossen.«

Gerhard Pohl sah erstaunt zu ihm hinüber. Plötzlich begriff er, daß dieses Treffen privaten Charakter haben mußte. Er wollte etwas Beiläufiges sagen, um die Situation zu entspannen, doch ihm fiel nichts ein.

»Über Serkan haben wir auch nichts Neues erfahren«, sprang Wolfgang für ihn ein. »Er redet nicht mit uns, sondern sitzt die ganze Zeit im Vernehmungszimmer und starrt vor sich hin.«

»Ist er denn die verdächtige Person, die der Observationseinheit an der Jannowitzbrücke entwischt ist?«

»Nicht einmal das wissen wir«, sagte Wolfgang. »Wir wissen nur, daß er nicht der Täter ist.« Nach kurzem Zögern fügte er hinzu: »Und daß er derjenige ist, von dem Bettina schwanger war.«

Dr. Freythal mischte sich in das Gespräch. »Was passiert denn jetzt mit ihm?«

Wolfgang sah sie finster an. »Abschiebehaft.«

»Also in jeder Hinsicht ein erfolgreicher Einsatz«, bemerkte sie.

»Jedenfalls können wir ihn als Täter ausschließen«, meinte Wolfgang. »Vielleicht war es am Ende auch gar keine Beziehungstat, und der Täter hat sich schlicht und einfach einen neuen Opfertypus gewählt. Weshalb auch immer.«

Gerhard Pohl schob seinen Kaffeebecher über den Tisch. »Weshalb auch immer«, wiederholte er unzufrieden. »Ein neuer Opfertypus, eine neue Signatur, ein neuer Modus operandi. Alles ist neu, nur der Täter soll der alte geblieben sein.«

»Sie meinen, er hätte wenigstens eine Wäscheleine benutzen können«, sagte Wolfgang und sah ihn müde an. »Eine Beziehungstat scheint mir trotzdem immer noch am wahrscheinlichsten, wir müssen wohl alles noch mal überprüfen.«

Dr. Freythal wippte nervös auf ihrem Stuhl. Sie sah über die leeren Tische im Speisesaal. Dann wandte sie den Blick ab und seufzte.

»Also gut«, sagte sie. »Vielleicht ist mir bei der Obduktion etwas aufgefallen, was ihr nicht in meinem Bericht finden könnt.«

Die beiden Männer sahen sie an.

»Die Annahme ist jedoch völlig unseriös«, sagte sie mit Unbehagen. »Kein objektiver Befund. Und ich möchte auch, daß es unter uns bleibt. Es ist lediglich eine Vermutung, die am Ende mehr über meine Vorannahmen und Erwartungen aussagt als über den Untersuchungsgegenstand.«

»Jetzt spann uns nicht auf die Folter«, sagte Wolfgang. »Raus damit.«

»Das Opfer hatte stark ausgeprägte Würgemale. In der Regel sind sie beim Erwürgen nicht so typisch ausgeprägt.

Sie sind eher fleckförmig und bilden die Fingernägel ab. In diesem Fall sind sie aber erstaunlicherweise fast durchgängig.«

»Hat das eine besondere Bedeutung?« wollte Wolfgang wissen.

»Nein. Außer daß man mit Phantasie etwas sehen könnte«, sagte sie widerwillig. »Einen waagerechten Schatten, wie die Andeutung einer Strangfurche. Wenn es aber ein Strangwerkzeug gegeben hat, dann hat es keine Fasern hinterlassen und wurde nur sehr kurz und vor dem Würgen eingesetzt.«

»Eine Wäscheleine!« rief Wolfgang.

Sie funkelte ihn böse an. »Es ist reine Spekulation, von einer Wäscheleine auszugehen. Das Ganze ist ohnehin völlig haltlos. Am besten wird es sein, ihr schenkt der Sache nicht zuviel Beachtung.« Sie strich sich eine Strähne aus dem Gesicht. »Es könnte aber erklären, wie es bei bislang so zwanghafter Beibehaltung des Modus operandi zu solch einer Wendung kam. Um es nochmals zu betonen: Das Opfer war wesentlich stärker als die beiden Frauen in Pankow. Er könnte versucht haben, seinen typischen Ablauf einzuhalten. Es ist ihm schlicht mißlungen.«

Wolfgang rührte mit dem Löffel in seinem Kaffee.

»Dann können wir jetzt die Presse ins Spiel bringen. Ich habe mit der Familie die Einzelheiten besprochen.«

»Die Presse?« fragte Dr. Freythal.

Wolfgang seufzte. »Erklären Sie es«, sagte er zu Pohl.

»Der Täter hat postmortal Wiedergutmachungshandlungen am Opfer vorgenommen«, erläuterte der Fallanalytiker. »Er hatte also zumindest nach der Tat ein Unrechtsbewußtsein, vielleicht sogar ein Reuegefühl. Das ist das erste Mal, daß wir so etwas bei ihm beobachten konnten. Deshalb ist eine Beziehungstat trotz allem immer noch wahrscheinlich.«

»Bettina soll als der lebensfrohe und liebenswerte Mensch, der sie war, in der Presse präsent werden«, sagte Wolfgang. »Der Täter soll mit seiner Reue konfrontiert werden und nicht die Möglichkeit bekommen, sie zu verdrängen.«

»Und zu welchem Zweck?«

»Wir wollen an sein Gewissen rühren und ihn unter Druck setzen. Vielleicht macht er einen Fehler. Wenn er sich in Bettinas Umfeld befindet, dann kann der kleinste Fehler auffallen und uns zu ihm führen.«

»Davon versprecht ihr euch Erfolg?« fragte die Rechtsmedizinerin skeptisch.

»Keine Ahnung«, sagte Wolfgang. »Aber etwas anderes fällt mir jetzt auch nicht mehr ein. Mal sehen, was passiert.«

10

Barbara Nowacks Sportwagen schoß aus der Richterstraße. Sie bog mit quietschenden Reifen um die Ecke und fuhr mit erheblichem Tempo davon. Offenbar hatte sie Michael Schöne nicht auf dem Bürgersteig vor ihrem Haus stehen sehen.

Er hatte nochmals mit ihr sprechen wollen, nachdem sie Serkan festgenommen hatten. Obwohl er seine Entdeckung ihr gegenüber nicht erwähnen konnte, würde er vielleicht auf einem anderen Weg etwas von ihr erfahren.

Er sprang in seinen Golf und nahm die Verfolgung auf. Im dichten Stadtverkehr konnte Barbara ihr anfängliches Tempo nicht halten, und so hatte er keine Schwierigkeiten, sich ihrer Geschwindigkeit anzupassen.

Sie arbeitete sich durch die verstopften Straßen bis zum Alexanderplatz. Dann bog sie ab und nahm einen Schleichweg zum Hackeschen Markt. Im Halteverbot parkte sie ihren Wagen und stieg aus. Michael sah sie in einem Café verschwinden.

Er suchte sich ebenfalls einen Parkplatz. Barbara Nowack hatte sich bereits an einem Tisch am Fenster niedergelassen. Sie bestellte, setzte ihre Sonnenbrille auf und ließ sich von der Märzsonne das Gesicht wärmen.

Michael stellte sich an eine Straßenbahnhaltestelle und wartete. Im dichten Gewühl der Touristen fiel er nicht auf. Reisegruppen schoben sich an ihm vorbei. Die einfahrenden Straßenbahnen versuchten vergeblich, sie mit ihrem Klingeln von der Straße zu verscheuchen.

Barbara blieb allein. Sie döste in dem sonnendurchfluteten Café und zündete sich von Zeit zu Zeit eine Zigarette an.

Michael beschloß, zu ihr zu gehen. Er hatte noch keinen Plan, sondern hoffte einfach, daß sie mit ihm reden würde, und überquerte die belebte Straße. Die Tür des Cafés schlug hinter ihm zu. Im Innern war es warm und sonnig. Freundlich nickte er der Bedienung zu und trat an Barbaras Tisch.

»Guten Tag, Frau Nowack.«

Sie schrak zusammen und schob ihre Sonnenbrille hoch.

»Herr Schöne«, sagte sie überrascht. »Verfolgen Sie mich?«

»Ich habe Sie gerade zufällig von der Straße aus gesehen. Da dachte ich, ich setze mich kurz zu Ihnen.«

Sie lächelte schwach und schob die Brille zurück auf die Nase.

Michael setzte sich. »Wie geht es Ihrer Familie?«

»Ich weiß es nicht.«

Sie zündete sich eine weitere Zigarette an und blickte aus dem Fenster. »Und es interessiert mich auch nicht sonderlich«, fügte sie hinzu.

Plötzlich hatte er eine Idee. Es war nur eine Möglichkeit, aber vielleicht würde er es auf diese Weise schaffen, daß sie ihre Distanz aufgab und zu einem Gespräch bereit war.

»Ich habe zu meinen Geschwistern auch keinen Kontakt mehr«, begann er. Sie ging nicht darauf ein, und er fuhr fort. »Bei mir sind es ebenfalls zwei Geschwister, wie bei Ihnen. Ein Junge und ein Mädchen. Sie müßten heute beide um die Dreißig sein. Falls sie noch am Leben sind.«

Die Kellnerin trat an den Tisch, und er bestellte sich einen Tee. Er hatte die Geschichte schon so oft erzählt, daß es ihm vorkam, als beträfe sie ihn gar nicht. Er konnte sogar dabei lächeln.

»Ich weiß kaum etwas über sie«, sagte er, nachdem die Kellnerin wieder gegangen war. »Stellen Sie sich vor, ich kann mich nicht einmal an ihre Gesichter erinnern.«

Barbara Nowack blickte aus dem Fenster. Er fragte sich, ob es überhaupt Sinn hatte, die Geschichte zu erzählen. Doch es war ihm noch nie so leicht gefallen wie heute, und er wollte allein deshalb fortfahren, weil er wissen wollte, ob er sie bis zum Ende erzählen könnte, ohne irgend etwas zu fühlen.

»Mein Vater war Alkoholiker«, fuhr er fort. »Wenn er besoffen war, dann wurde er gewalttätig. Und am Ende war er nur noch besoffen. Das meiste hat meine Mutter abbekommen. Ich war gerade zwölf, als er sie schließlich im Suff erschlagen hat. Die Fürsorge hat mich in ein Heim gesteckt, später in eine Pflegefamilie. Meine Geschwister habe ich nie wieder gesehen. Heute denke ich, daß es das beste war, was mir passieren konnte.«

Barbara stieß den Rauch ihrer Zigarette aus. »Was wollen Sie von mir?«

Michael zuckte mit den Schultern. »Ich möchte Ihnen eine Geschichte von zwei Menschen erzählen. Wenn Sie noch Zeit für mich haben.«

»Ich erwarte eine Verabredung«, sagte sie kühl.

Michael tat, als hätte er es nicht gehört. »Diese beiden Menschen, von denen ich Ihnen erzählen will, sie sind dabei, erwachsen zu werden, und sie leben hier in dieser Stadt. Beide wachsen in kaputten Verhältnissen auf, keiner kümmert sich um sie. Es gibt keine Liebe, keine Zuneigung. Sie müssen allein für ihr Überleben sorgen. Und sie müssen auf der Hut sein. Die Welt ist voller Feinde und es scheint nichts als Gewalt und Haß zu geben. Ruhe finden sie nirgends. Sie kämpfen dagegen an. Doch am Ende verliert einer der beiden seine Menschlichkeit.«

Er suchte vergebens ihren Blick hinter den Brillengläsern.

»Äußerlich hat sich nichts verändert«, sagte er. »Doch einer von beiden beginnt zu morden. Können Sie mir sagen, was passiert ist? Was unterscheidet den einen vom anderen? Wer bleibt ein Mensch, wer wird zu einem gefühllosen Wesen?»

Sie schüttelte den Kopf und schob die Brille ins Haar. »Hören Sie! Ich weiß nicht, was Sie in mir zu erkennen glauben. Sie und ich, wir haben nichts gemeinsam. Gar nichts.«

»Es geht nicht um Gemeinsamkeiten«, sagte er lächelnd.

Sie drückte wütend ihre Zigarette aus. »Mich wundert nicht, daß Sie den Mörder nicht finden«, fauchte sie. »Soll ich die Frauen etwa umgebracht haben? Wie stellen Sie sich das vor?«

Michael sah sie an. »Wie kommen Sie darauf, daß ich in diese Richtung gedacht haben könnte?«

Sie lehnte sie sich zurück und verschränkte die Arme. »Es wäre besser, wenn Sie jetzt gehen. Ich erwarte eine Verabredung.«

»Ich wollte Sie nur einladen, darüber nachzudenken.«

»Gehen Sie!« sagte Barbara heftig.

Michael trank seinen Tee aus, legte ein paar Münzen auf den Tisch und stand auf.

»Man sieht es dem Monster nicht an«, sagte er, bevor er ging. »Niemand wird sagen können, wer von beiden es ist.«

Gerhard Pohl war spät dran, als er die Dienststelle verließ. Er fuhr eilig durch die Nebenstraßen, bis er endlich auf den Mehringdamm in Richtung Tempelhof bog. Sofort stand er im Stau. Er ärgerte sich, nicht die U-Bahn zur Zentrale des LKA genommen zu haben. Denn dann wäre er pünktlich zum Termin mit seinem Abteilungsleiter erschienen.

Er lehnte sich über das Steuer und betrachtete das Heck des Wagens vor ihm. Der Kofferraum des rostenden Ford Granada war von zahllosen Aufklebern bedeckt. Sticker der Friedensbewegung klebten neben antifaschistischen Parolen. An der unteren Heckklappe entdeckte er zwischen dem Tucholsky-Zitat »Soldaten sind Mörder« und dem stark ausgeblichenen Aufruf »Freiheit für Nelson Mandela« wieder einmal sein Lieblingsmotiv. Drei Schutzpolizisten glotzten ihn mit gewaltigen Hundeköpfen an, darunter stand: »Wir müssen draußen bleiben«.

Dem Granada war von weitem anzusehen, daß der TÜV vor einiger Zeit abgelaufen sein mußte. Zudem konnte Gerhard Pohl deutlich erkennen, daß sich der Fahrer einen Joint angezündet hatte. Er drehte nicht einmal das Fenster herunter, und in der Fahrerkabine verdichtete sich der Rauch.

Der Fallanalytiker seufzte und schüttelte den Kopf. Er dankte dem Schicksal, daß er nicht mehr im Streifendienst arbeiten mußte.

Die Autoschlange setzte sich in Bewegung. An der nächsten Ampel kam sie wieder zum Stehen. Gelangweilt sah er aus dem Fenster. An einer Brandwand vor ihm hing eine Waschmittelwerbung. Eine jugendlich wirkende Mutter saß auf einer Waschmaschine und lachte in die Kamera. Unterhalb der Maschine stapelte sich blütenweiße Wäsche. Auf dem Arm trug die Mutter zwei kleine Kinder, anscheinend eineiige Zwillinge.

Pohl fixierte die Familie auf dem Plakat. Er fragte sich, ob es die beiden Schwestern auch in Wirklichkeit gab oder ob es eine Täuschung war, eine Fotomontage. Gebannt starrte er auf das Werbebild. Sein Herz begann zu rasen. Schweiß bildete sich in seinen Handflächen. Er hatte es die ganze Zeit übersehen. Die Lösung war direkt vor seiner Nase gewesen.

Ein Auto hupte hinter ihm. Er schreckte auf, setzte den Blinker und fuhr rechts heran. Der Verkehr lief an ihm vorbei. Aufgeregt kramte er nach seinem Handy. Die Nummer war eingespeichert, er brauchte nur auf die Taste zu drükken.

»Schrade«, meldete sich die Sekretärin in der Keithstraße.

»Pohl«, sagte er. »Ich muß sofort mit Wolfgang Herzberger sprechen.«

»Herr Herzberger ist nicht im Büro. Er wird in ein paar Minuten wieder zu erreichen sein.«

»Hat er noch Termine heute nachmittag?«

Er hörte sie im Kalender blättern. »Nein. Jedenfalls keine außer Haus.«

»Sagen Sie ihm, daß ich kommen werde. In einer halben Stunde bin ich da.«

Barbara Nowack spielte nervös mit ihrer Zigarettenschachtel. Ein dunkles Gefühl hatte von ihr Besitz ergriffen, seit der Kommissar gegangen war. Sie fragte sich unaufhörlich, ob er etwas wissen konnte. Ihr Plan durfte nicht in Gefahr geraten.

Sie stand auf und sah die Zeitungen an der Theke durch. Michael Schöne konnte nichts von ihrem Plan wissen, sagte sie sich. Es war unmöglich.

Im Berliner Kurier entdeckte sie einen Artikel über den Serientäter, sie griff sich die Zeitung und setzte sich wieder. Sie schlug das Boulevardblatt auf und überflog die Seite. Über dem Artikel war ein großes Foto, es zeigte ihre Schwester in der Uniform des Burger Point. Sie hielt einen Cheeseburger hoch und strahlte in die Kamera. Ihre Augen leuchteten, offenbar hatten sie und ihre Kollegen gerade richtig Spaß an ihrer Arbeit. Kaum vorstellbar in diesem Job, dachte Barbara.

Der Artikel erzählte die Geschichte des dritten Opfers. Bettina wurde als Mensch voller Lebensfreude und Liebenswürdigkeit dargestellt. Barbara glaubte zwischen den Zeilen zu lesen, daß ihr Tod als größere Tragödie betrachtet wurde als die bisherigen Morde. Als wäre ihre Schwester eine Heilige, dachte sie verständnislos.

Sie suchte in dem Artikel nach Informationen über die Polizeiarbeit. Doch es drang nur wenig über die Ermittlungen an die Öffentlichkeit, und sie konnte nicht abschätzen, ob die Polizei eine Spur hatte. Barbara fragte sich, ob sie zu dem Kommissar weniger abweisend hätte sein sollen. Vielleicht hätte sie von ihm etwas erfahren können.

So mußte sie sich mit den spärlichen Informationen aus der Presse zufriedengeben. Die Polizei ging davon aus, daß der Täter in Pankow lebte oder dort arbeitete. Er mußte kräftig und sehr groß sein, außerdem ging er bei seinen Taten überlegt und vorsichtig vor. Doch das war es auch schon.

»Hallo, Barbara«, sagte Olaf.

Sie schreckte auf. Ihr hünenhafter Bruder war an ihrem Tisch erschienen. Er setzte sich zu ihr und strich sich durch seine roten Haare.

Barbara hatte sich sofort wieder unter Kontrolle.

»Weshalb wolltest du dieses Treffen?« fragte sie kühl. In seinem Blick konnte sie nichts als Verachtung lesen.

»Mutter macht sich Sorgen. Sie hat Angst um dich.«

»Angst um mich! Das glaubt sie doch selbst nicht.«

»Ich habe ihr auch gesagt, daß du diese Sorgen nicht verdient hast.«

Barbara wollte kontern, doch sie besann sich.

»Glaub es, oder laß es bleiben«, sagte Olaf ruhig. »Jedenfalls macht sie sich Sorgen.«

»Selbst wenn es so wäre«, sagte Barbara. »Warum kommt sie nicht und sagt mir das selber?«

Olaf schüttelte den Kopf. »Soll sie sich wieder von dir anschreien lassen?«

Eine Zeitlang sahen sie sich schweigend an, als versuchten sie, die Kräfte des anderen abzuschätzen.

»Sie hat mich gebeten, nach dir zu sehen«, sagte Olaf. »Sie will nur wissen, ob es dir gutgeht.«

»Das tut es. Du kannst also wieder gehen.«

»Wieso warst du nicht auf der Beerdigung?«

»Welche Rolle hätte ich da spielen sollen?«

Ihr Bruder schlug mit der Faust auf den Tisch. »Bezieh doch nicht immer alles auf dich«, rief er. »Mutter hat es fast umgebracht, daß du nicht da warst.«

»Jetzt tut doch nicht alle so, als wären wir eine liebende Familie. Ihr seid das vielleicht, aber ich habe damit nichts zu tun. Warum soll ich ausgerechnet auf Bettinas Beerdigung eure Show wieder mitspielen?«

Ihr Bruder starrte sie ungläubig an, dann stand er auf. »Ich habe ihr gesagt, daß man mit dir nicht reden kann.«

»Genau«, sagte Barbara knapp. »Grüß sie von mir.«

Olaf blieb vor dem Tisch stehen. Er stützte sich auf die Tischplatte und beugte sich weit vor. Barbara wußte, daß er sie mit dieser Haltung einschüchtern wollte. Er nutzte seine Körpergröße, das kannte sie von früher. Doch diese Zeiten waren vorbei. Sie würde sich nicht mehr einschüchtern lassen.

»Was ist mit dir los, Barbara? Du läßt dich in deiner Agentur vertreten, du gehst nie ans Telefon.« Er fixierte sie mit seinen grünen Augen. »Was tust du die ganze Zeit seit ihrem Tod?«

Sie hielt seinem Blick stand. »Was geht dich das an?«

»Verheimlichst du uns etwas, Barbara? Weißt du irgend etwas über den Tod von Bettina?«

Sein Gesicht war nur noch wenige Zentimeter von ihrem entfernt. Seine Augen funkelten sie an. Doch sie wich keinen Deut zurück.

»Du bist doch der Fachmann für Straftaten«, sagte sie kühl. »Eine Vergewaltigung hast du doch sicher auch im Repertoire. Selbst wenn dir bisher noch keine nachgewiesen werden konnte.«

Er wich zurück, vor Wut lief er rot an. Seine Faust donnerte auf die Tischplatte. Barbara zuckte innerlich zusammen. Sie durfte sich nichts anmerken lassen, selbst wenn sie langsam Angst vor ihm bekam.

»Nimm dich in acht«, flüsterte er. »Viel mehr verkraftet unsere Mutter nicht. Wenn du ihr wieder etwas antust, dann bringe ich dich um.«

»Du weißt nichts von dem, was wir uns noch antun können«, sagte sie erschöpft.

Ihr Bruder sah so aus, als wollte er noch etwas sagen. Doch er gab auf, drehte sich um und ging.

Er war schon fast am Ausgang, als ihr noch etwas einfiel. »Olaf!«

Er blieb stehen und schaute zurück.

»Wie lange ist es her, daß du den Job bei der Baufirma in Pankow verloren hast?«

»Ein halbes Jahr. Wieso willst du das wissen?«

Sie sah ihn kalt an. »Ich interessiere mich halt für dein Leben.«

»Du kannst mich mal«, zischte er. Dann öffnete er die Tür und ging.

Michael wartete schon eine Weile in dem Wartehäuschen, als Olaf Nowack auf die Straße stürmte und sich mit großen Schritten entfernte. Michael hätte zu gern gewußt, worüber sich die beiden so erregt unterhalten hatten.

Olaf lief über die Kreuzung auf den historischen S-Bahnhof zu. Michael wartete, bis er unter den verzierten Steinbögen verschwunden war, dann folgte er ihm. Auf dem Bahnsteig konnte er sich im Verborgenen halten, den roten

Haarschopf des Hünen würde er in der Menge nicht verlieren können.

Die S-Bahn rauschte in den Bahnhof ein. Beinahe hätte er sein Handy in dem Lärm überhört. Er zog es aus der Tasche und sah auf das Display. Es war die Kollegin der Sonderkommission, mit der er für diesen Tag eingeteilt worden war.

Ihre Stimme klang aufgebracht. »Wenn du glaubst, ich laufe hier alleine durch die Platte, dann hast du dich geschnitten.«

»O bitte nicht«, sagte er. »Sind wir denn nicht ohnehin längst fertig damit?«

»Na, toll«, rief sie. »Du weißt ja wirklich Bescheid.«

»Ich gehe gerade einem Hinweis nach«, sagte er. »Es ist mir wichtig.«

Er überlegte angestrengt, wie er sich erklären sollte. Doch im Grunde gab es kein vernünftiges Argument dafür, Olaf Nowack durch die Stadt zu folgen.

»Michael, wir sind hier zusammen eingeteilt. Hörst du? Zusammen!«

»Es ist nur dieses eine Mal ...«

»Gib den Hinweis weiter, oder hol dir einen Auftrag«, sagte sie ärgerlich. »Wenn nicht, dann bist du in zehn Minuten hier in der Platte. Sonst gehe ich petzen. Das ist mein voller Ernst.«

In diesem Moment sprang Olaf Nowack in ein S-Bahnabteil, die Türen schlossen sich.

Also gut, dachte Michael. Es war ohnehin zu spät.

Er sagte seiner Kollegin, daß er bereits auf dem Weg sei. Dann stopfte er das Handy in die Manteltasche und ging zurück zu seinem Golf.

11

Gerhard Pohl saß in Hauptkommissar Herzbergers Büro und wartete auf dessen Eintreffen. Unruhig ging er auf und ab. Schließlich stellte er sich ans Fenster und sah hinaus.

Die Abendsonne tauchte die oberen Stockwerke des gegenüberliegenden Gebäudes in ein goldenes Licht. Es reichte gerade noch über die Dächer hinweg. Der untere Teil des Hinterhofes lag bereits im Dunkeln. Frost breitete sich aus, sobald die Märzsonne sich zurückgezogen hatte.

Lange würde es nicht mehr dauern, bis die Spätschicht im Burger Point anfangen würde.

Gerhard Pohl hatte inzwischen wieder zu zweifeln begonnen. Er war eine Zeitlang von seiner Idee überzeugt gewesen. Doch nach und nach wurde ihm bewußt, daß es sich lediglich um eine Möglichkeit handelte. Noch dazu um eine wenig wahrscheinliche.

Dennoch wollte er mit Wolfgang Herzberger über seine Theorie sprechen. Schließlich bestand trotz allem eine Möglichkeit, sie zu verifizieren.

Der Hauptkommissar betrat sein Büro und sah seinen Besucher überrascht an. »Haben wir einen neuen Hinweis?«

»Das nicht«, sagte der Fallanalytiker. »Aber zumindest eine neue Idee.«

Wolfgang legte einen Stapel Unterlagen ab und setzte sich an seinen Schreibtisch.

»Ich bin gespannt.«

Pohl trat einen Schritt auf ihn zu. »Was halten Sie davon: Der Täter wußte gar nicht, daß Bettina in der Nacht durch die Alexanderstraße fahren würde.«

Wolfgang verschränkte seine Arme und zog die Augenbrauen hoch. »Sie meinen, er hat das Opfer nicht ausgewählt, wie bisher, sondern in einem Versteck gelauert und irgendeine Passantin überfallen?«

»Nein«, sagte Pohl. »Es war alles wie bisher. Nur hatte er es nicht auf Bettina abgesehen. Es war schlicht eine Verwechslung.«

»Eine Verwechslung?«

»Er hatte eine andere erwartet, die mit dem Rad ebenfalls die Alexanderstraße entlangfahren würde. Bettina sah dieser Frau einfach nur ähnlich.«

Wolfgang zog die Stirn tief in Falten.

»Sehen Sie sich den Tathergang an«, sagte Pohl. »Bis zum Überfall auf das Opfer scheint alles abzulaufen wie bei den Taten in Pankow. Die gleiche penible Vorbereitung, das völlige Vermeiden von Zeugen. Wenn Dr. Freythal Recht behalten sollte, dann hat er sich dem Opfer sogar überfallartig mit einer Wäscheleine genähert.«

»Und weiter?«

»Gehen wir davon aus, er hat sein Opfer nach seinen bisherigen Kriterien ausgewählt. Er sucht nach einer unauffälligen und alleinlebenden Frau. Sie muß schüchtern sein, ängstlich. Sie hat wenig soziale Kontakte. Ihr ganzes Wesen muß Einsamkeit und Passivität ausstrahlen. Er beobachtet sie über einen längeren Zeitraum. Er kennt ihre Wohnung, ihre Arbeitswege, die Zeiten, in denen sie unterwegs ist. Dann sucht er nach einem Versteck, wo er ihr auflauern kann. Das Versteck ist unweit von ihrer Arbeitsstelle. Er kann sie von dort aus kommen sehen.

Tatsächlich aber verläßt zu dieser Zeit ein anderes Mädchen den Burger Point, eine Arbeitskollegin. Sie fährt von der Arbeit aus aber nicht nach Hause, sondern nimmt einen anderen Weg, nämlich an dem Täter vorbei. In der Dunkelheit bemerkt er die Verwechslung erst, als er sie vom Fahrrad gerissen hat.

Vor Schreck läßt er sein Strangwerkzeug fallen. Die junge Frau wehrt sich und schreit. Er ist gezwungen, sie zum Schweigen zu bringen. Trotz ihres heftigen Widerstands bleibt er am Ende der Stärkere.«

Die Sonne war inzwischen ganz verschwunden. Dunkelheit legte sich über die Stadt.

Der Kommissionsleiter seufzte und wiegte seinen Kopf zweifelnd hin und her.

»Wir sollten in jede Richtung denken«, sagte er nach einer Pause.

»Sie meinen, wir sollten die Möglichkeit in Betracht ziehen?«

Er nickte. »Ich werde zwei Teams in den Burger Point schicken. Sie sollen sich die anderen Mitarbeiterinnen genauer ansehen. Erst einmal soll keines der Mädchen nachts alleine nach Hause gehen. Wir sollten herausfinden, ob eine der Frauen in das Opferprofil paßt.«

»Was ist mit der Polizeimeisterin, die den Hinweis mit dem Illegalen an uns weitergegeben hat?« fragte Pohl.

»Proschinski aus dem Abschnitt 32?«

»Hat sie Einblicke vor Ort?«

»Ich weiß nicht«, sagte Wolfgang. »Der Burger Point hat nicht den Status eines Schutzobjektes. Aber die Kollegen der Schutzpolizei sind dort präsent.«

Er überlegte und drückte eine Taste auf seiner Gegensprechanlage.

»Frau Schrade« rief er hinein. »Stellen Sie einen Kontakt mit Polizeimeisterin Proschinski aus dem Abschnitt 32 her. Ich möchte mit ihr sprechen.«

Er sah den Fallanalytiker lange an. »Wenn tatsächlich etwas dran sein sollte«, sagte er schließlich. »Wie wirken sich dann die Berichte in der Presse auf den Täter aus?«

»Wahrscheinlich so, wie wir es wollten. Sie werden Streß auslösen. Nur wenn er sich nicht in Bettinas Umfeld befindet, wird niemand seinen Streß mit den Taten in Verbindung bringen.«

»Das heißt, er wird weiter im verborgenen bleiben.« Wolfgang lehnte sich zurück.

Pohl zögerte. »Es ist nur ein Gedankenspiel, doch wenn das alles stimmen sollte, dann hat er noch eine Rechnung offen, die er begleichen muß. Zumindest für diesen Augenblick wird er aus dem verborgenen hervortreten müssen.«

Die Sonne war hinter den Dächern verschwunden, und Nebel stieg auf. Ein feiner Dunststreifen breitete sich über der Friedrichstraße aus und legte seinen feuchten Schleier über die Autodächer.

Anna Proschinski überquerte mit ihrem Kollegen die enge Straße. Die Lichter der Straßenlaternen flackerten auf und warfen ihr Licht in die trübe Dämmerung.

Sie hatten den Streifenwagen in einer Parkbucht hinter der Kreuzung abgestellt. Nachdem sie einen Einbruch in einem Büro aufgenommen hatten, waren sie gerade auf dem Rückweg zum Revier.

An der Kreuzung sprang die Fußgängerampel auf Rot. Sie blieben auf dem Bürgersteig stehen. Anna begann in der kalten Luft zu frösteln.

»Kein Auto weit und breit. Das hasse ich am meisten«, sagte sie zu ihrem Kollegen.

»Trotzdem«, sagte er. »Wie sähe das denn aus, wenn die Polizei bei Rot über die Straße ginge?«

»Ich meine ja nur.«

Auf der anderen Seite hatten sich einige Touristen zusammengefunden. Sie hantierten mit ihren Kameras und redeten aufgeregt in einer Sprache, die Anna nicht verstand. Eine Frau aus der Gruppe entdeckte die beiden Polizisten im Licht der Laterne. Sie zeigte mit ausgestrecktem Finger auf ihre Uniformen und rief etwas. Die anderen begannen zu lachen. Einige zogen Kameras hervor und machten Fotos von ihnen.

Recht haben sie, dachte Anna mißmutig. Die albernen Bundfaltenhosen und die waldgrünen Jacken der deutschen Schutzpolizei sahen einfach lächerlich aus. Ihr würden sie auch keinen Respekt abfordern.

Die Ampel sprang auf Grün, und sie mußten an der Touristengruppe vorbei. Eilig zogen sie sich in ihren Streifenwagen zurück und versuchten, sie nicht weiter zu beachten.

Sie hatten gerade die Wagentüren zugeschlagen, als sich der Dienststellenleiter über Funk meldete.

»Anna? Bist du im Einsatz?«

»Gerade abgeschlossen«, sagte sie. »Was gibt es?«

»Der Leiter der Sonderkommission Pankow will dich sprechen. Kriminalhauptkommissar Herzberger. Melde dich mal bei ihm.«

»Hat er gesagt, worum es geht?«

»Keine Ahnung. Wahrscheinlich noch einmal wegen des Hinweises, den du an die Kommission weitergeleitet hast.«

»Wir fahren jetzt ohnehin auf die Wache«, sagte sie. »Ich werde von dort aus anrufen.«

Sie hängte das Funkgerät in die Halterung und zog ihre Mütze vom Kopf. Ihr Kollege wollte gerade den Wagen starten, als sie einen Schrei hörten.

Anna schaute zu der Touristengruppe hinüber. Eine Frau lag am Boden und fuchtelte mit den Händen in der Luft herum. Ein Mann hatte sich gerade aus ihrem Griff befreit. Er stolperte, fing sich auf, dann löste er sich aus der Gruppe und rannte los. In seiner Hand hielt er eine Kamera.

Der Dieb rannte auf den Streifenwagen zu. Er hatte ihn fast erreicht, als er aufsah und ihn bemerkte. Erschrocken blickte er direkt in Annas Gesicht. Es dauerte nur den Bruchteil einer Sekunde, dann drehte er ab und floh.

»Hinterher!« rief ihr Kollege und sprang aus dem Wagen.

Anna stieß die Tür auf und war schon auf der Straße. Der Dieb hatte nur wenige Meter Vorsprung. Sie rückte ihren Gürtel zurecht, dann rannte sie los.

Michael und seine Kollegin verließen eines der Hochhäuser in der Alexanderstraße. Inzwischen war es dunkel geworden. Michael fragte sich, wie oft sie noch durch das Neonlicht der endlosen Hausflure schleichen mußten, bis die letzte Mietpartei zur Tatnacht befragt worden war.

Seine Kollegin streckte sich in der kalten Luft. Dann machte sie sich auf den Weg zu den Parkplätzen.

»Was ist?« sagte sie. »Kommst du mit in die Keithstraße?«

»Nein, fahr ruhig ohne mich. Ich habe noch etwas vor.«

Sie sah ihn mißtrauisch an. »Ich werde den Bericht nicht alleine schreiben. Nur damit das klar ist.«

»Ich komme nach. Fahr einfach schon mal vor.«

Alte Zicke, dachte er mißmutig. Er wartete, bis sie auf der anderen Straßenseite verschwunden war, dann holte er sein Handy heraus.

Er hätte nicht erklären können, weshalb sich seine Gedanken den ganzen Tag um Barbara Nowack und ihren Bruder Olaf drehten. Die Vorstellung, daß sie etwas mit dem Fall zu tun haben könnten, schien abwegig. Und dennoch glaubte er es mit jeder Faser seines Körpers spüren zu können. Selbst wenn sie nicht persönlich daran beteiligt waren, mußten sie Tatumstände kennen, von denen die Polizei nichts wußte. Da war er sich ganz sicher.

Doch wie hätte er das seiner Kollegin oder gar Wolfgang erklären sollen? Das Paket am Kottbusser Tor, seine Beobachtungen im Café, keiner hätte das als Grundlage einer Verdächtigung akzeptiert. Und von seiner Entdeckung in Barbaras Wohnung sollten die anderen möglichst nichts erfahren.

Er gab die Nummer von Barbara Nowack in sein Handy ein. Minutenlang ließ er es klingeln. Doch sie nahm weder ab, noch sprang der Anrufbeantworter an. Nach kurzem Zögern wählte er die Nummer ihrer Mutter. Irmgard Nowack nahm ab. Die Stimme am anderen Ende klang dünn und matt, ganz wie bei der Vernehmung vor drei Tagen.

»Ich würde gerne mit Ihrem Sohn sprechen«, sagte Michael.

»Olaf ist nicht da.« Ihre Stimme hörte sich ängstlich an. »Was wollen Sie denn von ihm?«

»Nichts Wichtiges. Nur eine Formsache.«

»Er hat also nichts verbrochen?«

»Nein, das hat er nicht. Wissen Sie, wann ich ihn wieder erreichen kann?«

»Nein«, sagte sie kaum hörbar. »Das weiß ich nicht.«

Michael strengte sich an, sie zu verstehen.

»Er sagt mir nichts mehr«, flüsterte sie. »Er kommt und geht, wann er will. Bleibt bis tief in der Nacht weg. Wenn ich ihn frage, was er tut, wenn er nicht da ist, dann weicht er aus.«

Michael bereute, bei ihr angerufen zu haben. Er entschuldigte sich für die Störung und wünschte ihr eine ruhige Nacht. Nachdem er das Gespräch beendet hatte, sah er über den dunklen Parkplatz.

Barbara und Olaf Nowack. Er wünschte, er hätte dem Bruder am Nachmittag folgen können. Nun gab es keine Möglichkeit mehr zu erfahren, was Olaf in dieser Nacht tat. Auch seine Schwester war nicht zu erreichen. Mißmutig starrte er auf sein Handy, dann steckte er es ein.

Er stand unschlüssig auf dem Bürgersteig und sah zu dem Fundort der Leiche hinüber. Eine Windbö fegte zwischen den Hochhäusern hindurch und ließ ihn schaudern. Eine kalte Nacht stand ihnen bevor. Er ging zu seinem Golf und machte sich auf den Weg nach Schöneberg.

Es war bereits nach acht, als Anna die Tür zum Burger Point am Alexanderplatz aufstieß. Jürgen, ihr Schichtkollege, hatte den Streifenwagen abgeschlossen und folgte ihr. Er hatte über Funk die Bestellungen der Kollegen auf der Wache aufgenommen und eine Liste zusammengestellt.

Die beiden Polizisten gerieten mitten in das Abendgeschäft. Der Burger Point war brechend voll. Zahllose Menschen quetschten sich an die kleinen Tische. Im Schnellrestaurant herrschte Jahrmarktstimmung. Anna und Jürgen mußten ihre Stimmen heben, um sich in dem Lärm zu verständigen.

Sie kämpften sich bis zu den Kassen durch. Ute stand vorn an der Theke. Sie bediente gerade zwei Japaner und hatte die Polizistin noch nicht entdeckt. Das Mädchen arbeitete schnell und konzentriert. Die Bewegungen zwischen Kasse und Pommesstation waren koordiniert und wirkten fast elegant. Trotz der Hektik um sie herum erschien Ute souverän. Der Schweiß stand ihr auf der Stirn, doch ihr Lächeln war weiterhin ungezwungen.

Anna war wieder einmal überrascht, wie bereits an dem Nachmittag im Sportstudio. Hinter dem schüchternen und verletzlichen Äußeren des Mädchens verbarg sich eine erstaunliche Kraft. Eines Tages könnte aus ihr eine gute Polizistin werden. Davon war Anna inzwischen überzeugt.

Ute entdeckte die Beamten erst, als sie zum Anfang der Schlange vorgerückt waren. Ein Lächeln breitete sich auf ihrem Gesicht aus.

»Anna!« rief sie erfreut.

»Hallo!« Anna faßte über die Theke und drückte flüchtig ihren Arm. »Ich habe dich beobachtet. Du bist ganz schön schnell.«

»Das müssen wir sein«, sagte Ute. »Sonst würde hier alles zusammenbrechen.«

»Ich will dich auch gar nicht aufhalten.« Jürgen reichte ihr den Zettel. »Also: Ich hätte gerne drei Cheeseburger-Menüs mit Cola, einen Chefsalat mit Kräuterdressing, einen Chickenburger und zwei große Pommes.«

Ute nickte. Sie tippte die Bestellung in die Kasse ein. Mit einer Hand stellte sie Pappbecher unter die Getränkestation, mit der anderen öffnete sie eine große Papiertüte.

»Wie war deine Schicht?« fragte sie währenddessen.

Anna grinste. »Frag besser nicht. Wir mußten einen Dieb verfolgen. Er hat direkt vor unserer Nase eine Kamera geklaut. Aber was soll ich sagen: Er ist uns durch die Lappen gegangen.«

»Annas Kondition läßt langsam nach«, mischte sich Jürgen ein und lachte. »Sie ist halt auch nicht mehr die Jüngste.«

»Laß dir nichts erzählen«, rief sie. »Jürgen hat als erster schlappgemacht.«

Ute packte den Chefsalat in die Papiertüte. »Was passiert jetzt mit dem Dieb?«

Anna zuckte mit den Schultern. »Wir haben die Anzeige aufgenommen und sie an die Dienststelle für Eigentumsdelikte weitergegeben. Mehr können wir jetzt nicht tun. Wahrscheinlich hat er einfach Glück gehabt.«

Ute legte die Pommes obenauf, faltete die Papiertüten zusammen und reichte sie über die Theke. Jürgen nahm sie entgegen.

»Hast du heute Schlußdienst?« fragte Anna.

»Nein, ich kann um drei Uhr gehen, wenn der Laden dichtmacht.«

»Macht es denn wenigstens ein bißchen Spaß heute?«

Das Mädchen sah auf und lächelte sie an. »Ich freue mich so sehr auf morgen, da kann mir hier nichts die Laune vermiesen.«

»Und wir werden es schon schaffen«, sagte Anna. »Du hast das Zeug dazu.«

»Das hätte ich nie gedacht.«

Ich auch nicht, dachte Anna und reichte ihr das Geld.

»Dann sehen wir uns morgen beim Sport.« Sie zwinkerte ihr zu. »Schöne Schicht!«

Die Polizisten kämpften sich aus dem Burger Point heraus und gingen zurück zu ihrem Streifenwagen.

»Ich würde bescheuert werden, wenn ich da arbeiten müßte«, sagte Jürgen, als er den Wagen aufschloß.

»Ja«, sagte Anna. »Sie macht es ziemlich gut.«

Ihr Kollege stellte die Tüten auf die Rückbank. »Ihr treibt zusammen Sport?«

»Ich bereite sie auf die Aufnahmeprüfung bei der Polizei vor. Sie will in den Mittleren Dienst.«

Jürgen sah zu der Filiale zurück und legte die Stirn in Falten. »Die Kleine? Glaubst du, sie hat das Zeug dazu?«

»Man unterschätzt sie«, sagte Anna. »In ihr steckt mehr als das verschüchterte Mädchen. Wir werden uns noch alle umsehen!«

Jürgen brummte etwas, dann schlug er die Tür zu und startete den Motor.

Auf der Wache wurden sie freudig empfangen. Ihre Kollegen hatten sich schon im Bereitschaftsraum versammelt und warteten auf das Essen. Sie johlten und machten Witze, als sie eintraten. Es ist wie bei der Essensausgabe in einem Kinderheim, dachte Anna belustigt.

Sie verteilte die Burger und schnappte sich einen Stuhl. Doch als sie ihre Pommes vor sich ausbreitete, streckte der Dienststellenleiter den Kopf durch die Tür.

»Hast du dich bei der Sonderkommission gemeldet?« fragte er sie.

»Scheiße«, murmelte sie. »Das habe ich ganz vergessen.«

»Dieser Herzberger hat vor einer halben Stunde noch mal angerufen.«

»Ich rufe ihn sofort zurück.« Sie stand auf und ging zum Telefon.

»Er möchte, daß du persönlich vorbeikommst«, sagte ihr Chef.

»Jetzt gleich?« Sie blickte auf ihre Pommes.

»Tut mir leid. Nimm einen der Streifenwagen. Wenn du dich beeilst, kannst du in einer halben Stunde wieder hiersein.«

Anna blickte zu Jürgen, der sich ein Grinsen nicht verkneifen konnte. »Ich paß auf deine Pommes auf«, sagte er und warf ihr die Zündschlüssel zu.

Zwanzig Minuten später saß Anna im Büro des Hauptkommissars. Es war einer der wenigen beleuchteten Räume in dem riesigen Gebäude. Niemand außer der Sonderkommission schien um diese Zeit noch zu arbeiten.

Ihr gegenüber saßen Herzberger und ein Herr Pohl, der ihr als Fallanalytiker vom LKA vorgestellt wurde. Die beiden Beamten wippten in ihren Sesseln und sahen sie nachdenklich an.

»Man könnte also sagen, daß Sie Einblicke haben, was das Privatleben der Mitarbeiterinnen und ihre persönlichen Beziehungen angeht?« fragte Hauptkommissar Herzberger.

»Ich habe ein paar Mädchen von den Kassen kennengelernt«, sagte sie. »Aber bei den meisten ist es über kurze Gespräche nicht hinausgegangen.«

Herzberger nickte und sah zu seinem Kollegen hinüber.

»Wie könnte ich Ihnen denn behilflich sein?« fragte sie vorsichtig.

Der Kriminalhauptkommissar zögerte. »Was wissen Sie über den Täter, Frau Proschinski?«

Anna zuckte mit den Schultern. »Er soll seine Opfer sorgfältig ausgewählt haben. Er hatte genaue Kenntnisse über ihre Arbeitsstellen und ihre Freizeitaktivitäten. Er sucht lange nach den richtigen Plätzen, um ihnen gefahrlos aufzulauern.«

»Richtig«, sagte Herzberger. »Und wir gehen davon aus, daß es in diesem Fall genauso war.«

»Und dennoch ist eines sehr ungewöhnlich«, sagte der Fallanalytiker. »Die Wahl dieses Opfers. Bettina paßt überhaupt nicht in das Opferprofil, das wir von ihm kennen.«

Der Hauptkommissar schnitt ihn mit einer Handbewegung ab. »Um es kurz zu machen: Es könnte sein, daß er Bettina mit einer anderen Kassiererin verwechselt hat. Er wollte gar nicht sie ermorden. Er hatte es auf eine andere abgesehen.«

Anna spürte, wie sich ihre Kehle zuzog. »Verwechselt?«

»Schauen Sie sich sein Opferprofil an«, sagte Herzberger und deutete auf das Flipchart hinter ihm. »Wir suchen ein Mädchen aus dem Burger Point, auf das dieses Profil passen könnte.«

Eine Reihe von Merkmalen waren aufgelistet. »Sie ist achtzehn bis zweiundzwanzig Jahre alt«, begann er. »Sie ist schlank, unauffällig, allein lebend. Sie ist schüchtern im Umgang mit anderen Menschen, vorsichtig, ängstlich und führt ein zurückgezogenes Leben. Sie hat wenig soziale Kontakte, in ihrer psychosexuellen Entwicklung ist sie eventuell verzögert. Sie könnte aus zerrütteten familiären Beziehungen stammen, bislang hatte sie keinen Freund oder Lebenspartner. In ihrem Verhalten strahlt sie Passivität und vielleicht Naivität aus.«

Anna starrte auf die Stichworte, die mit bunten Filzstiften notiert worden waren. Sie verschwammen vor ihren Augen.

»An dieser Stelle kommen wir zu Ihnen, Frau Proschinski.« Herzberger stellte sich an das Flipchart. »Haben Sie ein Mädchen kennengelernt, auf das diese Beschreibung passen könnte? Gibt es im Burger Point eine Mitarbeiterin, die anstelle von Bettina sein Opfer hätte sein können? Ein

Mädchen, das vielleicht sogar auf seinem Heimweg über die Alexanderstraße fährt?«

»Ich weiß nicht«, sagte Anna schwach. »Ja. Vielleicht.«

»Versuchen Sie sich zu konzentrieren«, sagte Herzberger eindringlich. »Auf welches Mädchen könnte er es abgesehen haben?«

Anna glaubte, keine Luft mehr zu bekommen. »Denken Sie denn, daß er auch ihr auflauern wird? Wird er es zu Ende bringen?«

Hauptkommissar Herzberger machte ein besorgtes Gesicht. »Wir müssen davon ausgehen.«

12

Michael ging hinunter und überquerte den Hof. Er hatte Feierabend machen wollen, nachdem alle Berichte geschrieben waren. Doch ein neuer Einsatz war dazwischengekommen.

Wolfgang hatte ein Ermittlungsteam im Burger Point eingesetzt. Es sollte die Mädchen befragen und dafür sorgen, daß sie nicht alleine nach Hause gingen. Einer der Beamten hatte sich den Magen verdorben, und Michael sollte ihn nun ablösen.

Kein Wunder bei so einem Einsatz, dachte er mißmutig. Vor lauter Langeweile hatte sich der Kollege bestimmt mit dem grauenhaften Essen dort vollgestopft.

Michael ging über den Hof, öffnete das Auto und warf seinen Mantel auf den Beifahrersitz. Das Handy rutschte dabei aus der Tasche und fiel unter den Vordersitz.

Er hob es auf und hielt es in der Hand. Die Zeitschaltung der Hofbeleuchtung knackte. Es wurde dunkel um ihn herum. Er atmete durch, dann drückte er die Taste.

Elisabeths Stimme war klar und bestimmt. »Held.«

Er zögerte. »Ich bin's«, sagte er leise. »Es tut mir leid wegen neulich.«

Sie schwieg. Er fragte sich, ob sie wortlos wieder einhängen würde.

»Ich soll darüber einen Artikel bringen?« sagte sie statt dessen.

Elisabeth konnte nicht frei sprechen. Es war noch jemand anderes im Raum.

»Worum geht es denn in dem Stück?« fragte sie weiter.

Michael lehnte sich im Dunkel des Wageninneren zurück. Er schloß die Augen und gab sich seinen Gedanken hin. Er wollte darauf eingehen.

»Es geht um die Geschichte eines Kriminalkommissars,

der ein Verhältnis mit einer verheirateten Frau hat. Ich weiß nicht, ob Sie daran interessiert sind.«

»Ich glaube, ich habe bereits davon gehört«, sagte Elisabeth. »Es ist aber eine sehr traurige Geschichte, nicht wahr?«

»Ja, das stimmt.«

»Über traurige Stücke schreibe ich im Grunde gar nicht. Das machen Kollegen.«

»Vielleicht überlegst du es dir. Das Leben schreibt nämlich meistens traurige Geschichten. Viele wissen das bloß nicht.«

»Ich bin mir nicht sicher«, sagte sie. »Worum geht es denn konkret?«

Michael schaute in die Nacht hinaus. »In der Geschichte hat sich der Kommissar in die Frau verliebt. Du mußt wissen, daß ihm so etwas nicht häufig in seinem Leben passiert. Das Gefühl ist ganz neu, und er hat Angst davor. Er weiß nicht, wie er damit umgehen soll.«

Elisabeth sagte etwas zu einer Arbeitskollegin. Offenbar war sie in der Redaktion. Es dauerte ein wenig, doch dann wandte sie sich ihm wieder zu.

»Der Autor klärt die Zuschauer nicht darüber auf, weshalb die Figur eine solche Angst hat. Verhält die Figur sich überhaupt logisch?«

Michael wußte, daß dies nicht der richtige Moment war. Er mußte zu einem Einsatz, und überdies konnte Elisabeth nicht frei sprechen.

Und dennoch. Wenn er es ihr jetzt nicht sagte, dann würde er es wahrscheinlich niemals tun.

»Er hat Angst davor, die Kontrolle zu verlieren. Davor hat er mehr Angst als vor allem anderen auf der Welt.«

»Aber weshalb? Was könnte der Figur denn passieren?«

»Die ganze Welt könnte aus den Fugen geraten. Niemand paßt auf ihn auf, wenn er es selbst nicht tut. Niemand wird ihn auffangen, wenn er fällt. Wenn er die Kontrolle verliert, dann wird das seinen Tod bedeuten.«

Elisabeth schwieg am anderen Ende der Leitung. »Was ist

denn mit der Frau?« fragte sie schließlich. »Ist sie nur eine Statistin?«

»Sie liebt ihren Mann und die Kinder. Mehr als ihr eigenes Leben.« Michael schloß die Augen. »Sie wird nicht dasein, wenn er seinen Halt verliert. Sie wird es nicht einmal erfahren, wenn er es nicht alleine schafft.«

»Das ist eine Frage der Interpretation«, sagte Elisabeth. »Sie sehen die Figur zu eindimensional.«

»Aber was hat er denn von ihr zu erwarten?«

»Ich denke, die Frau macht sich große Sorgen um ihren Liebhaber. Sie hat Angst um ihn. Und diese Angst nimmt mehr Raum ein, als sie ihr zugestehen möchte. Sie ist verwirrt. Sie wollte den Liebhaber aus ihrem Leben heraushalten. Doch dann ist er zu einem wichtigen Bestandteil geworden. Sie weiß, daß sie trotz allem für ihn dasein muß.«

»Ist das wirklich so?«

»So habe ich den Autor verstanden.«

»Du könntest dir also vorstellen, darüber zu schreiben?«

»Also gut«, sagte sie. »Ich werde einen Artikel bringen. Aber ich möchte vorher noch mal mit Ihnen sprechen.«

»Gut. Sprechen wir miteinander.«

Eine Pause entstand. »Ich danke Ihnen«, sagte Elisabeth schließlich und legte auf.

Michael schaute auf das Gerät in seiner Hand. Ihr Name leuchte noch einige Sekunden auf, dann verschwand er in der Dunkelheit.

Ein sonderbares Gefühl breitete sich in ihm aus. Er war erschöpft, fühlte sich aber dennoch ruhig. Es war, als hätte Elisabeth ihm ihre Liebe gestanden.

Sie würde Werner niemals verlassen. Er durfte das nicht vergessen. Und trotzdem. Er konnte nicht anders, als sich der süßen Täuschung hinzugeben, daß es für sie eine Zukunft gäbe.

Michael sah hinauf in den Himmel. Dünne Wolken zogen unter den Sternen auf. Die Nacht würde kalt werden. Über ihm, im vierten Stock, brannte noch Licht. Wolfgang Herzberger stand am Fenster seines Büros und sah hinaus. Eine

Streifenpolizistin tauchte neben ihm auf, und sie begannen miteinander zu diskutieren.

Michael wandte sich ab und startete den Wagen. Er würde zu spät zum Alexanderplatz kommen, wenn er sich nicht beeilte.

Der Ansturm im Burger Point war so schnell abgeflaut, wie er gekommen war. Die meisten Gäste waren wieder gegangen. Nur noch eine Handvoll Tische war besetzt. Und überall stapelte sich der Müll.

Die Ordnungskraft, die für die Toiletten und den Restaurantbereich zuständig war, sammelte nach und nach die Tabletts ein, die auf den Tischen verteilt standen. Angenagte Burger türmten sich auf ihnen, leere Packungen und umgekippte Colabecher.

Ute hatte ihre Kasse abgeschlossen und ging in den Restaurantbereich, um der Ordnungskraft beim Aufräumen zu helfen. Sie schnappte sich ein paar Tabletts, trug sie zur Entsorgungsstation und sortierte den Müll. Es tat ihr gut, allen eine Weile lang den Rücken zuzuwenden und nicht lächeln zu müssen. Sie war so sehr mit dem Aufräumen beschäftigt, daß sie das Auftauchen ihrer Chefin zunächst nicht bemerkt hatte. Marga Rintow stand nachdenklich an einer Säule und sah ihr beim Mülltrennen zu.

»Das war ein ganz schöner Ansturm, nicht wahr?«

Ute lächelte. »Wir haben es ganz gut gemeistert, oder?«

»Ja, das habt ihr. Ihr seit wirklich ein tolles Team.«

Ute glaubte einen traurigen Tonfall in ihrer Stimme zu hören.

»Möchtest du Feierabend machen?« fragte ihre Chefin nach einer Pause.

Ute sah sie überrascht an. »Geht denn das so einfach?«

»Wenn tatsächlich noch ein Schwung kommt, dann stelle ich mich hinter die Kasse.«

»Das würden Sie tun?« Ute konnte es kaum glauben.

»Aber natürlich. Wenn du gehen möchtest, mache ich hier weiter. Du kannst ruhig nach Hause.«

»Sehr gerne!« rief Ute und zog sich die Mütze vom Kopf. Doch dann fiel ihr etwas ein. »Hat nicht die Geschäftsführung erlassen, daß die Spätschicht geschlossen bis zum Schluß bleiben muß?«

Marga Rintow winkte nur müde ab. »Das spielt doch keine Rolle mehr«, sagte sie gedankenverloren. »Das ist nun alles nicht mehr wichtig.«

Sie nahm Ute das Tablett aus der Hand und sortierte die Reste in die Müllbehälter. Ute stand einen Augenblick unsicher neben ihr und fragte sich, weshalb ihre Chefin sich so sonderbar verhielt. Doch schließlich zuckte sie mit den Schultern, lief in den Pausenraum und zog ihren Mantel über. Sie wollte das Restaurant verlassen, als Marga Rintow sie noch mal zu sich winkte.

»Tu mir einen Gefallen, bevor du gehst.« Sie zeigte zu einem der letzten besetzten Tische in der Nähe des Fensters. »Siehst du die Männer dort am Tisch sitzen?«

Ute nickte.

»Sie sind von der Polizei.«

»Von der Kripo?«

Ihre Chefin zuckte mit den Schultern. »Ich denke schon. Sie sind seit einer halben Stunde hier. Offenbar macht die Polizei sich Sorgen, weil sie Bettinas Mörder immer noch nicht gefaßt hat. Die Beamten wollen nun ein Auge auf den Laden halten.«

»Und was hat das mit mir zu tun?«

»Du sollst dich nur bei ihnen abmelden. Sie wollen nicht, daß eines der Mädchen alleine hinausläuft.«

Ute nickte und verabschiedete sich von ihrer Chefin.

Als sie sich noch einmal umdrehte, bemerkte sie, daß Frau Rintow ihr versonnen nachsah. Ute zog die Stirn kraus, und ihre Chefin wandte sich schnell ab.

Das Mädchen zögerte, dann trat es an den Tisch zu den Kripobeamten.

»Ich werde jetzt nach Hause gehen«, sagte sie. »Ich habe freibekommen.«

»Warten Sie eine Sekunde«, sagte einer der Männer. »Wir

rufen einen Streifenwagen. Die Schutzpolizei wird Sie nach Hause bringen.«

»Das ist nicht nötig«, sagte Ute. »Ich fahre mit der U-Bahn. Es sind nur die fünfzig Meter bis zur Station. Auf der kurzen Strecke wird mir schon nichts passieren können.«

Die Männer wechselten einen Blick. »Also gut«, sagte der Mann. »Aber ich werde Sie zumindest bis zur U-Bahn bringen. Nur zur Sicherheit.«

Er stand auf und nahm seinen Mantel. Gemeinsam verließen sie den Burger Point. Auf dem Alexanderplatz blies ihnen ein kalter Wind ins Gesicht. Ute atmete tief durch. Sie genoß die wohltuende Kühle auf der Haut.

»In fünf Minuten könnte ein Streifenwagen hiersein«, sagte der Kommissar. »Es wäre kein Umstand, ihn zu rufen.«

»Es macht mir wirklich nichts aus«, sagte Ute. »Ich muß nur drei Stationen mit der U-Bahn fahren, dann bin ich zu Hause.«

Er nickte, und sie gingen schweigend über den Platz. Nach einigen Metern räusperte sich der Kommissar. Offenbar wurde ihm die Gesprächspause unangenehm.

»Arbeiten Sie gern im Burger Point?« fragte er.

Ute mußte über die Frage lächeln. »Ja, ganz gern. Aber ich werde dennoch in einem Monat kündigen.«

Der Kommissar schien dankbar zu sein über diesen Gesprächseinstieg. »Wollen Sie etwas anderes machen?« fragte er sie aufmunternd.

»Ich beteilige mich nächsten Monat an dem Aufnahmeverfahren für einen Ausbildungsplatz.«

»In welcher Branche?«

»Bei der Polizei. Im Mittleren Dienst.«

Dieser wildfremde Mann neben ihr war der erste, dem sie es sagte. Bislang hatte nur Anna von ihren Plänen gewußt. Doch jetzt sprach sie es zum ersten Mal laut aus. Sie spürte eine Welle der Begeisterung in sich aufsteigen. Ihr war, als hätte sie allein durch diese Bemerkung ihr Leben in eine neue Bahn gelenkt. Sie hatte unwiderrufbar einen anderen Weg eingeschlagen. Ab morgen würde sie es allen erzählen können. Es stand nun fest.

»Bei der Polizei!« sagte der Mann überrascht.

»Genau. Bei der Schutzpolizei.« Ute konnte sich kaum bremsen. »Ich bereite mich gut auf die Prüfungen vor. Und ich werde sie bestehen, ich bin mir ganz sicher.«

»Polizistin ist ein anstrengender Beruf.«

Sie sah ihn an und nickte. »Glauben Sie mir, das weiß ich.«

Sie hatten den Eingang zur U-Bahn erreicht. Ute überlegte, ob sie dem Mann weiterhin seine höflichen Fragen beantworten sollte. Doch sie hatte keine Lust mehr. Also verabschiedete sie sich und ließ ihn an der Treppe stehen.

Ihre Euphorie hielt auch noch an, als sie den Bahnsteig erreicht hatte. Sie setzte sich mit glühenden Wangen auf eine Bank. Ihr Leben würde sich nun ändern, dachte sie. Sie würde es allen zeigen.

Als die U-Bahn in die Station einfuhr, stand sie auf und strich sich über den Mantel. Erst da bemerkte sie, daß sie ihr Portemonnaie nicht bei sich trug. Die Manteltasche war leer. Das Geld mußte samt U-Bahnkarte auf ihrem Küchentisch liegen.

Der Triebwagen zischte laut, und die Türen öffneten sich. Sie zögerte, dann entschied sie, zu Fuß zu gehen. Die frische Luft würde ihr guttun. Die Türen schlossen sich, und die U-Bahn fuhr an. Ute ging zu den Treppen und stieg hinauf auf den Alexanderplatz.

Ein kalter Windhauch erfaßte sie. Sie knöpfte ihren Mantel zu und bog in die Alexanderstraße ein. So lang wird der Heimweg nicht sein, sagte sie sich. Am Ende der Straße konnte sie bereits die Lichter der Jannowitzbrücke sehen.

Anna lief ruhelos im Büro auf und ab. Eine düstere Vorahnung hatte von ihr Besitz ergriffen. Es war, als würde sie das Unheil kommen sehen, als stünde es unmittelbar bevor.

Du bist überspannt, sagte sie sich. Ihre Reaktion auf das

Opferprofil und die Überlegungen der Beamten mußte auf die beiden nahezu hysterisch gewirkt haben. Dennoch gelang es ihr nicht, Ruhe zu bewahren.

Hauptkommissar Herzberger hatte sich über das Telefon gebeugt. Er versuchte vergeblich, die ermittelnden Kollegen im Burger Point zu erreichen. Er wollte ihnen die Anweisung geben, Ute nicht aus den Augen zu lassen und sie persönlich nach Hause zu begleiten. Anna vermutete zwar, daß er diese Maßnahme nur ihretwegen einleitete. Aber das war ihr egal.

»Jetzt beruhigen Sie sich doch«, sagte der Fallanalytiker wieder. »Das Ganze ist nur eine Hypothese. Es ist einer von vielen Ermittlungssträngen. Die Überlegung kann sich genausogut als falsch herausstellen.«

Doch Anna hörte ihm nicht zu. Gebannt beobachtete sie Herzberger. Er lauschte noch immer ins Telefon.

»Und?« fragte sie.

Er zuckte mit den Schultern. »Weiterhin besetzt.«

Anna stöhnte auf.

»Sie brauchen sich keine Sorgen zu machen«, sagte Herzberger mit ruhiger Stimme. »Vor Ort ist ein Ermittlungsteam. Auch ohne einen speziellen Hinweis wird es dafür sorgen, daß keines der Mädchen allein nach Hause gehen wird.«

»Trotzdem«, sagte Anna. »Man muß ihnen sagen, daß Ute diejenige ist, die in Gefahr schwebt. Auf sie hat es der Mörder abgesehen.«

»Das ist doch nicht gesagt«, sagte der Fallanalytiker. »Es ist lediglich eine Möglichkeit. Vergessen Sie das nicht.«

Anna tat die beschwichtigenden Worte mit einer Handbewegung ab.

»Denken Sie wirklich, daß diese Ute Schaum die einzige ist, die in das Profil passen könnte?« fragte er.

»Sie ist die einzige«, sagte sie. »Glauben Sie mir.«

Pohl schaute den Hauptkommissar an. »Der Täter könnte im Vorfeld versucht haben, sich ihr zu nähern. Vielleicht kann sie sich an einen verdächtigen Mann erinnern. Sie könnte wertvolle Hinweise für uns haben.«

Herzberger schwieg.

Doch der Fallanalytiker dachte bereits weiter. »Vielleicht könnte sie uns sogar zu dem Täter führen. Falls er sie noch immer beobachtet.«

Anna war bestürzt. »Sie wollen das Mädchen als Lockvogel benutzen?«

»Zu diesem Zeitpunkt können wir gar nichts sagen«, mischte sich Herzberger grimmig ein. »Wir bewegen uns auf sehr dünnem Eis.«

Er hielt sich den Hörer ans Ohr und wählte erneut. Dann schüttelte er wieder den Kopf und drückte die Gabel. Annas Geduld war am Ende.

»Ich fahre rüber«, sagte sie.

Ohne die Reaktionen der Männer abzuwarten, drehte sie sich um und stürmte hinaus. Das Treppenhaus lag im Dunkeln, und Anna mußte sich konzentrieren, um nicht zu stürzen. Sie konnte es sich selbst nicht erklären, doch mit jedem Schritt schien sich ihre Angst zu vergrößern.

Hör auf! befahl sie sich. Es gab keinen Grund zur Eile. Es war kurz nach zehn. Ute würde bis drei Uhr in der Nacht arbeiten müssen. Zu diesem Zeitpunkt stand sie noch sicher und unnahbar hinter Kasse 7 und lächelte die Gäste an.

Doch die Angst ließ sie nicht mehr los. Sie sprang in den Streifenwagen und fuhr mit quietschenden Reifen vom Hof. Fluchend ordnete sie sich in den Verkehr ein und hupte immer wieder die Autos von der Straße.

Eine Ampel sprang direkt vor ihr auf Rot. Doch statt abzubremsen, stellte sie Blaulicht und Martinshorn ein. Ein Autofahrer erschrak so, daß er ins Schlingern geriet. Es dauerte ein paar Sekunden, bis er sich wieder unter Kontrolle hatte und die Fahrbahn freimachte.

Anna beschleunigte den Wagen und jagte über die Kreuzung.

Die Vorschriften waren ihr egal. Sie hatte nicht mehr die Nerven, sich in den Verkehr einzuordnen. Sie ließ das Blaulicht eingeschaltet und erhöhte ihr Tempo. So würde sie in wenigen Minuten am Alexanderplatz sein.

Wenig später bremste sie mit quietschenden Reifen vor dem Burger Point. Sie sprang aus dem Wagen und schlug die Tür hinter sich zu. Die Fensterfront erlaubte den Blick in die hell erleuchtete Filiale. Die meisten Tische waren leer. Es war nichts mehr zu sehen von dem Chaos, das noch vor kurzer Zeit dort geherrscht hatte.

Die Kassiererinnen standen hinter der Verkaufstheke und plauderten miteinander. Das Abendgeschäft war vorüber, Ruhe hatte sich ausgebreitet. An einem kleinen Tisch am Fenster saß einer der letzten Gäste. Anna erkannte ihn sofort wieder.

Der blasse Mann mit den dunklen Haaren war einer der Mitarbeiter aus Herzbergers Sonderkommission. Sie meinte sich zu erinnern, daß er Schöne hieß. Zuletzt hatte sie ihn an jenem Abend gesehen, als sie zum Leichenfundort von Bettina gerufen worden waren. Er war als letzter eingetroffen, lange nachdem der Ereignisort gesichert war.

Nun saß er am Fenstertisch, in seiner Hand hielt er einen Becher Cola. Gedankenverloren saugte er an dem Strohhalm. Er sah durch sie hindurch, schien sie nicht wahrzunehmen, obwohl sie direkt vor dem Fenster an seinem Tisch vorbeilief.

Sie stieß die Tür auf und trat in das Restaurant. Auf einen Blick sah sie, daß Ute nicht bei den anderen Mädchen hinter der Kasse stand. Sie konnte sie nirgends im Lokal entdekken.

Anna trat auf den Kommissar zu. Erst als sie sich vor seinem Tisch aufbaute, bemerkte er sie und sah überrascht auf.

»Guten Abend«, stotterte er. »Kann ich etwas für Sie tun?«

»Ich suche die Mitarbeiterin Ute Schaum«, sagte sie. »Sie müßte noch im Dienst sein.«

»Ute Schaum«, stammelte er verwirrt. »Keine Ahnung, ich bin erst vor fünf Minuten gekommen. Bei mir hat sie sich nicht abgemeldet.«

»Hatten Sie gerade einen Schichtwechsel?«

»Nein, ich habe nur einen Kollegen abgelöst. Er hat sich

den Magen verdorben.« Er sah hinüber zu den Toiletten. »Aber wir sind zu zweit. Klaus ist gerade auf der Toilette. Er wird Ihre Fragen besser beantworten können. Warten Sie doch solange.«

Anna sah sich in dem Schnellrestaurant um. Es waren nur einzelne Tische besetzt. Die wenigen Gäste saßen hinter ihren zerwühlten Tabletts. Sie tranken einen Kaffee oder stocherten in den Essensresten herum.

Sie hatte keine Lust zu warten. Wortlos wandte sie sich von Schöne ab und ging zur Verkaufstheke. Die Mädchen an der Kasse begrüßte sie mit einem kurzen Nicken, dann lief sie durch die Küche bis zum Pausenraum. Sie sah hinein, doch auch dort war Ute nicht.

Marga Rintow kam aus ihrem Büro. Offenbar hatte sie die Polizistin durch die Küche gehen sehen. Besorgt lief sie ihr entgegen.

»Gibt es Probleme, Frau Proschinski?«

»Nein, nein«, sagte sie schnell. »Ich suche lediglich die Ute. Können Sie mir sagen, wo ich sie finde?«

»Ich habe sie nach Hause geschickt.«

Anna sah sie erschrocken an. »Nach Hause? Wie lange ist das her?«

»Gerade eben«, sagte die Restaurantleiterin. »Sie ist erst ein paar Minuten weg.«

Anna drehte sich um und starrte zum Ausgang, als könnte sie das Mädchen noch auf dem Platz davongehen sehen. Der andere Kommissar verließ den Toilettenraum und kam auf sie zu.

»Ist etwas passiert?« fragte er.

»Ich suche eine Mitarbeiterin. Ute Schaum.«

»Sie ist vor etwa zehn Minuten hier raus.«

»Haben Sie sie nach Hause bringen lassen?«

»Sie ist mit der U-Bahn gefahren.« Er bemerkte ihren Blick. »Keine Sorge. Ich selbst habe sie bis zum Bahnsteig gebracht. Von dort aus waren es nur drei Stationen.«

»Sie haben sie alleine fahren lassen?« Anna hörte die Panik in ihrer Stimme.

»Sie hat darauf bestanden«, sagte er. »Was soll ihr in dem Zug auch schon passieren?«

Anna glaubte für einen Augenblick, daß ihre Beine nachgeben würden. Sie mußte sich an der Verkaufstheke abstützen. Dann ging der Schwindel wieder vorüber.

Die unheilvolle Ahnung hielt jedoch an. Du darfst nicht deinen Gefühlen nachgeben, sagte sie sich. Wahrscheinlich war alles in bester Ordnung.

»Ich fahre ihr nach«, sagte sie. »Vielleicht ist sie schon in Kreuzberg. Ich kann sie an der U-Bahnstation abfangen.«

»Was ist denn passiert?« fragte der Kollege. »Gibt es irgendwas Neues?«

»Ich erkläre es später!« Sie drehte sich zum Ausgang.

Kommissar Schöne stand hinter ihr, er mußte ihr gefolgt sein. Sie bemerkte es zu spät und rempelte ihn an.

»Passen Sie doch auf!« entfuhr es ihr.

Das träge Auftreten des Kollegen versetzte sie in Rage. Was war das nur für ein Kommissar, dachte sie. Während der Mörder erneut zuzuschlagen drohte, stand er hier herum und schlief bei der Arbeit ein! Begriffen diese Beamten denn gar nicht, daß sie ihren Job nicht gemacht hatten?

Schöne rief ihr etwas hinterher, doch sie achtete nicht mehr darauf. Sie beschleunigte ihren Schritt, stieß die Tür des Restaurants auf und ließ die Männer stehen. Draußen begann sie zu rennen. Es waren nur dreißig Meter bis zu ihrem Wagen. Sie riß die Tür auf, warf sich hinein und schaltete das Blaulicht wieder ein ehe sie davonraste.

Ute sah hinauf in den Himmel. Hinter den Plattenbauten ragten die gewaltigen Schornsteine der Gaswerke in die Nacht. Sie stießen ihre Dunstwolken aus, die sich zu riesigen Gebilden sammelten und hoch über der Stadt rosa leuchteten.

Sie zog ihren Mantel enger. Die Kälte tut mir gut, dachte sie. Das klärt den Kopf. Sie fühlte sich unendlich müde. So viel war geschehen in den letzten Tagen, und zum ersten Mal fand sie die Ruhe, darüber nachzudenken. Alles hatte sich verändert, seit sie Anna kennengelernt hatte.

Sie hatte plötzlich ein Ziel vor Augen. Und sie hatte Kräfte entdeckt, die sie niemals in sich vermutet hätte. Ihr bot sich eine Chance. Sie würde ihr Leben ändern können. Immer leiser wurde die Stimme in ihr, die daran zweifelte, ob sie diesem Glück nach all den Enttäuschungen überhaupt trauen durfte.

Mit Annas Hilfe konnte sie es vielleicht tatsächlich schaffen, ein neuer Mensch zu werden. Anna war ihre Freundin geworden. Sie würde sie begleiten auf ihrer Suche nach dem bißchen Glück, das sie sich so sehr wünschte.

Eine S-Bahn ratterte über die Bögen jenseits der Parkplätze. Der plötzliche Lärm ließ sie zusammenzucken. Sie sah den flackernden Lichtern hinterher, bis sie im S-Bahnhof verschwanden. Dann blieb sie stehen. Da war eine Bewegung. Sie glaubte einen Schatten auf dem Parkplatz gesehen zu haben.

Sie fixierte die schlecht ausgeleuchtete Parkfläche, die hinter der Hecke lag. Doch zwischen den Autos war alles leer. Die kahlen Äste tanzten im Wind und schlugen gegen die Laternen.

Ute ging zögerlich weiter. Sie beschloß, die Straßenseite zu wechseln. Ihr war unbehaglich zumute. In diesem Moment kam der Arm von hinten. Er tauchte ganz plötzlich auf. Bevor sie reagieren konnte, legte er sich fest um ihre Brust. Ruckartig wurde sie zurückgerissen. Sie stolperte über den Bordstein, knickte mit dem Fuß ein und fiel. Der Mann riß sie wieder hoch, noch ehe sie selbst das Gleichgewicht wiederfinden konnte.

Ein Schatten fiel über ihr Gesicht. Dann spürte sie einen stechenden Schmerz. Es mußte eine Plastikschnur sein, sie schnitt sich tief in die Haut ihres Halses. Sie bekam keine Luft mehr. Ihr Körper wurde weiter zurückgerissen. Sie rutschte ab und sackte in die Hecken am Rande des Parkplatzes. Die Schnur schnitt sich immer tiefer in ihren Hals hinein. Ein lautloser Schrei drang aus ihrer Kehle. Ich brauche Luft, dachte sie verzweifelt und warf ihren Kopf zurück. Für einen Moment konnte sie den Mann sehen, der hinter ihr stand. Sie erkannte ihn sofort. Er war im Burger Point gewesen. Seine sonderbare Art, die ängstliche und verzweifelte Annäherung. Sie konnte sich an alles erinnern. Er hatte immer wieder dagesessen und sie angestarrt. Er hatte nur bei ihr bestellt, und immer nur einen Kaffee. Die Kolleginnen hatten bereits Witze gemacht, und dann war er plötzlich nicht mehr aufgetaucht.

Der Mann zog die Schnur noch enger. Sie spürte das heiße Blut, das an ihrem Hals hinunterlief. Und da wurde ihr klar, daß alles eine Illusion gewesen war. Ihre ganze Hoffnung, eine einzige Illusion. Es gab keinen Neubeginn für sie. Nirgends wartete ein Leben, in dem sie glücklich sein konnte. Es war aus.

Ihr Mantel verfing sich in der Hecke, die Äste rissen ein großes Loch hinein. Dann spürte sie den kalten Asphalt auf ihrer nackten Haut.

Anna raste mit dem Streifenwagen durch die Alexanderstraße. Sie hatte die Jannowitzbrücke fast erreicht, als sie abgelenkt wurde. Es war eine Bewegung auf den Parkplätzen, die sie aus den Augenwinkeln bemerkt hatte. Kaum mehr als ein Schatten.

Instinktiv bremste sie ab. Der Wagen drohte ins Schleudern zu geraten, doch sie brachte ihn auf der mehrspurigen und ausgestorbenen Straße zum Stehen. Sie sah sich um. Der Bremsweg hatte gute hundert Meter betragen. Es lag zu weit zurück, sie konnte nichts erkennen. Dennoch: Es war die gleiche Stelle, an der Bettina überwältigt und ermordet worden war. Es ließ ihr keine Ruhe.

Sie schaltete den Rückwärtsgang ein, trat mit aller Kraft aufs Gas und jagte die Strecke zurück. Sekunden später bremste sie wieder ab.

Nun sah sie die Schatten deutlicher. Es hatte einen Überfall gegeben. Eine Gestalt lag reglos auf dem kalten Asphalt. Jemand hatte sich über sie gebeugt und stand mit dem Rükken zur Straße. Anna konnte nur seinen Mantel und die Wollmütze erkennen. Der Mann zerrte an seinem Opfer und drehte es auf die Seite.

Anna erstarrte. Sie hörte, wie ihr Herz das Blut durch die Schlagadern pumpte. Schweiß brach ihr aus, sie bekam keine Luft mehr. Du mußt professionell sein, rief eine Stimme in ihr.

Mit einer schnellen Bewegung stieß sie die Tür auf und sprang auf die Straße. Es ist Ute, schoß es ihr durch den Kopf. Verdammt, es ist Ute! Bleib ruhig! Du mußt jetzt ruhig bleiben. Dann rannte sie los. Sie hörte ihr Herz, den gleichmäßigen Atem, das knarzende Leder ihrer Uniformjacke.

Es waren noch fünfzig Meter. Der Mann schaute sich plötzlich um. In der Dunkelheit sah Anna nur seine Augen. Erschrocken starrten sie sie an, eine endlose Sekunde lang. Dann zog er blitzschnell seine Hose hoch und rannte davon. Kurz darauf war er in der Dunkelheit des Parkplatzes verschwunden.

Die junge Frau am Boden war Ute. Kein Zweifel. Es war tatsächlich Ute. Ihr Mantel lag offen. Ihre Hose und ihr Slip waren bis zu den Knien heruntergerissen. Über ihre blassen Beine zog sich eine Spermaspur, die im Zwielicht der Laternen schimmerte.

Am Hals hatte sie eine blutige Strangfurche. Ein Stück Wäscheleine lag lose auf ihrem Dekolleté. Ihr Gesicht war angeschwollen und hatte eine bläuliche Farbe angenommen.

Sieh nicht hin, dachte Anna verzweifelt. Sieh nicht hin. Bleib nüchtern. Du mußt sie retten. Sie fiel vor der jungen Frau auf die Knie und nahm ihren Kopf zwischen die Hände. Atemstillstand. Sie hatte keinen Puls mehr.

Es war wie bei dem Jungen, den sie vor einem halben Jahr aus der Spree gezogen und ins Leben zurückgerufen hatte. Und am nächsten Tag war ihr Foto auf dem Titelbild des Kuriers gewesen. Sie mußte es nur wieder tun.

Anna glaubte neben sich zu stehen. Sie sah sich bei den routinierten Bewegungen zu. Sah, wie Utes Polyesterbluse mit dem Burger-Point-Aufdruck auseinanderriß. Wie die Knöpfe über den Asphalt in die Dunkelheit rollten und der Aufdruck sich in einer Pfütze verfärbte.

Sie schob Utes Kopf nach hinten und hob ihren Unterkiefer an. Dann schloß sie die Nase und drückte ihren Atem in Utes Lungen hinein. Sie zählte. Einundzwanzig, zweiundzwanzig. Mit ihren Fingern tastete sie nach dem Brustbein auf dem freigelegten Oberkörper. Sie nahm drei Finger breit, setzte ihren Handballen auf, streckte die Arme durch und drückte. Eins, zwei, drei. Immer weiter. Vier, fünf, sechs.

Wieder drückte sie ihr den Atem in die Lungen, wieder massierte sie das Herz. »Bitte, bitte, bitte«, flüsterte sie. Doch nichts. Kein Puls, keine Atmung.

Ihr wurde schwarz vor Augen. Die Panik ließ sich kaum noch unterdrücken. Bleib ruhig, sagte sie sich wieder. Bleib ruhig, bitte, bleib ruhig.

Dann versuchte sie es erneut. Einundzwanzig, zweiundzwanzig. Eins, zwei, drei. Immer noch kein Lebenszeichen. Sie versuchte es wieder und wieder. Sie würde sie retten, sie würde es schaffen, Ute würde am Leben bleiben.

Später konnte sie nicht sagen, wie lange sie es mit der Wiederbelebung versucht hatte. Wie oft sie ihren Atem in den toten Körper des Mädchens gestoßen hatte, in der verzweifelten Hoffnung, sie ins Leben zurückholen zu können. Sie hatte das Gefühl für die Zeit gänzlich verloren. Besinnungslos hockte sie neben der Toten. Starr und ohne irgendein Gefühl. Sie war wie gelähmt. Stoßweise atmete sie aus, starrte auf den Körper, der vor ihr auf dem Asphalt lag.

Erst dann drang der Schmerz zu ihr durch. Er kam von weit her, überwältigte sie wie eine Lawine. Ihr Körper zog sich zusammen. Mit einem langgezogenen Schrei beugte sie sich über das Mädchen. Verzweifelt riß sie an ihrem Slip, bis er an den Beinen hochrutschte und ihre Scham bedeckte. Danach zog sie mit beiden Händen die Hose hoch. Umständlich hantierte sie an dem Reißverschluß, bis er sich endlich zuziehen ließ.

Sie wußte nicht, wieviel Zeit vergangen war, als sie aufsah und die Gestalt außerhalb des Lichtkreises bemerkte. Die Gestalt, die unter einem Baum stand und zu ihr hinüberstarrte.

Er ist noch hier, schoß es ihr durch den Kopf. Er hatte aus sicherem Abstand beobachtet, wie sie vergeblich um Utes Leben kämpfte. Er glotzte unter seiner Wollmütze hervor, genoß jeden Augenblick dieses Schauspiels.

Anna überlegte nicht. Sie sprang auf und rannte los. Er würde ihr nicht entkommen. Sie vergaß, daß sie keine Waffe bei sich trug. Sie dachte nicht darüber nach, daß der Mann ihr körperlich überlegen sein würde. Sie rannte und rannte, kopflos und so schnell sie konnte.

Der Mann zögerte nur eine Sekunde. Dann drehte er sich um und ergriff die Flucht. Er hatte einen großen Vorsprung. Doch Anna war schnell. In ihr öffneten sich alle Reserven. Ihre gesamte Kraft floß in ihren Körper und ließ sie immer schneller werden.

Es dauerte nicht lange, da hatte sie ihn eingeholt. Sie hatte keine Strategie, keinen Plan, ihn zu überwältigen. Sie krallte einfach ihre Hand in seinen Kragen, riß ihn herum, warf sich in seinen Rücken und stürzte mit ihm zu Boden. Im Fall rutschte sie ab, knallte mit dem Gesicht auf und schlitterte über den Asphalt.

Ihre Hand noch immer fest in seinem Kragen, ignorierte sie das Blut in ihrem Gesicht. Der Mann lag neben ihr auf dem Boden. Sie riß ihn mit aller Kraft herum. Die Wollmütze rutschte von seinem Kopf und gab das Gesicht frei. In diesem Moment ließ Anna los. Sie erstarrte. Es war eine Frau.

13

Michael wußte, daß es bald vorüber sein würde. Er hatte einen toten Punkt, das war ganz normal um diese Uhrzeit. Doch jetzt hatte die Müdigkeit vollends von ihm Besitz ergriffen. Jeder Knochen schmerzte, und er wünschte sich sehnlichst ins Bett.

Der nächtlich stille Beobachtungsraum war erfüllt vom Surren des Kaffeeautomaten. Er lauschte dem Geräusch und wartete auf seinen Kaffee. Die Vernehmung, die ihm bevorstand, hätte er zu gern auf morgen früh verlegt. Doch das war undenkbar. Die Ermittlungen liefen auf Hochtouren.

Er holte seinen inzwischen achten Kaffee aus der Halterung und nahm einen tiefen Schluck. Die Brühe schmeckte abscheulich. Doch er würde weitertrinken und auf die Wirkung des Koffeins warten.

Im Vernehmungsraum saß Barbara Nowack mit blassem Gesicht und starrte gegen die Wand. Sie hatte tiefe Ringe unter den Augen. Ihr schien es ebenfalls schwerzufallen, sich wach zu halten.

Michael warf den halbleeren Pappbecher in den Papierkorb, begrüßte sie und setzte sich ihr gegenüber. Doch Barbara Nowack sagte nichts. Sie hatte geschwiegen, seit die Polizei sie am Tatort festgenommen hatte.

Er klärte sie über ihre Rechte auf und drückte die Taste des Aufnahmegeräts.

»Frau Nowack, woher wußten Sie, daß der Mörder heute nacht wieder zuschlagen würde?«

Sie sah ihn nicht an. Müde strich sie sich die Haare aus dem Gesicht.

»Wollten Sie ihn aufhalten?« fragte Michael. »Hat er Ihnen gesagt, daß er zuschlagen würde?«

Nach einer Pause schüttelte sie den Kopf. »Ich wußte nichts davon.«

»Sie waren zur Tatzeit auf den Parkplätzen«, fuhr Michael fort. »Nur wenige Meter entfernt. Was haben Sie dort gemacht, wenn Sie nichts von dem Mord gewußt haben?«

Barbara schwieg. Er lehnte sich zurück und betrachtete sie eingehend, diese starke und unnahbare Frau, die er erst vor einigen Tagen kennengelernt hatte. Ihr Hochmut schien in dieser Nacht gebrochen.

Am liebsten hätte er sie nach Hause geschickt. Er glaubte kein Recht zu haben, sie in diesem Zustand zu bedrängen. Doch statt dessen mußte er diese Situation für sich ausnutzen. Er würde nun auf keinen großen Widerstand mehr stoßen. Er würde sie zum Reden bewegen können.

Barbara löste sich aus ihrer Starre. Sie sah ihn an, und er glaubte bereits, daß sie ihm nun alles erklären wollte.

»Ihr Vater hat Ihre Mutter umgebracht«, sagte sie jedoch. »Er hat sie im Suff erschlagen.«

Michael zog die Stirn in Falten. »Ja, das stimmt.«

Barbara schien darüber nachzudenken. »Haben Sie Ihre Mutter geliebt?«

Er zögerte. Eine Plauderei über seine Familie könnte ihm vielleicht als schwerer Vernehmungsfehler ausgelegt werden. Doch es stand niemand hinter der Beobachtungswand, alle Ermittlungsteams waren unterwegs. Er beschloß, darauf einzugehen.

»Ich glaube schon, daß ich sie geliebt habe«, sagte er.

»Sie glauben?«

»Sie war mir keine gute Mutter. Aber geliebt habe ich sie wohl dennoch.«

»Und Ihren Vater?« fragte sie. »Ihn müssen Sie furchtbar gehaßt haben.«

Es war lange her, daß ihn jemand danach gefragt hatte. Er spürte einen vergessenen Schmerz in seiner Brust aufflammen.

»Ja, das stimmt. Ich habe ihn sehr lange gehaßt.«

Sie nickte kaum merklich, als hätte er sie in einer Überlegung bestätigt.

»Was ist mit ihm passiert?« fragte sie.

»Er kam für drei Jahre ins Gefängnis.«

»Drei Jahre?« fragte sie erstaunt. »Für einen Mord?«

»Es war Totschlag.«

Sie sah ihn an. »Drei Jahre. Ist das gerecht?«

Die alten Fragen, dachte er. Er hatte sie sich so oft gestellt. »Gefängnis und Gerechtigkeit, das hat im Grunde nicht viel miteinander zu tun.«

Unwillkürlich fragte er sich, ob es besser gewesen wäre, das Tonband anzuhalten. Er nahm sich vor, die Stelle später zu löschen. Niemand brauchte davon zu erfahren.

»Was ist denn dann für Sie Gerechtigkeit?« fragte sie.

Er hatte lange darüber nachgedacht, und er hatte seine Antworten gefunden. Es ging nicht um seinen Vater, und es ging nicht um seine Familie. Gerechtigkeit war viel mehr. Er mußte nur den Überblick behalten, dann würde er nicht überwältigt von den Bildern, die er noch immer in sich trug.

»Ich habe nie wieder etwas von meinem Vater gehört«, sagte er. »Ich habe jeden Kontakt abgewehrt. Bis zu dem Tag, an dem ich die Nachricht von seinem Tod erhielt. Er hat sich zu Tode gesoffen. Ich habe geglaubt, daß ich darüber Freude empfinden würde. Doch so war es nicht.«

»Weil er sich Ihrer Wut entziehen konnte?« fragte Barbara.

Michael war sprachlos. Dieser Gedanke war ihm nie gekommen. Er schob ihn schnell beiseite, er wollte sich keinesfalls darauf einlassen. »Es geht um Gerechtigkeit«, sagte er. »Nicht um Rache.«

Er hatte seine Antworten gefunden. Er durfte sich nicht irritieren lassen.

»Wenn ich zu seinen Lebzeiten gesehen hätte, daß er die Verantwortung für seine Taten übernommen hat, für die Hölle, die er uns allen schuf, vielleicht hätte ich ihm dann verziehen. Ich glaube zumindest, daß dadurch das Recht wiederhergestellt worden wäre.«

Es hört sich so richtig an, dachte er. Ich muß nur daran festhalten.

»Das ist für Sie die Gerechtigkeit?« Sie sah ihn skeptisch an.

»Er war auch sich selbst eine Hölle«, sagte er. »Er hat an uns nur das weitergegeben, was er bis dahin selbst erfahren hatte. Haß und Demütigung.«

»Er hatte also eine schwere Kindheit«, sagte sie verächtlich. »Soll das alles erklären?«

»Natürlich nicht. Aber wenn er den Kreislauf durchbrochen hätte, denke ich, dann wäre für mich Recht entstanden.«

Barbara schüttelte den Kopf. »Aber Ihre Mutter macht das nicht wieder lebendig.«

Für eine Sekunde tauchten die Bilder wieder in ihm auf. Die verbrannte Scheibe Toast auf dem Küchenboden. Die grünen Fliesen, starr vor Dreck. Er saß da, zusammengekauert unter dem Küchentisch, die Knie eng an den Körper gezogen. Und über ihm die Schreie seiner Mutter.

»Wollen Sie denn keine Genugtuung?« fragte Barbara. »Was ist mit Ihrer Wut geschehen?«

Sie ist noch immer da, dachte er. Einen Teil seiner Wut hatte er nach all den Jahren noch immer nicht überwunden. »Ich mußte meine Wut in Trauer verwandeln.«

Sie sah ihn verständnislos an. »Trauer worüber?«

»Über das Leben meiner ganzen Familie«, erklärte er. »Ich glaube nicht daran, daß ein Mensch als Monster auf die Welt kommt. Wir selbst sind es, die diese Monster unter uns erschaffen. Mein Vater führte kein selbstbestimmtes Leben. Und glücklich wird er nie gewesen sein. Er hat nichts anderes kennengelernt als Haß. Glauben Sie nicht, daß es wert ist, darüber zu trauern?«

Sie sah ihn lange an. Schließlich spielte ein Lächeln um ihre Lippen.

»Wenn das Ihre aufrichtige Meinung ist«, sagte sie. »Weshalb arbeiten Sie dann bei der Polizei?«

Sie behält Recht, dachte er. Er konnte nichts dagegen tun.

»Es ist nicht immer einfach«, sagte er leise.

Er lehnte sich zurück. Im Vernehmungszimmer war nichts

zu hören außer dem Rauschen des Tonbandgerätes. Er rief sich seinen Auftrag ins Bewußtsein.

»Frau Nowack. Würden Sie mir sagen, weshalb Sie heute nacht am Tatort waren?«

Sie sah an ihm vorbei. »Ich war nur spazieren«, sagte sie tonlos. »Es war ein Zufall.«

Michael warf einen Blick auf seine Notizen. »Waren Sie am vergangenen Montag um 21 Uhr 30 ebenfalls auf dem Parkplatz an der Alexanderstraße?«

Sie zögerte, doch schließlich nickte sie leicht.

»Weshalb sind Sie vor dem Team geflohen, das den Parkplatz observiert hat? Die Kollegin hat sogar einen Warnschuß abgegeben.«

»Ich wollte nicht, daß man mir Fragen stellt«, sagte sie. »Ich wollte im Hintergrund bleiben.«

»Was haben Sie denn am Tatort gesucht?« fragte er eindringlich. »Sie mußten doch wissen, daß die Polizei dort längst alle Spuren gesichert hat.«

»Ich habe nichts gesucht«, sagte sie müde. »Es ging nicht um Spuren.«

»Worum ging es dann?«

Sie schüttelte langsam den Kopf. Michael betrachtete sie nachdenklich. Er mußte an die dicht behangene Wand in ihrem Schlafzimmer denken, die er entdeckt hatte. Die Bilder und die Zeitungsartikel.

Und da verstand er plötzlich. Die Artikel der forensischen Traumatologie an ihrer Wand, die markierten Stellen, die Zeitabläufe der Todeskämpfe. Es konnte nur einen Grund geben, weshalb Barbara Nowack immer wieder zum Ort des Verbrechens gegangen war.

»Sie wollten den Tod Ihrer Schwester nachstellen?« fragte er erstaunt.

Barbara schloß die Augen und strich sich mit der Hand erschöpft über das Gesicht.

»Habe ich recht?« fragte er. »Ging es Ihnen tatsächlich darum?«

Sie war leichenblaß. »Wie soll ich nur mit so einem Tod

fertigwerden«, flüsterte sie. »Wie kann ich mit dem Grauen fertigwerden, das Bettina durchleben mußte?« Sie fixierte eine Stelle an der Tischkante. »Ich kann nicht mehr schlafen, seitdem es passiert ist. Wenn die Nacht heraufzieht, warten die Monster bereits auf mich. Es ist, als würde ich Bettina schreien hören, als würde ich ihre Angst spüren.«

»Frau Nowack, was haben Sie auf den Parkplätzen getan?«

»Ich wollte das durchleben, was Bettina angetan wurde«, sagte sie schwach. »Ich habe gehofft, daß ich so die Monster besiegen kann. Wenn ich nur jede Sekunde nachstelle, die sie erlitten hat.«

»Deshalb sind Sie wieder und wieder zum Parkplatz gegangen?«

Sie nickte. »Ich habe mich auf den Boden gelegt, genau an die Stelle, wo Bettina gefunden wurde. Ich wollte all das sehen und riechen und schmecken, was sie zuletzt wahrgenommen hat. Und ich wollte den Schmerz spüren, den sie gespürt hat.«

Sie zögerte. Dann hob sie ihre Hände und zog vorsichtig den schwarzen Rollkragen herunter. Michael erschrak. An ihrem Hals traten große und fleckige Strangmarken hervor.

»Ich habe mir ein Seil um den Hals gelegt und zugezogen. Dann habe ich gezählt. Kurz vor meiner Ohnmacht habe ich das Seil gelockert. Immer wieder.«

Vorsichtig zog sie den Kragen hoch und strich zaghaft darüber. »Bettina hat nur ein paar Minuten lang gelitten, danach hat der Tod sie von ihren Qualen erlöst. Ein paar Minuten nur. Und dennoch läßt mich das Grauen nicht mehr schlafen. Ich kann nichts dagegen tun.«

»Sie dürfen sich keine Vorwürfe machen«, sagte Michael. »Sie konnten sie nicht beschützen.«

»Aber sie war doch meine kleine Schwester«, rief sie schmerzerfüllt.

Michael blieb ruhig und wartete ab. Er konnte ihr nicht helfen.

»Ihre Angst ist es, die mir keine Ruhe läßt«, sagte sie.

»Ihre Schmerzen kann ich auf mich nehmen. Doch wie soll ich ihr die Angst abnehmen können, wie soll ich den Schrekken erfahren, der sie in den wenigen Minuten erfaßt hat?«

In der aufkommenden Stille hörte Michael nur die Spulen des Aufnahmegerätes.

Am nächsten Morgen fühlte Michael sich wie gerädert. Er schleppte sich um kurz nach neun in den Besprechungsraum im fünften Stock. Kollegen standen im Flur vor der Tür herum und diskutierten lebhaft. Als hätten sie kein Schlafdefizit, dachte Michael und drückte sich an ihnen vorbei.

Er verkroch sich in den hinteren Teil des Raumes. Müde setzte er sich auf einen Stuhl unter die Dachschräge. Eine Säule versperrte ihm den Blick. Ein Teil des Teams würde von dort aus nicht zu sehen sein. Doch an diesem Morgen war es ihm ganz recht so.

Wolfgang Herzberger betrat den Raum. Er ging zum Pult und legte seine Unterlagen ab.

Ihm sieht man den fehlenden Schlaf schon an, dachte Michael. Sein Chef blätterte unruhig in seinen Papieren. Wieder und wieder sah er ärgerlich auf und wartete darauf, daß Ruhe einkehrte. Er wirkt angespannt, dachte Michael. Es muß Probleme gegeben haben.

Die Kollegen schienen das ebenfalls zu bemerken. Schneller als sonst verteilten sie sich im Raum und nahmen Platz. Ganz plötzlich wurde es ruhig, alle sahen zum Kommissionsleiter.

Wolfgang holte tief Luft. »Ihr könnt euch vorstellen, daß der vierte Mord die Situation extrem verschärft hat«, sagte er. »Wir werden bereits jetzt mit Kritik bombardiert, obwohl die Zeitungen noch gar nicht erschienen sind. Die Presse wird ab morgen noch zusätzlichen Druck machen. Dann wird es auch mit der letzten Ruhe vorbei sein.«

»Was sagt die Polizeipräsidentin?« rief jemand.

Wolfgang nickte. »Ich komme gerade von einem Gespräch mit ihr und dem Generalstaatsanwalt«, sagte er. »Sie werden uns den Rücken freihalten. Jedoch wird dies nur ein kleiner Aufschub sein. Wir haben vierundzwanzig Stunden, in denen wir noch relativ abgeschirmt ermitteln können. Danach wird die Lage neu beurteilt werden.«

»Und was soll dann passieren?« fragte eine Kollegin.

Wolfgang sah sie nüchtern an. »Dann wird meine Position als Kommissionsleiter überprüft werden.«

Es herrschte Stille im Besprechungsraum. »Wenn wir jedoch zusammenstehen«, sagte Wolfgang ruhig, »wird es nicht dazu kommen. Der Täter war unkonzentriert und hat wesentlich mehr Spuren hinterlassen als bei seinen bisherigen Taten. Und wir haben erstmals Zeugen.«

Michael versuchte sich auf die Worte seines Chefs zu konzentrieren, doch die Müdigkeit drohte ihn zu überwältigen.

»Fangen wir mit Barbara Nowack an«, sagte Wolfgang gerade. »Sie wurde am Tatort von einer eintreffenden Polizistin überwältigt. Offenbar hat Frau Nowack die Tat beobachtet. Hast du Näheres in Erfahrung bringen können, Michael?«

Sein Name drang zu ihm wie durch Watte. Doch er holte ihn schlagartig zurück. Mit einem Mal war er wieder hellwach.

»Nein, leider nicht.« Er mußte sich räuspern. »Sie hat die Tat nicht beobachtet. Sie kam, als der Täter den Parkplatz bereits verlassen und die Polizistin die Wiederbelebung eingeleitet hatte.«

»Was hatte sie am Tatort zu suchen?«

»Sie kommt nicht über den Tod ihrer Schwester hinweg«, sagte Michael. »Deshalb sucht sie den Parkplatz immer wieder auf. Sie versucht zu verarbeiten, was geschehen ist.«

»Es gibt also keinerlei Verbindung?«

Michael schüttelte den Kopf. Sein Chef stieß einen kurzen Fluch aus.

»Was ist mit der Brieftasche, die ihr von der Polizei abgenommen wurde? Gehört sie dem Täter?«

Diesen Umstand hatte Michael während der Vernehmung beinahe vergessen. Als Barbara überwältigt wurde, hatte sie eine Brieftasche in der Hand gehalten, die von der Polizei sichergestellt wurde.

Michael hatte sie darauf angesprochen und erfahren, daß sie sie tatsächlich am Tatort gefunden und aufgehoben hatte. Offenbar hatte der Täter sie bei seiner Flucht verloren.

»Wir können davon ausgehen, daß die Geldbörse dem Täter gehört«, sagte er.

»Weshalb hat Frau Nowack sie an sich genommen?«

Michael zuckte mit den Schultern. »Es war wohl eine Übersprungshandlung. Sie hat sie vor Schreck aufgehoben und wollte sie einstecken.«

»Dann bringt uns das auch nicht sonderlich weiter.« Wolfgang wandte sich an die Runde. »Im Portemonnaie waren weder Ausweise noch sonstige Hinweise auf den Täter. Es waren lediglich zwölf Euro und siebzig Cent Kleingeld darin. Darüber hinaus befanden sich drei Kassenbons im Mittelfach. Zwei sind aus einem Kaiser's-Markt in Pankow, ganz in der Nähe des Schloßparks. Der dritte stammt von einer Tankstelle auf der Berliner Straße, stadtauswärts Ecke Hallandstraße. Das dürfte lediglich unsere Vermutung bestärken, daß der Täter in Pankow lebt oder zumindest dort arbeitet.«

Er stand auf und hakte den Punkt auf dem Flipchart ab.

»Kommen wir als nächstes zu dem Phantombild.« Er wandte sich an einen Kollegen. »Klaus, hast du es fertig?«

Der Kollege schüttelte den Kopf. »Da war gestern nacht nichts mehr zu machen. Der Mann ist über achtzig. Er kommt später hierher. Um ein Uhr werden wir es fertig haben, schätze ich.«

Wolfgang nickte. Er wollte fortfahren, doch Klaus meldete sich noch mal zu Wort.

»Die Quelle scheint jedoch nicht sehr zuverlässig zu sein«, sagte er vorsichtig.

Wolfgang sah ihn fragend an. »Wieso nicht? Ist der Mann dement?«

Klaus zuckte mit den Schultern. »Zunächst schien er geistig außerordentlich klar zu sein. Wir sind nach der Befragung ins Gespräch gekommen, anfänglich sehr interessant.

Er wollte mir erklären, wie der Parkplatz vor dem Krieg ausgesehen hat. Das Areal muß sehr dicht bebaut gewesen sein, mit lauter schmalen Sträßchen.«

»Und weiter?«

»Er hat sich immer mehr in seine Erinnerungen hineingesteigert«, sagte Klaus. »Am Ende hat er mich mit einem NS-Offizier verwechselt, der seine Schwester deportieren ließ. Ich mußte mich gegen einen körperlichen Angriff zur Wehr setzen.«

Wolfgang blickte ihn ausdruckslos an, dann stieß er die Luft aus.

»Na großartig«, zischte er. »Was ist mit dem Auto? Kommt dieser Hinweis auch von dem alten Mann?«

Eine Kollegin am anderen Ende des Raums meldete sich zu Wort.

»Nein, das war ein Hinweis aus der Nachbarschaft«, sagte sie. »Eine Frau stand am Fenster. Sie hat den Täter weglaufen und in einen Wagen steigen sehen. Er ist mit erheblichem Tempo davongefahren. Sie schwört, daß es ein dunkelgrüner Ford Fiesta war.«

»Ist die Aussage verläßlich?«

Die Kollegin machte ebenfalls ein unglückliches Gesicht.

»Bist du dem denn bereits nachgegangen?« fragte er.

Sie stöhnte. »In Berlin sind über achttausend Ford Fiesta gemeldet.«

»Sieh dir nur Pankow an«, sagte er. »Und schränk die Suche erst einmal auf die näheren Angaben der Frau ein.«

Michael riß mühsam die Augen auf und sah in die Runde. Doch die Gesichter verschwammen, und schließlich legte sich eine lähmende Ruhe über den Raum.

Plötzlich hörte er seinen Namen, als käme er vom anderen Ende eines langen Tunnels. Erst da merkte er, daß er mit offenen Augen geschlafen hatte.

Sofort war er wach. Gesichter aus der Runde waren ihm fragend zugewandt. Er blickte zu Wolfgang hinüber, der ihn mit zusammengezogenen Augenbrauen fixierte. Michael blieb nichts anderes übrig, er mußte reagieren.

»Alles klar«, sagte er. »Ich fange gleich damit an.«

Er war überrascht, wie wach und frisch sich seine Stimme anhörte.

Er wurde totenstill in dem Raum. Jetzt starrten ihn alle an. Ein Kommissarsanwärter lehnte sich zu ihm hinüber.

»Ob Barbara Nowack Angaben zur Kleidung des Täters gemacht hat«, flüsterte er.

Michael spürte das Blut in seinen Kopf schießen. »Sie hat nur einen Schatten weglaufen sehen«, stotterte er. »Außer einer dunklen Wollmütze und einem schwarzen Mantel hat sie nichts erkennen können.«

Wolfgang sah ihn lange an. Dann wandte er sich ab und hakte den letzten Punkt auf dem Flipchart ab.

»Gut«, sagte er. »Ich bitte alle Teams, mit der Arbeit zu beginnen.«

Er zögerte. »Michael wird nicht hinausfahren, Klaus wird seinen Job übernehmen. Du, Michael, gehst statt dessen in den Innendienst und nimmst Hinweise aus der Bevölkerung entgegen.«

Er beugte sich über das Pult und legte seine Unterlagen zusammen. Die Sitzung schien beendet. Doch in diesem Moment schlug Wolfgang zur Verwunderung aller mit der Faust auf das Pult.

»Verdammt noch mal!« rief er ungehalten. »Wie viele Mädchen müssen denn noch umgebracht werden, damit hier ein wenig Ernsthaftigkeit entsteht! Wenn wir nicht konzentriert sind und zusammenhalten, dann werden wir ihm niemals das Handwerk legen.«

14

Die Morgensonne stand blutrot über den Dächern der Stadt. Die Luft war mild, der Frühling würde nicht mehr lange auf sich warten lassen. Auf dem Balkon vor ihrem Fenster konnte Barbara bereits die ersten Knospen der Hyazinthen sehen.

Sie war schon seit Stunden auf. In der Nacht hatte sie kaum geschlafen. Immer wieder wachte sie auf und wälzte sich im Bett umher. Dann zählte sie die Stunden, bis der neue Tag heraufzog. Der Tag, an dem sie aufbrechen und Bettinas Mörder stellen würde.

Sie sah zum Küchentisch hinüber, auf dem eine Plastikkarte lag. Sie war das einzige, was sie aus der Geldbörse des Mörders hatte retten können. Sie hatte die Karte in ihre Manteltasche gleiten lassen, bevor die Polizei ihr die Brieftasche abnehmen konnte. Es war niemandem aufgefallen. Sie waren alle zu beschäftigt gewesen.

Die Karte war klein und blau und trug das Logo des Berliner Videorings. Eine Nummer war aufgedruckt, ein Name stand nicht auf der Karte. Doch sie würde ihn herausbekommen. Da war sie sich ganz sicher.

Sie nahm die Plastikkarte und hielt sie gegen das Licht. In wenigen Stunden würde sie den Mörder kennen. Ein sonderbares Hochgefühl breitete sich in ihr aus. Sie legte die Karte zurück auf den Tisch und ging in ihr Schlafzimmer. Mit einer schnellen Bewegung faßte sie unter das Kopfkissen und zog ein Paket hervor. Es lag dort seit dem Nachmittag, an dem sie es am Kottbusser Tor erhalten hatte.

Sie riß die Lasche auf und zog den harten Gegenstand heraus, der in Füllstoff gebettet war. Es war eine Pistole. Genau das Modell, das sie bestellt hatte. Nachdenklich strich sie über das kalte Metall.

Sie sah auf die Uhr, es war kurz nach acht. Noch eine

Dreiviertelstunde, dachte sie. Dann öffneten die Filialen des Berliner Videorings. Sie lud Munition in die Waffe und steckte sie in ihre Handtasche. Dann stand sie auf und holte ihren Mantel.

In diesem Moment klingelte es. Sie erstarrte. War es möglich, daß ihr Plan entdeckt worden war? Doch niemand konnte davon wissen. Sie war sich ganz sicher.

Sie drückte auf den Türöffner und trat in den Flur hinaus. Es war ihre Mutter. Barbara erstarrte.

Irmgard Nowack blieb auf dem Absatz stehen und lächelte sie unsicher an.

»Hallo, Barbara«, sagte sie.

Es war das erste Mal, daß sie sie in der Richterstraße besuchte. Barbara zögerte, sie war verwirrt. Doch dann bat sie ihre Mutter einzutreten.

Vorsichtig sah sich die Frau in der Wohnung um, als habe sie Angst, in die Intimsphäre ihrer Tochter einzudringen. Schließlich aber setzte sie sich an den Küchentisch.

»Die Polizei hat mir erzählt, was du getan hast.«

Barbara nickte und ließ sich ebenfalls am Küchentisch nieder.

»Ich hatte gedacht, daß dir der Tod von Bettina egal sei«, sagte ihre Mutter.

Barbara wurde blaß. »Wie kannst du so etwas denken?« fragte sie heiser.

Irmgard Nowack schüttelte den Kopf. »Ich dachte, daß wir alle dir egal seien.«

Barbara lehnte sich erschöpft zurück. Ihre Mutter hatte nie aufgehört, sie für alles verantwortlich zu machen. Sie hatte sich nie gefragt, weshalb ihre Tochter die Familie verlassen hatte. Warum es ihr unerträglich war, bei ihnen zu bleiben.

Doch dieses Mal war Barbara zu müde für einen Streit. Ihre Mutter sollte gehen, anstatt ihr Vorwürfe zu machen. Sie brauchte ihre Kräfte. Es war ein wichtiger Tag. In wenigen Minuten würden sich die Filialen des Berliner Videorings öffnen.

Sie stand auf und ging wortlos zur Tür. Ihre Mutter sah stumm zu ihr hinauf. Sie machte keine Anstalten, die Wohnung zu verlassen. Sie blieb einfach dort sitzen, die Hände in ihrem Schoß.

»Wie geht es diesem Mädchen?« fragte sie schließlich. »Geht es ihr gut?«

Barbara glaubte sich verhört zu haben. Sprach ihre Mutter sie tatsächlich darauf an?

»Wie hieß sie noch?« fragte Irmgard weiter.

»Maria«, sagte Barbara kühl.

»Maria«, wiederholte sie nachdenklich. »Ein so schöner Name.« Sie lächelte ihrer Tochter zu. »Seid ihr noch befreundet?«

Befreundet, dachte Barbara bitter. Ihr lag bereits ein Kommentar auf der Zunge. Doch ihre Mutter sah ängstlich zu ihr hinauf. Sie bemüht sich, dachte sie. Es war ein gut gemeinter Versuch. Das erste Mal, daß Irmgard Nowack das Thema nicht verdrängte. Das erste Mal, daß sie sichtlich bemüht war, es anzusprechen.

Barbara atmete durch. Sie schluckte den Kommentar hinunter.

»Nein«, sagte sie. »Wir sind kein Paar mehr. Das sind wir schon lange nicht mehr.«

Ihre Mutter wirkte überrascht. »Aber was ist denn passiert?«

Sie zuckte mit den Schultern. »Was soll schon passiert sein? Die Liebe war einfach weg. Eines Tages war sie verschwunden.«

»War es deine Liebe, die so plötzlich verschwunden war?«

Barbara glaubte, einen besorgten Tonfall in ihrer Stimme gehört zu haben.

Es ist vorbei, sagte sie sich. Sie trauerte Maria nicht mehr nach. Es war alles gesagt. Sie hatte seit Monaten nicht mehr darüber nachgedacht. Sie hatte damit abgeschlossen.

Dennoch schnürte es ihr die Kehle zu. Plötzlich konnte sie ihre Trauer nicht mehr zurückhalten. Sie drang tief aus ihrem Inneren hervor. Doch sie wollte es nicht zulassen, nicht in diesem Moment. Nicht, während ihre Mutter in ihrer Küche saß.

»*Sie* hat gesagt, daß sie mich nicht mehr liebt«, brachte sie mit erstickter Stimme hervor. »Mich hat niemand gefragt.«

Ihre Mutter stand plötzlich neben ihr. Sie trat so nah an sie heran, wie sie es seit Jahren nicht mehr getan hatte. Zaghaft hob sie ihre Hand und strich ihrer Tochter über die Wange.

»Es ist gut«, flüsterte sie. »Es ist gut.«

Barbara kämpfte dagegen an. Doch mit einem Mal spürte sie, wie groß ihre Sehnsucht nach Trost war. Wie sehr sie sich danach sehnte, der Trauer freien Lauf zu lassen, aufgehoben zu sein in den Armen eines anderen Menschen.

»Weine ruhig, mein Kind«, hörte sie Irmgard flüstern.

Und plötzlich war es wie früher, lange vor der Zeit, in der sie erwachsen geworden war. Nur für einen Augenblick wollte sie den ewigen Streit vergessen und alles hinter sich lassen.

Sie wußte nicht, wie lange sie im Arm ihrer Mutter gelegen hatte. Doch irgendwann blickte sie auf. Durch den feuchten Schleier ihrer Augen sah sie ganz deutlich das blaue Stück Plastik, das auf ihrem Küchentisch lag.

Sonja Strahl wühlte in den Zeitungen auf dem Couchtisch und zog die Wochenendausgabe der Berliner Zeitung hervor. Ein paar Schnipsel klebten am Deckblatt, die sie sorgfältig abnahm. Dann blätterte sie die Zeitung durch.

Sie suchte in den Überschriften nach dem Wort »Polizei«, um es auszuschneiden und auf eine Pappe zu kleben. Sonja bastelte mit ihrer Freundin Mascha an der Einladung für das Ehemaligentreffen der Reinhold-Burger-Oberschule in Pankow. Sie hatten sich für die Einladung etwas Besonderes ausgedacht. Sie sollte wie das Schreiben eines Erpressers aussehen, deshalb die Zeitungsschnipsel. »Damit auch alle kommen!« hatte Mascha lachend gemeint.

Auf dem Deckblatt des Berlin-Teils fand Sonja das gesuchte Wort, es war Teil der Überschrift zu einem Interview.

> **»Da kann die Polizei nichts machen!«**
> Seit Monaten sucht die Berliner Polizei vergeblich nach einem Frauenmörder. In der Nacht von Donnerstag auf Freitag überfiel er sein bislang viertes Opfer, eine junge Frau aus Kreuzberg. Bernd Weinert, Kriminalist an der Universität Hamburg, über die schwierige Suche nach einem Serientäter.

Sonja sah auf und blickte zur Tür. Mascha war auf die Toilette verschwunden. Sie würde eine Zeitlang wegbleiben. Also lehnte sich Sonja in der Couch zurück und begann zu lesen.

Die Zeitungen waren in den letzten Tagen wieder voller Berichte über den sogenannten Würger von Pankow, nachdem sie alle ein halbes Jahr lang nichts von ihm gehört hatten. Es war damals ein Schock gewesen, von dem sie sich bis heute nicht erholt hatten.

Jacqueline würde bei diesem Jahrgangsstufentreffen nicht mehr dabei sein, sie war das erste Opfer dieses Monsters gewesen. Weder Sonja noch Mascha hatten sie besonders gut gekannt, die Mitschülerin aus der Parallelklasse. Sie war unauffällig und schüchtern gewesen. Eines der Mädchen, deren Existenz sie nach kurzer Zeit vergessen hatten. Wäre da nicht dieser sinnlose Mord gewesen.

> … bei Mördern handelt es sich in der Regel um Menschen aus dem direkten sozialen Umfeld. Serientäter bilden da eine Ausnahme. Sie schlagen zu, ohne eine vordeliktische Beziehung zum Opfer zu haben.
> Herr Weinert, was ist das Tatmotiv von Serientätern?
> Das Motiv liegt nicht im Beziehungsgeflecht mit dem Opfer. Es liegt vielmehr in ihrer geschundenen und verkümmerten Seele. Sie beginnen zu morden, um die Bedürfnisse dieser Seele zu befriedigen. Gewissen und Mitgefühl sind bestenfalls noch fragmentarisch bei ihnen ausgebildet …

Die Polizei hatte die gesamte Schule auf den Kopf gestellt. Es wurden alle befragt, die mit Jacqueline Kontakt gehabt hatten. Wochenlang war die ehemalige Schülerschaft ausfindig gemacht worden. Doch offenbar hatte es nichts gebracht. Eine Spur hatte sich nicht ergeben.

Sonja hatte bei den Vorbereitungen zur Feier darüber nachgedacht, ob es nicht besser wäre, alles abzusagen. Es fühlte sich nicht richtig an, nach Jacquelines Tod gemeinsam zu feiern. Zumal ihr Mörder noch nicht gefaßt war. Doch Mascha meinte, daß sie einfach auf der Feier darüber sprechen sollten. »Dieser schreckliche Mensch wird mich nicht davon abhalten, meine alten Leute wieder zu treffen«, sagte sie. »Und wir können schließlich nichts dafür, daß die Polizei nicht weiterkommt.«

Sonja suchte weiter unten im Interview nach den Strategien der Polizei, mit denen sie den Serientäter zur Strecke zu bringen hoffte. Offenbar waren Psychologen beauftragt worden, ein Täterprofil zu entwickeln.

... das alles weist darauf hin, daß er zurückgezogen und kommunikationsgestört lebt, inkompetent ist in zwischenmenschlichen Beziehungen und bislang keine sexuellen Kontakte herstellen konnte. Dies alles sind nur kleine Mosaiksteinchen. Doch je mehr die Polizei davon findet, desto deutlicher wird das Bild des Täters.

Sie haben die Aussagekraft der ersten Tat angesprochen. Sie liegt inzwischen sieben Monate zurück. Sind nicht längst alle Spuren verfolgt?

Das ist richtig. Die Ermittlungen und das Profil haben nicht zum Täter geführt. Dennoch weist jeder Tatort neue Spuren auf, die in Verbindung mit den bisherigen Erkenntnissen weiterführen können. Darüber hinaus können Hinweise aus der Bevölkerung auch nach einem halben Jahr noch eingehen. Die Polizei glaubt zu wissen, daß sich das erste Opfer in seinem näheren Umfeld befunden hat. Zudem soll der Täter bereits vor dem ersten Mord Frauen belästigt haben. Wenn er niemandem aufgefallen ist, kann die Polizei nichts machen. Dann bleibt nur das mühsame Erstellen des Mosaiks und die Hoffnung, daß es irgendwann zum Täter führen wird …

Sonja wurde unterbrochen, als Mascha ins Zimmer zurückkehrte.

»An die Arbeit, du Träumerle!« rief sie ihr entgegen. »Ich will heute noch fertig werden.«

Sie warf sich zu ihrer Freundin auf das Sofa und sah über ihre Schulter.

Sonja seufzte. »Hier ist nur wieder ein Artikel über Jacqueline.«

Maschas Lächeln verschwand. »Leg ihn weg«, sagte sie. »Wir wollen nicht mehr daran denken.«

Sonja starrte jedoch weiter auf die Zeilen des Interviews. Sie wurde den sonderbaren Verdacht nicht los, der beim Lesen in ihr entstanden war.

»Hör mal, was sie über den Täter sagen«, meinte sie. »Er ist kontaktgestört, lebt zurückgezogen, hat früher schon Frauen belästigt, schafft es nicht, sexuelle Beziehungen aufzunehmen. Und er soll aus dem Umfeld von Jacqueline stammen.«

Mascha blickte verständnislos. Dann hielt sie sich erschrocken die Hand vor den Mund. »Du meinst, es war dieser Typ aus unserer Klasse?«

»Ich habe keine Ahnung. Aber es würde doch alles passen.«

Mascha dachte darüber nach. Ihre anfängliche Verunsicherung legte sich schnell.

»Ich weiß nicht«, sagte sie skeptisch. »Es ist wohl sehr an den Haaren herbeigezogen.«

Doch Sonja war nicht mehr zu bremsen. »Erinnerst du dich nicht mehr? Er glaubte, Jacqueline müsse ihm dankbar sein, als er sich an sie herangemacht hat. Sie war schüchtern und häßlich. Er meinte freies Spiel zu haben. Die kann froh sein, einen abzukriegen, das hat er gesagt. Und weißt du noch, wie aggressiv er nach der Abfuhr reagiert hat? Jacqueline hatte richtig Angst.«

»Trotzdem!« Mascha schüttelte den Kopf. »Diese paar Zeilen treffen auf tausend Männer zu.«

»Aber die Polizei ist auf Hinweise angewiesen. Das steht hier drin.«

»Also, ich bin mir nicht sicher«, sagte Mascha. »Die halten uns doch für hysterisch.« Sie nahm Sonja die Zeitung aus der Hand. »Wie hieß dieser Typ eigentlich noch?« fragte sie.

Die junge Frau legte die Stirn in Falten. »Keine Ahnung«, sagte sie. »Ich habe es vergessen.«

Sie wunderte sich, wie schnell die Dinge aus ihrem Leben verschwanden. Es war noch keine vier Jahre her, doch sie hatte bereits einen Teil der Namen und Gesichter vergessen, mit denen sie ihre Schulzeit zugebracht hatte.

»Die Liste«, rief sie ihrer Freundin zu.

Mascha kramte zwischen den Zeitungsschnipseln auf dem Couchtisch und zog die Adressenliste der ehemaligen Mitschüler hervor. Ihr Finger rutschte über die Zeilen, bis er plötzlich innehielt. »Da ist er!« Sie sah auf. »Ich weiß wieder, wie er heißt!«

15

Die Türen des Besprechungsraums öffneten sich. Die Beamten strömten hinaus auf den Flur. Sie wirkten geschäftig und waren in lebhafte Diskussionen vertieft. Keiner schien Notiz von dem Fallanalytiker zu nehmen, der ihnen auf dem Flur entgegenkam.

Gerhard Pohl blieb einen Moment stehen und sah ihnen nach, wie sie nach und nach im Treppenhaus verschwanden. Dann trat er durch die offene Tür in den Besprechungsraum. Die schwache Märzsonne begann bereits, den Raum unter dem Dach aufzuheizen. Es war stickig, die Luft verbraucht.

Wolfgang Herzberger hielt sich als letzter im Raum auf. Er war über seine Unterlagen gebeugt und sortierte sie in eine Mappe. Es dauerte einen Moment, bis er Pohl bemerkte. Mit einem Lächeln bat er ihn hinein.

Pohl nickte und setzte sich auf einen der leeren Stühle.

»Wir stehen nicht sehr gut da, richtig?«

Herzberger seufzte. »Nein. Wir stehen tatsächlich nicht sehr gut da.«

»Haben wir Rückendeckung durch den General- und den Oberstaatsanwalt?«

»Das schon. Aber eine bessere Figur machen wir dadurch auch nicht.« Er ließ sich auf einen Stuhl sinken. »Sie hatten recht«, sagte er. »Es war eine Verwechslung.«

Der Fallanalytiker wehrte ab. »Ich habe selber nicht so recht daran geglaubt. Und dennoch sind Sie der Theorie sofort nachgegangen. Wir können uns da keine Vorwürfe machen.«

»Trotzdem. Wir haben die ganze Zeit in die falsche Richtung ermittelt.«

»Aber so etwas ist doch Teil der täglichen Polizeiarbeit«, sagte Pohl.

Der Hauptkommissar schüttelte den Kopf. »Es gibt einen

Unterschied. Dieses Mal haben wir dabei auf den Täter eingewirkt. Ohne ihn zu kennen, haben wir Druck auf ihn ausgeübt.«

Pohl nickte, er hatte ebenfalls darüber nachgedacht.

»Die Artikel in den Zeitungen«, sagte er. »Sie haben ihn tatsächlich unter Streß gesetzt.«

»Das denke ich auch«, sagte Herzberger. »Plötzlich haben wir Augenzeugen, vernünftige Beweismittel, fast wäre er am Tatort gefaßt worden. Bei seiner sonst so akribischen Planung kann das nur bedeuten, daß er unter extremem Streß gehandelt hat.«

»Er wollte seinen Fehler aus der Welt schaffen«, sagte Pohl. »Durch den Überfall auf das zweite Mädchen sollte seine Ordnung wiederhergestellt werden.«

Herzberger dachte nach. »Mit unserer Strategie haben wir Öl ins Feuer gegossen«, sagte er schließlich. »Wir wollten den kleinen Rest Menschlichkeit in ihm ansprechen. Statt dessen haben wir ihn veranlaßt, einen weiteren Mord zu begehen.«

Der Fallanalytiker hob die Hand. »Der Täter hätte es ohnehin noch einmal versucht.«

»Die Frage ist nur, wieviel Zeit wir gehabt hätten«, sagte Herzberger. »Vielleicht hätten wir ihn erwischen können, bevor er das Mädchen ermordete.«

Gerhard Pohl zog die Stirn in Falten. »Wo sollen diese Überlegungen hinführen?« fragte er kopfschüttelnd. »Endlich haben wir brauchbare Spuren und die Möglichkeit, zielgerichtet zu ermitteln. Erstmals gibt es eine echte Chance, den Täter zu finden. Bislang hatten wir nicht eine einzige konkrete Information.«

Der Hauptkommissar atmete durch. Dann stand er auf und nahm seine Unterlagen. »Sie haben recht«, sagte er knapp. »Konzentrieren wir uns auf einen neuen Ansatz.«

»Warten Sie«, sagte Pohl. »Da ist noch immer eine Sache an dem alten Ansatz, für die ich keine Lösung finde.«

Herzberger sah ihn fragend an. Gerhard Pohl deutete auf das Flipchart hinter ihnen. Mit unterschiedlichen Farben waren dort Stichpunkte über den ersten Mord an der Jannowitzbrücke vermerkt, in ihrer Mitte stand Bettinas Name.

»Wir sind von einer Beziehungstat ausgegangen, weil er Wiedergutmachungshandlungen am Opfer vollzogen hat«, sagte er. »Diese Handlungen zeigen, daß er bei Bettina trotz seiner sadistischen Seele die Konsequenzen der Tat erkannt hat, ein schockartiges Erlebnis für ihn.«

Pohl sah nachdenklich auf die Stichpunkte. »Wenn er nun Bettina gar nicht gekannt hat«, fuhr er fort. »Warum sollte er dann überhaupt zu solchen Erkenntnissen gelangen? Warum war sie für ihn keine bedeutungslose Fremde, verwechselt oder nicht?«

Michael starrte auf seinen Computerbildschirm mit dem Formular zur Aufnahme von Hinweisen aus der Bevölkerung. Erstmals seit Stunden schien das Telefon eine Zeitlang schweigen zu wollen. Michael hoffte, etwas Zeit zu haben, um die bislang eingegangenen Hinweise zu überarbeiten und auszudrucken.

Den ganzen Morgen über hatte das Telefon nicht stillgestanden. Die Zeitungen hatten Einzelheiten über den neuen Mord gebracht. Darüber hinaus schienen viele Menschen an diesem Samstagvormittag nichts Besseres zu tun zu haben, als bei der Polizei anzurufen und nutzlose Hinweise zu liefern.

Michaels Gedanken drifteten erneut zu Barbara Nowack. Er hatte sich tatsächlich in ihr geirrt. Dabei war er sich ganz sicher gewesen, daß sie einem Plan nachgegangen war. Er hatte sich sogar gefragt, ob sie mit dem Mörder in Verbindung stand.

Statt dessen verarbeitete sie lediglich den Tod ihrer Schwester. Sie konnte nicht gemeinsam mit der Familie trauern, sondern mußte ihren eigenen Weg finden. Er hatte sich getäuscht, seine Gefühle hatten ihn dieses Mal getrogen.

Das Läuten des Telefons riß ihn aus seinen Gedanken. Er öffnete ein neues Formular und nahm den Hörer ab.

Eine Frau meldete sich, der Stimme nach konnte sie kaum älter als zwanzig sein.

»Es geht um diesen Mörder«, sagte sie. »Der die Frauen aus dem Burger Point umgebracht hat.« Ihre Stimme klang unsicher. »Vielleicht habe ich da einen Hinweis.«

Michael scrollte das Formular nach oben. »Könnten Sie mir zunächst Ihren Namen sagen?«

Sie zögerte. »Was passiert denn mit den Angaben, die ich mache?«

»Das hängt von den Angaben ab. Sie können sich aber sicher sein, daß wir sie vertraulich behandeln werden.«

»Sie werden dem Verdächtigen nicht sagen, von wem der Tip gekommen ist?«

»Nicht, wenn es sich verhindern läßt«, sagte er. »Wenn der Hinweis jedoch zu einer Festnahme führt, dann wird Ihre Zeugenaussage eventuell vor Gericht benötigt. Aber auch da gibt es Zeugenschutzprogramme.«

Sie klang noch immer verunsichert. »Wie gehen Sie denn vor, wenn ich Ihnen den Namen eines Verdächtigen sage? Nehmen Sie ihn dann sofort fest? Verhören Sie ihn? Was genau passiert dann mit diesem Mann?«

»Das hängt von der Beweiskraft Ihrer Aussage ab«, sagte er. »Erst einmal gehen wir jedem Hinweis nach, der hier eingeht. Doch in der Regel reicht eine Verdächtigung allein nicht aus, um jemanden festzunehmen. Wir überprüfen die Männer zunächst einmal. Meist ohne daß sie überhaupt etwas davon erfahren.«

»Das heißt, unter Umständen würde er nichts davon erfahren, daß ich seinen Namen genannt habe. Er würde gar nicht bemerken, daß er überhaupt von mir verdächtigt worden ist.«

»Genau.«

Die junge Frau am anderen Ende der Leitung seufzte erleichtert.

»Also gut«, sagte sie. »Mein Name ist Sonja Strahl. Ich war gemeinsam mit Jacqueline, dem ersten Opfer, in einer Jahrgangsstufe. Hier in Pankow.«

»Sind Sie damals im Rahmen der Ermittlungen befragt worden?«

»Ja, wie alle hier«, sagte sie. »Mir ist aber etwas Neues eingefallen, als ich in der Zeitung etwas über das Profil des Täters gelesen habe.«

»Und was ist Ihnen da eingefallen?«

»Also, die Art, wie dieser Unbekannte in den Zeitungen dargestellt wird«, sagte sie. »Was für ein Mensch er sein soll und wie er sich anderen gegenüber verhält. Das alles hat mich sehr an einen ehemaligen Klassenkameraden erinnert.«

Michael sackte in seinem Stuhl zurück. Zunächst hatte er geglaubt, daß er endlich einen nützlichen Hinweis bekommen würde. Schließlich war diese Anruferin keine gelangweilte Rentnerin, die den ganzen Tag aus dem Fenster sah und vermeintlich wichtige Hinweise hatte, mit denen sich überarbeitete Teams dann auch noch beschäftigen mußten.

Doch nun dachte er mutlos, daß wohl auch sie nur haltlose Denunziationen hatte.

»Ich habe damals gar nicht darüber nachgedacht«, fuhr sie fort. »Doch als ich diese Dinge in der Zeitung gelesen habe, ist mir eingefallen, wie er sich an Jaqueline in der Schule herangemacht hat. Er hat das nur getan, weil er dachte, daß sie eh keinen abbekommt. Und als sie ihm einen Korb gegeben hat, ist er völlig durchgedreht.«

»Wie heißt denn der junge Mann?« fragte er und versuchte, freundlich zu bleiben.

Sie zögerte wieder einen Moment. »Er heißt Olaf Nowack.«

Barbara Nowack war nervös. Es war bereits kurz vor zehn. Sie hatte pünktlich um neun in der Videothek sein wollen, um die morgendliche Ruhe zu nutzen. Es sollten keine Kunden anwesend sein.

Ihre Mutter hatte sie die Zeit vergessen lassen. Für einen Moment hatte Barbara sich den Luxus gegönnt, ihren Gefühlen nachzugeben. Doch das war jetzt vorbei, sie mußte handeln.

Sie stellte ihren Wagen auf den Parkplatz des neu errichteten Einkaufszentrums am Treptower Park. Der Gebäudekomplex lag wie ein gewaltiger Luftschutzbunker auf dem Brachland hinter den Wiesen, ein häßlicher Klotz voller Ramschläden, Discounter und Schnellrestaurants.

Der Berliner Videoring hatte seine Filiale im ersten Stock, direkt über dem McDonald's-Restaurant im Erdgeschoß. Vor der Glastür blieb sie stehen und sah vorsichtig hinein. Kunden schienen nicht anwesend zu sein. Auch die Verkaufstheke mit den hohen Schrankwänden war verwaist. Nur ein junger Mitarbeiter war zu sehen, der die Regalwände abschritt und Ausleihkarten zu den Hüllen steckte.

Barbara stieß die Tür auf und trat ein. Der junge Mann sah sich kurz um und begrüßte sie. Dann wandte er sich wieder seinen Karten zu und beachtete sie nicht weiter.

Sie sah sich in Ruhe um. Die Verkaufstheke war mehrere Meter lang, ihre Öffnung lag in der Nähe der Eingangstür. Die Tür mit der Aufschrift »Personal« befand sich am entgegengesetzten Ende der Theke. Perfekt, dachte sie. Es würde ihre Flucht erleichtern.

Sie wandte sich den Regalen zu und ließ ihren Finger über die bunten Hüllen wandern. Der Videothekmitarbeiter stand noch immer mit dem Rücken zu ihr. Konzentriert betrachtete er eine Karte, ging ein paar Meter weiter und steckte sie zu einer Hülle.

Barbara zählte bis drei. Dann riß sie mit der Hand ein halbes Dutzend Verpackungen aus dem Regal und ließ sich mit ihnen zu Boden fallen. Die leeren Kunststoffschachteln schepperten laut auf dem Linoleumboden.

Der junge Mann drehte sich erschrocken um und lief zu ihr hinüber.

»Hallo?« rief er. »Ist Ihnen etwas passiert?«

Barbara stützte sich auf ihrem Ellbogen ab und stöhnte.

»Nein«, sagte sie mit einem schwachen Lächeln. »Es ist nichts passiert. Ist sicher nur ein blauer Fleck.«

»Aber wieso sind Sie denn gefallen?« fragte er besorgt.

»Mein Kreislauf«, sagte sie knapp und massierte sich den Ellbogen.

Sie versuchte aufzustehen. Der Mitarbeiter reichte ihr seine Hand und zog sie hoch. Erschöpft hielt sie sich am Pfosten des Regals fest und atmete einige Male durch.

»Es geht Ihnen immer noch nicht gut«, sagte der Mann.

Sie winkte ab. »Ich habe häufiger Probleme mit dem Kreislauf. Es ist nicht halb so schlimm, wie es aussieht.«

Der junge Mann sah sie skeptisch an. »Sind Sie sicher, daß ich Ihnen nicht irgendwie helfen kann?«

Sie lächelte. »Wenn es Ihnen keine Umstände macht«, sagte sie. »Ein Glas Wasser, das hilft mir häufig schon weiter.«

»Aber natürlich. Ich bin sofort wieder da.«

Er lächelte ihr kurz zu und verschwand in den hinteren Räumen. Die Personaltür fiel mit einem Poltern hinter ihm ins Schloß.

Barbara zögerte keine Sekunde. Sie zog die blaue Plastikkarte aus ihrer Hosentasche und sprang hinter die Verkaufstheke. Die Computer waren bereits hochgefahren, sie mußte nur noch die Karte scannen. Wie das ging, hatte sie einige Male beobachtet.

Sie suchte nach dem Scanner. Aus dem Rechner führten einige Kabel heraus, von denen eines auf der Theke in einer Halterung endete, wo sie das handliche Scan-Gerät entdeckte. Sie riß es heraus und strich vorsichtig mit dem Laserstift über die Kundenkarte.

Es piepte. Auf dem Bildschirm öffnete sich eine neue Kundendatei. Die Felder blieben jedoch leer, und eine Sanduhr zeigte an, daß der Rechner nach den Daten suchte. Barbara wippte unruhig mit dem Fuß.

»Mach schon«, flüsterte sie nervös.

Die Personaltür öffnete sich. Der junge Mitarbeiter trat in den Verkaufsbereich, in der Hand ein Glas Wasser. Eine Sekunde blickte er zu den am Boden liegenden Filmhüllen. Dann entdeckte er Barbara hinter der Theke.

Die Sanduhr lief noch immer. Die Kundendatei schlummerte im Hintergrund.

»He!« rief er. »Was machen Sie da?«

Barbara ignorierte ihn und starrte weiter auf den Bildschirm. Endlich passierte etwas. Ein neues Fenster öffnete sich. Eine rot blinkende Linie umrahmte das Feld. »Kunde nicht mehr geführt«, stand darin.

»Gehen Sie von den Computern weg!« rief der Mann und stellte das Glas auf der Theke ab.

Barbara griff nach der Karte. Doch das Plastik rutschte unter ihren Fingern weg, fiel über den Rand der Theke und verschwand unter einer Holzleiste am Boden.

Der Mann kam entschlossen auf sie zu. Barbara hatte keine Zeit mehr, sich nach der Karte zu bücken. Sie drehte sich um und rannte zum Ausgang.

»Halt!« rief der Mann. »Warten Sie!«

Er lief von außen um die Theke herum. Doch Barbara hatte einen guten Vorsprung. Er würde sie nicht mehr abfangen können. Sie stürmte auf die Glastür zu, stemmte sie auf und rannte hinaus in die Passage.

Der junge Mitarbeiter blieb an der Theke stehen und sah ihr kopfschüttelnd nach. Nach kurzem Zögern beugte er sich hinab und hob die blaue Plastikkarte auf, die hinter der Leiste hervorragte.

Er betrachtete sie nachdenklich und hielt sie dann unter den Scanner. Der Rechner zeigte ihm an, daß der Kunde nicht mehr geführt wurde. Er zog die Stirn in Falten und sah nochmals in die Passage hinaus. Dann knickte er die Karte in der Mitte zusammen und warf sie in den Papierkorb.

16

Nachdem Michael den Hörer aufgelegt hatte, betrachtete er nachdenklich das Formular auf seinem Bildschirm. Schließlich griff er erneut nach dem Hörer und wählte die Nummer der Familie Nowack.

Am anderen Ende der Leitung meldete sich Irmgard Nowack.

»Entschuldigen Sie bitte die Störung«, sagte Michael. »Ich würde Ihnen gerne noch eine Frage stellen. Es dauert nur eine Minute.«

Eine Pause entstand. »Aber natürlich«, sagte sie schließlich.

»Könnten Sie mir sagen, welches Auto Ihr Sohn fährt?«

»Weshalb wollen Sie denn das wissen?«

»Es ist nur eine Routinesache«, sagte er. »Wir überprüfen alle verdächtigen Wagen, die vor der Tat am Burger Point gesehen wurden. Da Olaf seine Schwester einige Male von der Arbeit abgeholt hat, wollen wir nur sichergehen, daß wir nicht versehentlich der Spur seines Wagens folgen.«

»Ach so«, sagte Irmgard Nowack erleichtert. »Olaf besitzt keinen eigenen Wagen. Er borgt sich ab und zu ein Auto von einem Freund, mit dem er zusammen auf der Baustelle gearbeitet hat.«

»Und was ist das für ein Wagen, den dieser Freund fährt?«

»Es ist ein Ford, glaube ich. Ein Ford Fiesta.«

Michaels Herz begann heftig zu schlagen.

»Frau Nowack«, sagte er. »Können Sie mir auch sagen, welche Farbe dieser Fiesta hat?«

Sie überlegte einen Moment. »Dunkelgrün«, sagte sie. »Er ist dunkelgrün.«

Wolfgang Herzberger hielt vor einer roten Ampel, als sein Handy klingelte. Er wühlte umständlich im Mantel auf dem Beifahrersitz und zog das Telefon hervor. Auf dem Display sah er, daß es Michael Schöne war. Seine Stimme klang kühl.

»Ich möchte dich bitten, mich eine Verdächtigenvernehmung durchführen zu lassen, Wolfgang.«

»Jetzt sei nicht so förmlich«, sagte Wolfgang. »Bist du noch sauer auf mich?«

»Ich möchte jemanden wegen Tatverdachts festnehmen und vernehmen. Und zwar möglichst schnell.«

Wolfgang seufzte. »Um wen geht es denn?«

»Es geht um Olaf Nowack.«

Michael schien zu ahnen, was Wolfgang Herzberger von dieser Verdächtigung hielt. »Es gibt einen Hinweis«, fügte er schnell hinzu. »Eine Bekannte des ersten Opfers konnte sich wieder an Olaf erinnern, als sie das Täterprofil in der Zeitung gelesen hatte. Ich habe daraufhin nach einem Wagen recherchiert, den sich Olaf häufig von einem Freund leiht. Es ist ein dunkelgrüner Ford Fiesta.«

Wolfgang verzog das Gesicht. »Das ist doch recht unerquicklich, findest du nicht?«

»Er ist tatverdächtig«, sagte Michael knapp. »Sollen wir das ignorieren, nur weil du es unerquicklich findest?«

»Schon gut, schon gut«, sagte Wolfgang. »Ihr könnt Olaf Nowack vernehmen. Aber geht dabei so vor, daß Irmgard Nowack nichts mitbekommt. Und haltet ihn nicht länger fest als notwendig. Er soll keinesfalls die Nacht in einer Zelle verbringen. Außerdem möchte ich, daß du vor der Vernehmung überprüfst, ob Olaf Nowack den Wagen zur Tatzeit tatsächlich gefahren ist.«

Michael holte tief Luft, offenbar wollte er widersprechen.

»Olaf Nowack ist unschuldig«, schnitt Wolfgang ihm das Wort ab. »Und wir sollten in der Familie nicht noch mehr Schaden anrichten.«

Die Ampel sprang auf Grün, und Wolfgang schaltete mit der freien Hand in den ersten Gang.

»Geht also zurückhaltend vor«, sagte er. »Tut mir den Gefallen.«

Dann beendete er das Gespräch und fuhr über die Kreuzung. Es waren nur noch zweihundert Meter bis zu dem Wohnblock, er konnte ihn bereits sehen. Das Gebäude ragte achtzehn Stockwerke hoch in den Himmel und zog sich in einem breiten Band an der stark befahrenen Straße entlang.

Wolfgang fand eine Parkbucht, stellte seinen Wagen ab und stieg aus. Die Wohnungen hatten breite Fensterfronten, er konnte überall hineinsehen. Die Leute standen am Bügelbrett, saßen vor den Fernsehern, hinter ihren Zeitungen.

Er dachte an seine kleine Nichte, die solche Häuser über alles liebte. In seiner Straße gab es ebenfalls ein Wohnsilo mit einem Spielplatz davor. Nach Einbruch der Dunkelheit bettelte sie so lange, bis er nachgab und sich mit ihr auf den Spielplatz setzte. Die Wohnungen waren hell erleuchtet, und seine Nichte sah schweigend hinauf, während Wolfgang sich Geschichten über das Leben der Bewohner ausdachte und sie ihr erzählte.

Nun fiel ihm auf, wie fröhlich und zufrieden die Menschen in diesen Erzählungen waren. Ganz anders als in der Wirklichkeit.

Er drückte die Eingangstür auf und betrat das Haus. Anna Proschinski wohnte im zwölften Stock. Wolfgang hatte von ihrem Vorgesetzten erfahren, wie eng ihr Kontakt zu dem Opfer gewesen war. Es mußte ein furchtbarer Schlag für sie gewesen sein. Sie war daraufhin für ein paar Tage vom Dienst freigestellt worden.

Er fuhr mit dem Fahrstuhl hinauf und trat auf den Flur. Vor ihrer Tür blieb er stehen. Aus dem Inneren der Wohnung war nichts zu hören. Er gab sich einen Ruck und drückte kräftig auf den Klingelknopf. Es dauerte einen Moment, bis die Polizistin in der Tür erschien.

Sie sah müde aus. Zudem hatte sie sich offenbar seit Tagen nicht mehr gewaschen. Ihr Jogginganzug war ausgebeult, die Haare hingen ihr fettig ins Gesicht.

»Herr Herzberger«, sagte Anna Proschinski überrascht.

Sie trat einen Schritt zurück und ließ ihn in die Wohnung.

»Entschuldigen Sie bitte, wie ich aussehe«, sagte sie. »Ich wußte nicht, daß Sie kommen.«

»Ihr Dienststellenleiter sagte, ich solle einfach vorbeifahren. Sie wären zu Hause und würden sich über jeden Besuch freuen.«

»Sie denken alle, daß ich alleine nicht zurechtkomme«, sagte sie. »Aber was soll's. Kommen Sie doch herein.«

Wolfgang sah sich im Inneren um. Es war sehr dunkel in der Wohnung. Anna Proschinski hatte die bodenlangen Vorhänge zugezogen, so daß kein Sonnenlicht hineindringen konnte. Er gewöhnte sich schnell an das Zwielicht.

Ihm fiel die Sauberkeit auf. Wolfgang hatte geglaubt, daß die Räume in einem ähnlich verlotterten Zustand sein würden wie die Polizistin. Doch um ihn herum war alles geradezu penibel ordentlich.

Anna Proschinski bot ihm einen Platz auf der Couch an und setzte sich ihm gegenüber. Wolfgang lächelte ihr zu. Er wartete, bis sie zur Ruhe gekommen war.

»Wie geht es Ihnen?« fragte er.

Sie zuckte mit den Schultern und schwieg.

»Gibt es jemanden, der sich um Sie kümmert?«

Sie versuchte ein Lächeln. »Die Kollegen schauen jeden Tag nach dem Rechten.«

»Die Jungs vom Revier?«

Sie nickte. »Zuerst wollten sie mir ihre Frauen vorbeischicken, doch ich habe gesagt, daß das nicht in Frage kommt. Also kommen sie nun selber. Sie bringen mir etwas zu essen, dann machen sie den Abwasch und räumen auf.«

Sie deutete mit einer Handbewegung auf ihre Wohnung. »Heute morgen war Harald hier, der Kollege aus dem Innendienst. Erst ist er mit dem Staubsauger durch die Wohnung, dann hat er die Möbel gewischt und schließlich das Klo geputzt.«

Sie sah ihn an und lächelte. »Ich bin halt eine der wenigen Frauen in der Dienststelle«, fügte sie hinzu.

Sie lehnte sich müde zurück und sah zu den blauen Vorhängen hinüber, mit denen sie die Sonne ausschloß.

Wolfgang beugte sich vor und suchte ihren Blick.

»Sie wissen ja, wie die Jungs vom Revier sind«, sagte er. »Sie machen alles, solange sie nicht über ihre Gefühle reden müssen.«

Sie sah ihn lange an. »Niemand tut das gerne.«

»Manchmal geht es aber nicht anders.«

Sie nickte. »Ich komme schon klar.« Und dann lächelte sie wieder. »Danke.«

Wolfgang wartete einen Moment. Doch die Polizistin sah auf den Boden und verfiel in Schweigen.

»Frau Proschinski«, sagte er schließlich. »Ich würde Sie gern noch mal zur Tatnacht befragen.«

Zunächst reagierte sie nicht, doch dann nickte sie leicht.

»Sie standen ziemlich unter Schock«, sagte er. »Womöglich ist Ihnen im nachhinein noch etwas eingefallen, was Sie auf dem Parkplatz gesehen oder gehört haben. Jeder noch so kleine Hinweis könnte für uns sehr wertvoll sein.«

Sie schüttelte den Kopf. »Ich habe wieder und wieder darüber nachgedacht. Ich denke kaum noch an etwas anderes. Du mußt einfach etwas gesehen haben, denke ich. Irgend etwas, das weiterhelfen könnte. Aber mir fällt nichts ein. Ich habe den Mann nur kurz und von hinten gesehen. Es gab nichts, was als Hinweis taugen könnte.«

»Ist Ihnen etwas zu seinem Äußeren eingefallen? Hatte er vielleicht einen auffälligen Gang oder irgendein anderes Merkmal?«

Sie schüttelte den Kopf, doch Wolfgang hakte weiter nach. »Sie sind Polizistin. Betrachten Sie den Fall in seiner Gänze. Gibt es irgend etwas, das Ihnen aus Ihrer Perspektive aufgefallen ist? Ganz egal, was es ist oder wie nebensächlich es scheint.«

Einen Moment lang schwieg sie. »Ja«, sagte sie. »Mir ist etwas aufgefallen.«

Der Hauptkommissar sah überrascht zu ihr herüber. Anna Proschinski starrte wieder zu den Fenstern. Trotz des

Zwielichts konnte Wolfgang deutlich die Fältchen sehen, die sich um ihre Augen ausgebreitet hatten.

»Sie haben mir das Profil gezeigt«, sagte sie. »Erinnern Sie sich?«

Wolfgang nickte.

»Der Mörder sucht nach Verliererinnen, nicht wahr? Er will es Ihnen ansehen können. Ihre Ängstlichkeit, ihre Unsicherheit und ihre Trauer. Darum geht es. Daran geilt er sich auf.«

»Wir wissen es nicht mit Sicherheit«, sagte Wolfgang. »Es sind lediglich Theorien der Viktimologie. Diese Merkmale trafen bei den ersten Opfern zu. Ihre Bedeutung ist jedoch strittig.«

Sie ging nicht darauf ein. »Sie sah genauso aus«, sagte sie. »So wie er es brauchte. Aber es hatte bei ihr nur den Anschein, daß sie schwach und ängstlich war. Ich habe eine andere Seite in ihr kennengelernt. Ich habe die Kraft in ihr gesehen. Sie hatte ein großes Potential in sich. Ihr standen alle Türen offen.« Sie schüttelte den Kopf. »Sie war nur zu zögerlich. Sie wußte lange nicht, wohin sie sollte, wohin sie gehörte. Doch das hat sich geändert. Sie hatte ein Ziel.«

Wolfgang sah ihr in die Augen. »Es tut mir leid, daß es passieren mußte. Glauben Sie mir.«

»Ich habe lange darüber nachgedacht, wo der Fehler liegt. Warum diese Tat nicht hätte passieren dürfen.« Sie sah zu Boden und strich sich die Haare aus dem Gesicht. Wolfgang glaubte zu sehen, daß sie mit den Tränen kämpfte.

»Ich habe herausgefunden, was nicht stimmt. Ute hat sich verändert, sie hat ein neues Leben begonnen.«

Wolfgang wußte nicht, was er sagen sollte.

»Sie paßte nicht mehr ins Profil«, sagte sie schließlich.

Michael fuhr die Berliner Straße entlang. Eine U-Bahn ratterte neben der Fahrbahn und verschwand nach und nach in einem Tunnel. Die Bahn führte über eine Trasse durch Prenzlauer Berg, nur das letzte Stück nach Pankow verlief unter der Erde. Die Sonne spiegelte sich in den Fenstern der Abteile, ehe sie von der Dunkelheit verschluckt wurden.

Jenseits des U-Bahnschachtes erschien eine Tankstelle. Von dort stammte einer der Kassenbons aus dem Portemonnaie des Täters. Wenn Olaf Nowack den Wagen nach seinen Ausflügen wieder volltanken wollte, dachte Michael, dann war dort die letzte Gelegenheit. Und auf dem Weg aus der Stadt heraus gab es sonst kaum eine Möglichkeit.

Neugierig blickte er über den Hof der Tankstelle, dann konzentrierte er sich wieder auf die Straße und fuhr weiter in den Bezirk Pankow hinein.

Er hatte am Morgen auch die anderen Bons auf seine Theorie hin überprüft. Der Supermarkt am Schloßpark war nur wenige Meter von der Baustelle entfernt, auf der Olaf bis vor einem halben Jahr gearbeitet hatte. Der jüngste Bon in der Geldbörse trug das Datum seiner Entlassung.

Der Halter des grünen Fiesta hieß Tobias Wink. Er war ein Freund von Olaf, mit ihm hatte er auf der Baustelle gearbeitet. Irmgard Nowack hatte Michael in einem weiteren Gespräch erzählt, daß Olaf sich den Wagen jederzeit leihen konnte. Seit die beiden ihren Job verloren hatten, saß Tobias Wink offenbar nur noch zu Hause. Doch er hoffte auf neue Arbeit und wollte den Wagen so lange behalten. Ob Olaf sich diesen Wagen in der vergangenen Woche ebenfalls geliehen hatte, daran erinnerte sich Irmgard Nowack nicht mehr.

Michael bog in die Pankower Binzstraße ein und parkte unter einem Baum. Das vierstöckige Mietshaus, in dem Tobias Wink wohnte, war eines der wenigen Gebäude in der Straße, die noch nicht saniert waren. Grau und schmutzig stand es wie ein Fremdkörper in der Reihe hübsch hergerichteter Gründerzeitfassaden.

Olafs Freund wohnte im Hochparterre. Michael entdeckte seinen Namen auf dem Klingelbrett und läutete zweimal. Doch dann bemerkte er, daß die Eingangstür offen war, und trat in den dunklen Hausflur.

Tobias Wink stand bereits in der offenen Tür und erwartete ihn. Trotz seiner Größe wirkte der junge Mann außerordentlich verletzlich. Er war blaß und schmächtig, seine Haltung geduckt.

»Guten Tag, mein Name ist Schöne. Ich habe vor einer Stunde angerufen.«

Tobias Wink beäugte ihn neugierig. Dann trat er beiseite und ließ ihn in die spärlich möblierte Wohnung. Es war kalt. Michael warf einen kurzen Blick zum Kohleofen und fragte sich, wie lange Tobias schon nicht mehr heizte.

»Es geht um Ihren Freund Olaf Nowack«, sagte er und setzte sich an den Küchentisch.

Der junge Mann stand unschlüssig im Türrahmen. »Ich weiß nicht, ob ich Ihnen da weiterhelfen kann.«

»Aber Sie sind miteinander befreundet, oder?«

Tobias Wink zuckte mit den Schultern und setzte sich zu Michael an den Tisch.

»Wir kennen uns«, sagte er. »Er leiht sich ab und zu mein Auto. Ich brauche es ja nicht, seitdem ich keinen Job mehr habe.«

»Sie haben zusammen auf der Baustelle gearbeitet«, stellte Michael fest.

»Ja, das stimmt. Aber das war nur auf Zeit. Seitdem kennen wir uns jedenfalls.«

Michael sah den schmächtigen Mann nachdenklich an. Er konnte sich kaum vorstellen, daß sich dieser Grünling bei den Männern auf dem Bau behauptete.

»Und Sie sind arbeitslos?« fragte er.

Der junge Mann nickte. »Die Baubranche ist am Boden. Da ist nichts zu machen.«

»Aber Sie sind doch jung.«

Tobias seufzte. »Früher war es kein Problem. Da konntest du jede Woche einen neuen Job haben. Doch das hat sich gewaltig geändert.«

»Und die vielen Baustellen in Berlin?«

»Dort wird schwarz oder mit Ausländern gearbeitet«, sagte er. »Für mich ist da nichts zu holen.«

»Und was ist mit Schwarzarbeit?« schlug Michael vor. »Wäre das nicht eine Möglichkeit, zumindest fürs erste?«

Im selben Moment wurde ihm klar, daß er als Polizist gekommen war. Die Frage war völlig überflüssig gewesen. Tobias zuckte mit den Schultern und sah aus dem Fenster. Michael räusperte sich.

»Das Auto wollen Sie aber erst einmal behalten?« fragte er.

Tobias nickte wieder. »Ja.«

»Wie gut kennen Sie Olaf Nowack?«

»Ich weiß nicht«, sagte er. »Er war immer fair zu mir. Auf der Baustelle und so.«

»Haben Sie auch nach der Arbeit etwas gemeinsam unternommen?«

»Nein, eher nicht.«

»Aber den Kontakt haben Sie dennoch über den Job hinaus behalten.«

»Er hat einige Wochen später hier angerufen«, sagte er. »Er wußte ja, daß ich das Auto nicht verkaufen wollte.«

Olaf hatte ihn also nur ausnutzen wollen, dachte Michael bitter. Er nickte, doch Tobias schien seinen Gedanken bereits gelesen zu haben.

»Wir haben dann öfter ein Bier zusammen getrunken«, sagte er. »Hier in der Wohnung. Es war nicht so, daß Olaf nur den Wagen geholt und wieder zurückgebracht hat.«

»Wann hat Olaf Nowack sich den Wagen das letzte Mal ausgeborgt?«

Tobias dachte kurz nach. »Das muß am Donnerstag gewesen sein. Donnerstagmittag.«

Michael horchte auf. Der Mord an Ute Schaum war Donnerstagnacht verübt worden.

»Wann hat er den Wagen wieder zurückgebracht?«

»Das weiß ich nicht«, sagte der junge Mann. »Ich habe bereits geschlafen. Er hat den Schlüssel in den Briefkasten geworfen.«

Ute Schaum hatte um kurz nach elf den Burger Point verlassen. Der Zeitpunkt ihres Todes war halb zwölf.

»Wissen Sie noch, wie spät Sie ins Bett gegangen sind?« fragte Michael. »Das könnte vielleicht wichtig sein.«

»Das weiß ich noch genau«, sagte Tobias. »Das war um zwölf Uhr.«

Olaf mußte den Wagen auf jeden Fall nach zwölf zurückgebracht haben.

Seit ihrer Flucht aus der Videothek fühlte sich Barbara wie betäubt. Ziellos kurvte sie mit ihrem Wagen durch die Straßen. Die Sonne stand inzwischen im Zenit. Erstmals nach dem langen Winter entwickelte sie ausreichend Kraft, um die Stadt ein wenig aufzuwärmen.

Barbara fuhr immer weiter, als könne sie alles ungeschehen machen, wenn sie nur fahren und niemals anhalten würde. Doch die Karte war weg, sie war unwiederbringlich verloren. Der einzige Hinweis, der zu dem Mann führte, der ihre Schwester ermordet hatte.

Sie war so in Gedanken vertieft, daß sie die rote Ampel erst sah, als es fast zu spät war. Im allerletzten Augenblick machte sie eine Vollbremsung und schlitterte mit ihrem Wagen in den Kreuzungsbereich hinein. Ein schwerer LKW donnerte auf sie zu. Er verfehlte sie nur knapp. Der Fahrer hupte wild und machte Handzeichen. Doch es war nichts passiert, Barbara atmete durch.

Die Fußgängerampel sprang auf Grün. Menschen drängten sich an ihrer Motorhaube vorbei, Kinderwagen, Hunde, Fahrräder. Sie achteten kaum auf den Sportwagen, der auf der Kreuzung stand. Gleichgültig gingen sie vorbei, niemand sah zu ihr ins Wageninnere.

Barbara kam nur langsam wieder zur Ruhe. Schließlich suchte sie ein Straßenschild, um sich zu orientieren. Erst da entdeckte sie das Eckhaus auf der anderen Seite, in dessen Erdgeschoß sich eine Filiale des Berliner Videorings befand. Nachdenklich blickte sie auf das Logo. Die Karte ist weg, sagte sie sich. Du mußt dich damit abfinden.

Eine Mitarbeiterin der Videothek trat auf die Straße. Sie hatte die Eingangstür weit geöffnet, um die Frühlingsluft hereinzulassen. Doch offenbar war der Märzwind zu frisch geworden. Sie zog den Keil aus dem Spalt zwischen Tür und Boden und ließ die Tür ins Schloß fallen. Bevor sie im Innern verschwand, sah sie auf die Straße hinaus und strich sich ihre blonden Haare hinter das Ohr. Dann war sie weg.

Barbara hatte die Frau sofort erkannt. Es war eine der Studentinnen aus den unteren Semestern. Damals während ihrer Zeit auf der Universität. Barbara hatte sich einige Male mit ihr unterhalten. Sie erinnerte sich, wie die Frau ihr erzählt hatte, daß sie ihr Studium mit der Arbeit in einer Videothek finanzieren würde. Sie hatte Barbara angemacht. Daran konnte sie sich noch gut erinnern. Doch Barbara war zu der Zeit mit Maria zusammengewesen und hatte keinen Gedanken an eine andere verloren.

Ihr Herz schlug höher. Diese Frau würde ihr weiterhelfen, da war sie sich ganz sicher.

Hinter ihr hupte jemand. Barbara schreckte auf. Die Ampel war inzwischen auf Grün gesprungen. Sie fuhr ihren Wagen an die Seite, parkte in zweiter Reihe vor der Videothek und stieg aus.

Kaum hatte sie die Glastür geöffnet, sah die blonde Frau neugierig zu ihr hinüber. Ihr Gesichtsausdruck änderte sich schlagartig. »Barbara? Barbara Nowack?«

Sie sprang hinter der Theke hervor, lief ihr entgegen und umarmte sie flüchtig.

»Das ist ja eine Überraschung«, sagte sie.

Barbara erinnerte sich wieder an ihrem Namen. »Sibyll! Schön, dich zu sehen.«

Sibyll strahlte sie an.

»Du studierst also noch immer?« sagte Barbara und deutete mit einer ausladenden Bewegung auf die Regale mit den Kassettenhüllen.

Sibyll verzog das Gesicht. »Ich will im Sommer Examen machen. Wenn ich es dieses Mal packe.« Nach kurzem Seufzen fügte sie hinzu: »Dabei gefällt mir dieses Leben im Grunde ganz gut. Drei Tage leichte Arbeit und die restliche Zeit ausschlafen und feiern gehen. Aber das verstehst du wohl nicht.«

Sie lachte Barbara an, nahm ihre Hand und zog sie zur Theke.

»Komm, setz dich zu mir«, sagte sie. »Du mußt mir erzählen, was du jetzt machst. Bestimmt arbeitest du Tag und Nacht und bist furchtbar erfolgreich.«

Barbara folgte ihr mit leichtem Unwillen.

»Eigentlich habe ich gar keine Zeit.«

Sibyll lächelte sie an. »Natürlich hast du keine Zeit«, sagte sie mit milder Stimme. »Alles andere hätte mich auch überrascht. Was kann ich für dich tun?«

Barbara spürte die Anspannung in ihrem Körper. Es kostete sie all ihre Kraft, ruhig zu bleiben und zu lächeln.

»Ich habe eine Brieftasche gefunden«, sagte sie. »Es war ziemlich viel Geld darin. Und eine Mitgliedskarte des Videorings. Ich dachte, es ist besser, wenn ich das Geld persönlich zurückbringe, statt alles im Fundbüro abzuliefern. Ich brauche nur den Namen des Besitzers.«

»Kein Problem«, sagte Sibyll und sprang hinter die Theke. »Dann gib mal die Karte her.«

»Ich habe sie zu Hause liegenlassen.«

»Hast du denn die Nummer dabei?«

Barbara nickte. »Eins-drei-drei-fünf-eins-eins.«

Sibyll gab die Nummer ein und drückte auf Enter. Auf dem Bildschirm erschien die vertraute Rückmeldung.

»Er oder sie ist nicht mehr bei uns geführt«, sagte sie.

»Es ist ein Er«, meinte Barbara.

Sibyll sah nachdenklich auf die Worte. Schließlich zog sie mit der Hand einen Barhocker heran und nahm darauf Platz.

»Mal sehen«, sagte sie vor sich hin. »Vielleicht bekomme ich dich anders.«

Sie rief eine Suchmaske auf und gab die Nummer ein. Es piepte, und wieder erschien eine Fehlermeldung. Dann startete sie den Rechner neu.

»Eine Chance haben wir noch«, sagte sie. »Das Programm löscht die Daten nämlich nicht ordentlich von der Festplatte.«

Barbara sah ihr mit klopfendem Herzen über die Schulter. Sie verstand nichts von dem, was Sibyll mit dem Rechner anstellte. Die junge Frau gab unverständliche Befehle ein und wechselte schnell zwischen verschiedenen Masken. Gebannt starrte Barbara auf die flimmernden Wörter, die über den Bildschirm huschten. Sibyll war völlig in die Suche vertieft. Auf ihrer Stirn breiteten sich Furchen aus.

Sie schüttelte den Kopf und gab einen neuen Befehl ein. Barbara wurde unsicher. Sie schafft es nicht, dachte sie. Die Spur wird verlorengehen. Sie schloß die Augen und wartete.

Doch dann gab Sibyll einen kleinen Schrei von sich. Barbara zuckte zusammen. Ihre ehemalige Kommilitonin strahlte über das ganze Gesicht.

»Ich hab ihn«, rief sie. »Ich hab ihn mit Namen und Adresse.«

Michael blickte durch den venezianischen Spiegel in den Vernehmungsraum. Er nahm einen tiefen Schluck aus seinem Kaffeebecher. Er fühlte sich völlig erschöpft. Die Vernehmung von Olaf Nowack erwies sich als anstrengender, als er geglaubt hatte.

»Was für eine Scheiße«, murmelte er.

»Das kannst du laut sagen«, kam es vom Kaffeeautomaten.

Seine Kollegin Anke zerrte einen Becher aus dem Gerät und stellte sich neben ihn.

Olaf Nowack konnte auf der anderen Seite nur sein Spiegelbild sehen. Vielleicht ahnte er, daß ihn die beiden Ermittelnden beobachteten. Mit hochrotem Kopf saß er am Tisch und starrte vor sich hin. Bislang hatte er kaum mit ihnen gesprochen. Statt dessen hatten sie wüste Beschimpfungen und Flüche über sich ergehen lassen müssen.

»Das Vernehmungsband sollten wir der Polizeiakademie schicken«, sagte Anke. »Damit den Dozenten einmal klar wird, daß ihre Rollenspiele in der Ausbildung nichts taugen.«

Michael schüttelte den Kopf und fixierte Olafs Gesicht. »Wir dürfen einfach nicht lockerlassen.«

Die Beamtin seufzte. »Laß doch gut sein. Der soll sich erst einmal abkühlen.«

»Aber Wolfgang will, daß wir ihn nach Hause gehen lassen. Ich hätte lieber ein Geständnis.«

»Das kannst du für heute vergessen. Sieh ihn dir doch an.«

Anke leerte ihren Becher und warf ihn in einem hohen Bogen in den Papierkorb.

»Immerhin hat er sich eine Speichelprobe entnehmen lassen«, sagte sie. »Das Ergebnis aus dem Labor kann Anfang nächster Woche hiersein.«

Doch Michael gab sich nicht damit zufrieden. »Bis dahin bleibt ihm genug Zeit zur Flucht.«

Anke seufzte laut. »Jetzt halt mal die Luft an«, sagte sie. »Wir stellen zwei Streifen in der Leipziger ab, und das war's. Der geht uns schon nicht verloren.«

»Trotzdem«, sagte er. »Ich will es noch einmal versuchen.«

Anke brummte noch etwas, dann folgte sie ihm in den Vernehmungsraum.

Olaf Nowack sah sie mit funkelnden Augen an. Er lehnte sich in seinem Stuhl zurück und verschränkte die Arme vor der Brust. Michael setzte sich ihm gegenüber. Er nickte seiner Kollegin zu und schaltete das Aufnahmegerät ein.

»Herr Nowack, ist es richtig, daß Sie vorbestraft sind?« fragte Michael ruhig.

Olaf sah wütend auf. »Was soll denn der Scheiß jetzt?«

Michael reagierte nicht darauf. »Ist es richtig, daß Sie wegen Körperverletzung in zwei Fällen verurteilt worden sind?«

Olaf schlug mit der Hand auf dem Tisch. »Natürlich ist das richtig!« brüllte er. »Aber deswegen bin ich kein Mörder und Vergewaltiger!«

Michael sah in seine Unterlagen. »Sie haben nach der Urteilsverkündung gerufen, daß die Vorsitzende Richterin – ich zitiere ›ins Gebüsch gezogen und durchgefickt gehört‹.«

»Bettina war meine Schwester! Verdammte Scheiße, was denkt ihr eigentlich!«

Michael wartete. Olaf sackte in seinem Stuhl zusammen.

»Noch mal von vorne«, sagte Michael. »Wie spät haben Sie am Tatabend den Wagen von Tobias Wink zurück nach Pankow gebracht?«

Olaf stöhnte auf. »Um halb elf!«

»Herr Wink gibt an, daß es nach zwölf gewesen sein muß.«

»Diese halbe Portion bekommt doch sowieso nichts mit«, rief Olaf. »Der hat wahrscheinlich wieder besoffen vor dem Fernseher gepennt.«

»Er glaubt sich genau erinnern zu können.«

»Aber der ist um diese Uhrzeit immer stockbesoffen. Machen Sie mal einen Alkoholtest. Dann wissen Sie, wie zuverlässig seine Angaben sind.«

»Was haben Sie im Anschluß getan?« fragte Michael.

»Ich bin mit der U-Bahn zurück in die Stadt gefahren.«

»Sind Sie direkt nach Hause gefahren?«

»Nein, ich bin noch einen trinken gegangen.«

»Haben Sie sich mit einem Freund getroffen?« fragte er. »Gibt es Zeugen dafür?«

Der junge Mann stieß die Luft aus und schüttelte den Kopf. Mit einem Mal schien seine Wut verflogen zu sein. Er wirkte erschöpft.

»Nein«, sagte er. »Ich wollte einfach alleine sein.«

Michael konzentrierte sich. Olafs Zorn schien zumindest für den Augenblick verraucht. Ihm bot sich erstmals eine Chance.

»Gab es einen bestimmten Grund dafür, daß Sie ausgerechnet an diesem Abend allein sein wollten?«

»Nein«, sagte Olaf tonlos. »Ich wollte einfach nicht nach Hause gehen.« In seinen Augen lag eine große Müdigkeit. »Seit Bettinas Tod ist es zu Hause nicht mehr auszuhalten.«

Michael zögerte. Er war überrascht von dieser Wendung. Sie entfernte ihn jedoch von seinem Vernehmungsziel, und er überlegte, wie er den jungen Mann behutsam zur Tatzeit zurücklenken konnte.

Doch Olaf sprach einfach weiter.

»Mutter kommt nicht klar mit Bettinas Tod«, sagte er leise. »Sie sieht mich immer so an, als würde sie auf Hilfe warten. Aber was soll ich ihr denn sagen? Ich kann ihr doch auch nicht weiterhelfen.« Er starrte mit bleichem Gesicht auf die Tischplatte. »Es muß doch jeder selbst damit fertigwerden.«

Michael war sprachlos. Er sah über Olafs Kopf hinweg zu Anke, die hinter dem jungen Mann an der Wand lehnte. Dann schaltete er das Tonbandgerät aus und verließ den Raum.

17

Gerhard Pohl zog seinen Mantel über und ging den Flur entlang. Links und rechts sah er durch die offenen Türen in die Büros der Sonderkommission. Überall herrschte Betriebsamkeit, obwohl eigentlich Wochenende war. Und das im öffentlichen Dienst, dachte Pohl amüsiert.

Der letzte Raum vor dem Treppenhaus war das Büro Wolfgang Herzbergers. Auch seine Tür stand weit offen. Pohl blieb stehen und klopfte gegen den Türrahmen. Der Hauptkommissar sah überrascht von seinem Schreibtisch auf.

»Sie gehen schon?« fragte er.

»Es ist Samstagabend, kurz vor sechs«, erwiderte Pohl.

Herzberger sah kopfschüttelnd zur Uhr und zog eine Augenbraue hoch.

»Wie die Zeit vergeht, wenn man sich amüsiert.«

»Meine Frau wartet bereits auf mich«, sagte Pohl. »Wir gehen heute abend in die Oper.«

Der Hauptkommissar rieb sich müde die Schläfen. »Na, Sie Glücklicher. Was wird denn gegeben?«

»Aida. Ich war an der Reihe, das Stück auszuwählen.«

»Na, dann viel Spaß.« Wolfgang Herzberger gähnte.

»Ich habe fast ein schlechtes Gewissen.«

Herzberger machte eine wegwerfende Bewegung. »Was wollen Sie denn noch hier? Machen Sie sich einen schönen Abend, und schlafen Sie morgen ordentlich aus.«

Gerhard Pohl nickte lächelnd und wollte sich verabschieden. Doch dann fiel ihm noch etwas ein.

»Ich habe gesehen, Sie haben Olaf Nowack vernommen«, sagte er. »Halten Sie ihn für verdächtig?«

Herzberger brummte in sich hinein. »Ich halte niemanden für verdächtig.«

»Dem Protokoll zufolge war es aber eine Verdächtigenvernehmung.«

Der Hauptkommissar seufzte und legte seinen Bleistift aus der Hand.

»Das war unser Kommissar Schöne. Wenn der nicht gerade bei der Arbeit eingeschlafen ist, beißt er sich gerne an absurden Nebenschauplätzen fest.«

Der Hauptkommissar sah verärgert aus, doch schließlich schüttelte er den Kopf.

»Im Grunde hat er dieses Mal sogar recht«, sagte er zögerlich. »Die Vernehmung war angebracht und auch notwendig. Es ist vielmehr die Art, mit der er sich in bestimmte Dinge hineinsteigert. Diese Art und Weise macht mich manchmal rasend.«

Gerhard Pohl kannte nur wenige aus dem Ermittlungsteam persönlich. Mit Michael Schöne hatte er bislang kein Wort gewechselt. Doch der Ruf, der dem Kommissar vorauseilte, war auch ihm zu Ohren gekommen.

»Man sagt über ihn, daß er sehr emotional an seine Fälle herangeht«, meinte er vorsichtig.

Herzberger nickte. »Das kann man wohl so sagen.«

»Das ist nicht immer falsch«, sagte Pohl. »Verbrechen sind etwas Hochemotionales.«

»Ich will nicht verschweigen, daß er uns einige ungewöhnliche Erfolge verschafft hat. Doch in der Regel bedeutet seine Art für mich nur einen Haufen Ärger aus allen Richtungen.« Dann wandte er sich wieder seinen Unterlagen zu. Gerhard Pohl sah ihn nachdenklich an. Er konnte sich ein Lächeln nicht verkneifen.

»Sie mögen ihn«, stellte er fest.

Herzberger schaute zu ihm auf. In seinem Blick sah der Fallanalytiker einen gewissen Unwillen und beschloß, nicht weiter darauf einzugehen.

»Wo stehen wir, was Olaf Nowack angeht?« fragte er den Hauptkommissar.

»Er hat einer freiwilligen Speichelentnahme zugestimmt. Wenn er etwas mit den Morden zu tun hat, dann werden wir es bald wissen. Außerdem überprüft ein Kollege gerade sein Alibi. Er hatte angegeben, während der Tatzeit allein in einer Kneipe in der Leipziger Straße gesessen zu haben.«

»Wann wird er von der Befragung wiederkommen?«

Herzberger zuckte mit den Schultern. Bevor er etwas sagen konnte, wurde er durch das Telefon unterbrochen. Seufzend nahm er den Hörer ab und meldete sich.

»Na, wenn man vom Teufel spricht«, rief er in den Hörer. »Er ist also wieder im Haus?«

Eine Pause entstand. »Ja, stellen Sie mich bitte durch, Frau Schrade.«

Mit der Hand auf der Muschel sah er zu Pohl auf.

»Der Kollege ist wieder da«, sagte er leise. »Wir werden es gleich erfahren.«

An diesem Samstagabend war ungewöhnlich viel Betrieb in dem kleinen Restaurant, das gegenüber der Agentur Nowack in einen der S-Bahnbögen eingezogen war. Das milde Wetter hatte die Leute aus ihren Wohnungen getrieben. Die Straßen und Plätze waren voller Menschen, und selbst abgelegene Cafés und Kneipen waren gefüllt mit zahllosen Gästen.

Einer der Kellner erkannte Barbara in der Tür und begrüßte sie überschwenglich. Er führte sie zu dem abseits gelegenen Personaltisch, der als einziger noch frei war. Barbara war dankbar über das ruhige Plätzchen unter dem Mauerbogen. Sie rutschte auf die rote Lederbank und bestellte ein Glas Wein.

Dann öffnete sie vorsichtig ihre Handtasche und sah hinein. Es war alles darin, was sie für diesen Abend brauchte. Ganz unten lag die Pistole, eingewickelt in ein großes Taschentuch. Darüber lagen Kugelschreiber, Geld und Handy. Mit ihrem Finger strich sie über den wichtigsten Gegenstand in ihrer Tasche, einen kleinen Klebezettel mit dem Logo des Berliner Videorings. Darauf standen Name und Adresse desjenigen, zu dem sie im Anschluß fahren würde.

Barbaras Hochstimmung war inzwischen verflogen. Seit sie den Zettel von Sibyll entgegengenommen hatte, war sie zusehend nervöser geworden. Es hatte einige Zeit gedauert, bis sie verstanden hatte, was in ihr vorging. Sie bekam Angst.

Es war ein Gefühl, eine Vorahnung. Sie hatte Angst vor dem, was in dieser Nacht auf sie warten würde. Doch ihr Entschluß stand fest. Es gab kein Zurück mehr. Sie würde dieses Monster töten, selbst wenn sie es mit ihrem Leben bezahlen mußte.

Sie hatte alles genau geplant. Die erste Kugel würde sein Gemächt zerschmettern. Er würde bei Bewußtsein bleiben, wenn sie es richtig machte. Die zweite Kugel würde ihn töten, zwei Minuten und zwanzig Sekunden später. Es war genau die Zeit, die Bettina um ihr Leben gekämpft hatte.

Der Kellner brachte den Wein, und Barbara schloß ihre Handtasche. Sie zahlte sofort und stellte die Tasche unter die Bank.

Dann schloß sie die Augen und lauschte den Geräuschen in dem Lokal. Es ist so viel Glück in diesem Raum, dachte sie. So viel Liebe. Die Menschen redeten und lachten, Fremde flirteten miteinander. Sie wollte vergessen, was passiert war, nur für diesen kurzen Augenblick. Bevor sie hinausgehen und ihren Plan umsetzen würde.

Sie atmete tief durch, dann öffnete sie die Augen. Die letzten Vorbereitungen mußten getroffen werden. Es war soweit. Sie griff nach ihrem Handy. Die Nummer war eingespeichert, sie mußte nur eine Taste drücken.

»Nowack«, meldete sich ihre Mutter am anderen Ende.

Barbara lauschte in den Hörer. »Hier ist auch Nowack.«

»Barbara!« rief ihre Mutter. »Das ist schön, daß du dich meldest. Wo bist du denn?«

»Ich bin unterwegs. Ich wollte nur wissen, wie es dir geht.«

Wieder hatte sie dieses Gefühl. Als wäre es das letzte Mal, daß sie mit ihrer Mutter sprach.

»Es geht mir gut«, sagte Irmgard Nowack. »Seit unserem Gespräch geht es mir besser. Ich habe mir heute sogar alte Fotos angesehen. Wir waren mit der ganzen Familie auf Hiddensee. Kannst du dich noch daran erinnern?«

Barbara spürte, wie sich ihre Kehle zuzog. »Aber ja. Natürlich kann ich das.«

»Die Ferienwohnung war zu klein, das war vielleicht eine Aufregung. Du und Bettina, ihr habt dann ganz allein in einem Pensionszimmer geschlafen, weißt du noch? Bettina hatte Angst in dem großen Haus mit der ruppigen Wirtin. Aber du hast sie an die Hand genommen und ihr gesagt, daß nichts passieren kann.«

»Ich hatte selbst ein bißchen Angst«, sagte Barbara. »Ich wollte es mir nur nicht eingestehen.«

»Ja, das stimmt.« Ihre Mutter lachte traurig. »So bist du schon immer gewesen.«

Barbara erinnerte sich an das große Zimmer und an den würzigen Duft, der von der See heraufzog und alles ausfüllte.

»Ich habe Bettina gesagt, sie soll bei mir im Bett schlafen«, sagte sie. »Wenn sie ganz bei mir in der Nähe ist, habe ich gesagt, dann kann ihr nichts passieren.« Sie mußte darüber lächeln. »Sie hat mir völlig vertraut. Die ganze Nacht hat sie ruhig und friedlich in meinem Arm geschlafen. Sie hatte keine Ahnung davon, daß ich vor Angst kein Auge zugetan habe.«

Irmgard Nowack lachte wieder. »Sie hat dich immer sehr bewundert.«

Barbara wußte, daß das nicht stimmte.

»Auch am Ende«, fügte ihre Mutter hinzu. »Ihr wart sehr unterschiedlich und habt es nicht immer geschafft, miteinander zu reden. Doch bewundert hat sie dich stets.«

Ich wünschte, ich könnte das glauben, dachte Barbara.

»Wir hätten mehr miteinander reden sollen«, sagte sie laut.

Ihre Mutter schwieg am anderen Ende der Leitung.

»Es ist schön, daß wir miteinander reden«, fuhr Barbara fort. Sie spürte, wie ihr die Tränen in die Augen stiegen. Reiß dich zusammen, ermahnte sie sich. Sie mußte das Telefonat zu Ende führen. Sie mußte ihrer Mutter das Wichtigste sagen, bevor sie sich auf den Weg machte.

»Danke für alles. Ich bin sehr froh, daß wir wieder zueinander gefunden haben.«

»Barbara ...« In Irmgard Nowacks Stimme lag plötzliche Sorge. »Ist etwas passiert?«

»Nein«, sagte sie schnell. »Ich bin nur müde. Es wird Zeit, daß ich nach Hause komme.«

»Brauchst du Hilfe?« fragte ihre Mutter. »Möchtest du, daß ich komme?«

»Alles ist gut«, sagte sie. »Ich brauche jetzt nur Schlaf. Wir reden morgen weiter, Mutter. Gute Nacht.«

Sie beendete das Gespräch. Die Angst ist unnötig, beruhigte sie sich. Sie würde ihren Plan zu Ende bringen, und kein Mörder dieser Welt würde sie davon abhalten können.

Sie trank ihren Wein. Es war Zeit zu gehen. Jetzt mußte sie nur noch eines erledigen, ehe sie sich auf den Weg zu dem Mörder machen konnte.

Barbara hatte Marias Nummer noch immer in ihrem Handy eingespeichert. Sie hatte sich nie dazu überwinden können, sie zu löschen. Nun suchte sie ihren Namen und drückte die Wahltaste. Maria war die einzige, die sie wirklich kannte, trotz allem, was mit ihrer Liebe geschehen war. Sie war die einzige, die zu ihr halten würde, da war sie sich ganz sicher. In der Leitung rauschte es, dann hörte sie das Freizeichen am anderen Ende.

Die Nacht senkte sich unaufhaltsam auf die Stadt herab. Die Laternen flammten auf, und am Himmel verschwand das letzte Licht der Dämmerung. Die Straßen waren voller Menschen. Der erwachende Frühling verwandelte die Stadt in einen einzigen Jahrmarkt.

Michael fuhr langsam mit seinem Wagen die Straßen hinunter. Ziellos kurvte er umher und wußte nicht, was er mit diesem verheißungsvoll wirkenden Abend anstellen sollte. Nachdem sie Olaf Nowack nach Hause geschickt hatten, wollte er nur noch Feierabend machen und sich mit einem Bier vor den Fernseher legen. Doch nun lockte überall das Leben, und er wußte nicht, wie er es festhalten sollte.

Er gehörte nicht zu den Teams, die am morgigen Sonntag arbeiten würden. Das machte es nur noch schlimmer. Am Alexanderplatz blieb er eine Weile stehen und beobachtete die Jugendlichen, die am Brunnen saßen. Ihre Körper waren angespannt, sie trieben Späße und warteten aufgeregt auf das Nachtleben, das ihnen bevorstand.

Michael sah ihnen zu, bis er beschloß, nach Hause zu fahren. Er bog in die Alexanderstraße ein und beschleunigte sein Tempo. An einer Tankstelle würde er sich Bier und Chips kaufen. Der Abend konnte auch für ihn noch erträglich werden.

An der Jannowitzbrücke zögerte er. Er bremste ab und fuhr im Schrittempo an der Stelle vorbei, wo die letzten beiden Leichen aufgefunden worden waren. Nichts deutete mehr auf die Schrecken hin, die sich dort abgespielt hatten. Die Parkplätze lagen ausgestorben im Halbdunkel der Laternen. Niemand war zu sehen.

Michael fuhr an den Straßenrand und stieg aus. Ein einsames Auto parkte an der Stelle, an der sie Bettina gefunden hatten. Es war ein alter Trabant, taubenblau. Er wirkte vollkommen verlassen dort draußen im Zwielicht, als wäre er bereits vor Monaten abgestellt worden.

Von weitem drangen fröhliche Stimmen zu ihm herüber. Irgendwo hupte ein Autokorso. Die Nacht hatte begonnen.

Er griff in die Manteltasche, zog sein Handy hervor und wählte Elisabeths Nummer. Doch sie hatte das Handy abgestellt. Das tat sie immer, wenn sie Feierabend machte und für die Redaktion nicht mehr erreichbar sein wollte.

Unschlüssig sah er auf das Handy, dann ließ er es wieder in seine Tasche gleiten. Es war kaum im Mantel verschwunden, da klingelte es. Hatte Elisabeth seinen Anruf doch bemerkt? Er zog es wieder hervor. Doch es war Wolfgang. Michael seufzte.

»Bist du schon zu Hause?« fragte sein Chef.

»So in etwa. Ich lege mich gleich vor den Fernseher.«

»Das ist gut. Ich will dich auch nicht lange stören.«

Michael setzte sich in seinen Wagen, das Handy am Ohr.

»Harald hat Olaf Nowacks Alibi überprüft«, sagte Wolfgang. »Er war in der Kneipe und hat mit dem Wirt gesprochen. Ich wollte dir nur kurz das Ergebnis durchgeben, damit du morgen nicht vorbeikommen mußt.«

»Und?«

»Der Wirt konnte sich an ihn erinnern. Er war an dem Abend tatsächlich dort, es gibt keinen Zweifel. Olaf Nowack ist nicht der Mörder der vier Frauen.«

Michael stieß die Luft aus. »Scheiße«, murmelte er.

»Nimm's dir nicht zu Herzen.«

Michael hörte im Hintergrund Gerhard Pohl etwas sagen. Das fehlte ihm noch. Er wollte nicht wissen, wie Wolfgang und dieser Fallanalytiker über seinen Vorstoß sprachen.

»Schlaf dich erst einmal aus«, riet ihm Wolfgang jedoch mit versöhnlicher Stimme. »Montag sehen wir dann weiter. Wir verfolgen bis dahin die restlichen Spuren. Etwas wird schon dabeisein.«

»Ja, natürlich«, sagte er matt.

Er wünschte seinem Chef eine gute Nacht, legte auf und warf das Handy auf den Beifahrersitz. Dann drehte er den Zündschlüssel und setzte den Blinker. Doch zu seiner Überraschung signalisierte das Handy einen weiteren Anruf. Jetzt mußte es Elisabeth sein. Auf dem Display erschien »Unbekannter Anrufer«. Er zog die Stirn in Falten und nahm das Gespräch entgegen.

Es war jedoch nicht Elisabeth.

Es war überhaupt niemand, mit dem er gerechnet hatte.

Barbara Nowack wurde immer nervöser. Zweimal hatte sie halten und den Wagen rechts ranfahren müssen, um keinen Unfall zu verursachen. Ihre Hände zitterten, die Finger waren eiskalt. Sie atmete tief durch. Beruhige dich, sagte sie sich.

Wenn sie Angst zeigte, dann geriet ihr Plan in Gefahr. Sie mußte überlegt handeln, sonst war sie verloren. Sie ließ Prenzlauer Berg hinter sich und fuhr die Berliner Straße in Pankow entlang.

Am Straßenrand leuchteten die Preistafeln einer Tankstelle. Sie hatte eine Benzinquittung in der Brieftasche gesehen, die sie auf dem Parkplatz gefunden hatte. Er hat dort getankt, dachte sie, nachdem er in die Stadt gefahren war und seine Opfer gesucht hatte. Ihre Kräfte ließen wieder nach. Ihr wurde schwindelig, die Lichter der Straße verschwammen vor ihren Augen. Sie rang nach Luft. Dann fuhr sie auf das Gelände der Tankstelle. Zwischen den Zapfsäulen stellte sie den Motor ab. Sie blieb noch einen Moment im Auto sitzen, ehe sie ausstieg und das hell erleuchtete Innere des Tankstellenshops betrat.

Zunächst war sie von dem grellen Licht geblendet, und es dauerte, bis sie sich zurechtfand. Hinter der Verkaufstheke war ein Regal mit Zigaretten angebracht, daneben standen kleine Schnapsfläschchen. Barbara betrachtete die bunten Etiketten und wandte sich an den jungen Verkäufer, der hinter der Theke stand.

»Einen Pflaumenschnaps, bitte.«

Der Verkäufer zögerte. Doch dann griff er ins Regal und stellte ihr den Schnaps auf die Theke. Barbara bezahlte und verließ zügig die Tankstelle. Sie wollte nicht darüber nachdenken, was dieser junge Mann von ihr denken mußte. Eine blasse und zitternde Frau, die anhielt und einen Schnaps trank, bevor sie in den Wagen steigen und weiterfahren konnte.

Im Inneren ihres Sportwagens leerte sie das Fläschchen in einem Zug. Der Schnaps brannte angenehm in ihrer Kehle und wärmte sie von innen. Sie fühlte sich augenblicklich besser. Ich muß die Nerven behalten, dachte sie. Nur für diesen einen Abend.

In spätestens einer Stunde würde alles vorbei sein. Egal, wie es zu Ende gehen würde.

18

Zwanzig Minuten nach dem Telefonat verließ Michael seinen Golf, den er in einer Parkbucht der Karl-Marx-Allee abgestellt hatte. Er überblickte die frisch sanierten Arbeiterpaläste, die sich in einer prachtvollen Kette bis zu den fernen Türmen des Frankfurter Tors aneinanderreihten, und überquerte die Straße.

Die kleine Bar befand sich am äußeren Ende eines Gebäudes, eingezwängt zwischen zwei riesigen Fassadensäulen. Maria Flores mußte bereits dort sein und auf ihn warten. Die ehemalige Geliebte von Barbara Nowack hatte ihn um Hilfe gebeten. Sie wußte etwas über Barbara, wollte jedoch am Telefon nicht darüber reden. Es mußte dringend sein, denn sie hatte für dieses Treffen ihre eigene Ausstellungseröffnung unterbrochen.

Michael erkannte die Frau an der weiß getünchten Theke sofort, die Beschreibung paßte genau. Maria Flores trug ein enganliegendes, rotes Abendkleid, und auf ihrem sandfarbenen Dekolleté leuchtete ein goldener Kettenanhänger. Sie war ohne Umwege von der Ausstellungseröffnung hierher gefahren.

Ihre Blicke trafen sich. Sie strich sich die dunklen Haare aus dem Gesicht, rutschte vom Barhocker und kam ihm entgegen.

»Michael Schöne?« fragte sie. »Danke, daß Sie gekommen sind.«

Sie reichte ihm die Hand. Ihre Augen lächelten ihn auf eine Weise an, die ihn stocken ließ. Seine Professionalität war mit einem Mal verflogen.

»Es freut mich, Sie kennenzulernen«, stotterte er.

Er brachte sich schnell an der Theke in Sicherheit und bestellte beim Barkeeper einen Martini. Dann atmete er durch und sah sich betont gelassen um.

Die dezenten Blumendekorationen auf der Theke, die sorgfältig ausgeleuchteten Whiskyflaschen in den Regalen, die ruhige Musik, das alles machte die Bar zum idealen Ort für ein Rendezvous. Gern hätte er sich von dem langsamen Jazz davontragen lassen. Doch er durfte den Anlaß dieses Treffens nicht vergessen. So sehr er sich auch von Maria Flores angezogen fühlte, mit ihr würde es niemals eine Verabredung dieser Art geben.

»Sie wollten mich treffen?«

Zu seiner Überraschung seufzte die Frau und blickte über ihn hinweg ins Leere. Er wartete einen Moment.

»Sie haben am Telefon gesagt, es sei sehr wichtig«, fügte er hinzu.

»Vielleicht ist es das auch«, sagte sie und fiel daraufhin wieder in Schweigen.

»Frau Flores, Sie haben eigens Ihre Eröffnung unterbrochen, nur um mich zu treffen.«

Sie deutete ein schiefes Lächeln an. »Es ist ein großer Vertrauensbruch Barbara gegenüber, daß ich mich mit Ihnen treffe.«

Michael wollte reflexartig nachhaken, hielt sich jedoch zurück. Wenn er sie drängte, sagte ihm ein Gefühl, würde sie es sich vielleicht anders überlegen. Er mußte ihr Zeit lassen.

»Ich mache mir große Sorgen um Barbara«, fuhr sie schließlich fort. »Sie hat mit mir gesprochen, gerade als die Ausstellungseröffnung begonnen hatte. Ich mußte ihr versprechen, Sie nicht anzurufen. Noch nicht. Ich sollte bis morgen warten.«

Er verstand nun gar nichts mehr. »Sie sollen mich morgen anrufen?«

Maria Flores schüttelte abwesend den Kopf. Sie rührte mit dem Strohhalm in ihrem Cocktail.

»Barbara hat sich am Telefon so merkwürdig angehört«, nahm sie den Faden wieder auf. »Ich kenne sie gut genug, um zu wissen, daß etwas nicht stimmt. Vielleicht hätte ich Sie auch gar nicht anrufen sollen. Barbara ist sicher, daß ich ihr nicht in den Rücken falle. Sie hätte mir sonst niemals diesen Auftrag gegeben.« Sie schob sich eine Strähne aus dem Gesicht. »Ich würde es gern so machen, wie sie es von mir erwartet. Ich kann es nur schwer erklären, aber ... ich hatte bei dem Gespräch das Gefühl, daß ich ihre Stimme zum letzten Mal höre.«

»Ich kann Ihnen die Entscheidung nicht abnehmen, Frau Flores.«

»Nein, das können Sie nicht.«

Sie betrachtete ihn schweigend.

»Barbara hat eine hohe Meinung von Ihnen«, sagte sie dann.

Michael hätte beinahe das Glas fallen lassen. »Nehmen Sie mich auf den Arm?«

Sie lächelte. »Aber nein. Sie vertraut Ihnen, ansonsten hätte sie mir niemals Ihre Telefonnummer gegeben, damit ich mich bei Ihnen melden kann.«

Michael glaubte immer noch, sich verhört zu haben. »Ich hatte fest geglaubt, daß sie mich verabscheut. Sie war bislang nicht gerade ...« Er suchte nach dem richtigen Wort. »... kooperativ.«

Maria Flores schien nicht überrascht zu sein.

»Verstehen Sie das nicht falsch«, betonte er. »Ich habe keinen Groll gegen sie. Mir ist klar, daß ich als Polizist generell nicht sehr beliebt bin. Die Leute glauben oft, daß wir nichts anderes zu tun haben, als wie die Heuschrecken über ihr geschütztes Privatleben herzufallen.«

»Aber machen Sie denn nicht auch genau das?« fragte sie belustigt.

Michael wußte nicht, was er sagen sollte. Maria Flores tat es mit einer Handbewegung ab.

»Barbara zeigt nicht gern ihre Gefühle«, sagte sie. »Das hat sie nie getan. Es dauert sehr lange, bis man merkt, was hinter ihrer schroffen Fassade vor sich geht und was sie von den Menschen um sich herum hält.«

Sie sah nachdenklich auf ihren blutroten Cocktail. Ihr Blick nahm einen melancholischen Ausdruck an. Michael beschloß, sich auf das Gespräch einzulassen. Vorerst. Er folgte einem plötzlichen Impuls und fragte: »Sie lieben sie noch immer?«

Sie sah überrascht zu ihm auf. Einen Augenblick lang befürchtete er, eine Grenze überschritten zu haben und ihr zu nahegetreten zu sein. Doch da begann sie zu lächeln.

»Wenn das nur so einfach wäre«, sagte sie traurig und schob den Cocktail von sich weg. »Sie macht es einer sehr schwer, sie zu lieben.«

Michael unterdrückte seine Frage. Maria würde es von sich aus ansprechen, wenn sie glaubte, daß es ihn etwas anginge.

»Niemals hat sie jemanden an sich herangelassen«, sagte sie. »Nicht einmal mich. Ich habe es immer wieder versucht, und sie hat mich immer wieder zurückgestoßen.«

Michael wußte bereits, wie es ausgehen würde. »Aber am Ende, da hat sie Ihnen ihre Liebe gezeigt, nicht wahr?«

Maria holte tief Luft. »Ja, das stimmt. Für einen kurzen Augenblick hat sie es getan. Doch am Ende waren meine Kräfte ganz einfach verbraucht von den vielen Anstrengungen und den zahllosen vergeblichen Versuchen. Am Ende war letztlich auch meine Liebe verbraucht.«

Michael dachte an Barbara Nowack. Er glaubte zu wissen, wie schwer ihr all das gefallen war. Barbara hatte viel gewagt. Überrascht bemerkte er, wie sehr er sich wünschte, sie wäre dafür belohnt worden.

»Ich hoffe, daß sie eines Tages eine andere findet«, sagte Maria. »Eine, die mehr Kraft hat als ich.«

Michael nahm einen Schluck von seinem Martini. Der Anlaß dieses Treffens war in den Hintergrund gerückt. Statt dessen fragte er sich nun, wie schwer es für Elisabeth sein mochte, mit ihm zusammenzusein. Für sie, die niemals mehr als eine Affäre gesucht hatte und die niemals Werner verlassen würde, egal, was passierte.

Maria räusperte sich und zeigte wieder ihr makelloses Lächeln.

»Und was ist mit Ihnen?« fragte sie.

Er sah überrascht auf »Mit mir?«

»Haben Sie mehr Glück in der Liebe?«

»Oh«, stieß er hervor. Die Frage kam so unverhofft, daß es ihm nicht gelang, eine unverfängliche Antwort zu formulieren. »Ich bin da nicht so talentiert, glaube ich«, sagte er kleinlaut und spürte, wie er rot anlief. Er fühlte sich wie ein Schuljunge, der beim Schummeln erwischt wurde.

Maria Flores richtete sich auf. Vorsichtig öffnete sie ihre Handtasche, zog einen kleinen Zettel hervor und betrachtete ihn schweigend. Dann überreichte sie ihn Michael, als wäre es ein geheimes Dokument. Auf dem Zettel stand eine Nummer, weiter nichts.

Das war es also, worüber sie mit ihm reden wollte. Er sah sie fragend an. Maria drückte ihre Tasche wieder zu und seufzte.

»Das hat sie mir gegeben, als sie angerufen hat.«

Michael betrachtete die Nummer auf dem Papier. Er hatte sie in irgendeinem Zusammenhang schon einmal gesehen.

»Hat sie Ihnen gesagt, was sie vorhat?« fragte er.

»Nein. Sie hat mir nur diese Telefonnummer gegeben und gesagt, ich solle mir keine Gedanken machen. Es wäre nur zu ihrer Sicherheit. Ihr Plan wäre gut durchdacht, und ihr könne nichts passieren.«

»Wozu dann diese Nummer?«

»Sie sagte, daß ich bis morgen warten solle. Wenn sie sich bis dahin nicht melden würde, dann sollte ich die Nummer an Sie weitergeben. Es war ihr wichtig, daß ich zu Kommissar Schöne gehe. Sie sagte, Sie würden schon wissen, was damit zu tun sei.«

Sie schüttelte unglücklich den Kopf, als wäre ihr der Vertrauensbruch jetzt erst bewußt geworden. »Ich hätte es nicht tun dürfen«, sagte sie erschöpft. »Ich hätte bis morgen warten müssen. Aber sie klang so verzweifelt. Ich konnte den Gedanken nicht ertragen, daß sie in Gefahr ist.«

Michael betrachtete die Nummer nachdenklich und fragte sich wieder, wieso er sie zu kennen glaubte. Es ließ ihm keine Ruhe.

Maria entschuldigte sich, stand auf und ging zu den Toiletten. Michael sah ihr nach und wartete, bis die Tür hinter dem leuchtendroten Kleid zuschlug. Dann faßte er einen Entschluß.

Er zog sein Handy aus der Tasche und gab die Nummer ein. Eigentlich wollte er abwarten, wer sich am anderen Ende melden würde, und dann wieder auflegen. Als es jedoch in der Leitung knackte und er die Stimme des Mannes hörte, der das Gespräch annahm, war er für einen Moment wie gelähmt. Nur mühsam drückte er das Gespräch weg. Er wußte jetzt, warum ihm die Nummer vertraut erschienen war. Er hatte sie vor weniger als zwölf Stunden schon einmal gewählt. Es war die Nummer von Tobias Wink.

Wolfgang Herzberger gähnte ausgiebig und sah auf den kleinen Taschenwecker, der neben seinem Computer auf dem Schreibtisch stand. Es war bereits nach zehn. Er war seit über vierzehn Stunden im Einsatz. In dieser Nacht würde nichts mehr passieren, sagte er sich. Es war Zeit, nach Hause zu gehen.

Er rollte mit seinem Bürostuhl zurück und stand mühsam auf. Seine Beine schmerzten, und sein rechter Fuß war eingeschlafen. Es war einer dieser Momente, in denen er sein Schlafdefizit deutlich spürte. Vielleicht wurde er langsam zu alt für diese Arbeit.

Er nahm seinen Mantel vom Haken und zog ihn über. Dann trat er ans Fenster und sah hinaus. Gegenüber vom Polizeigebäude standen einfache Mietshäuser. Ehepaare saßen vor dem Fernseher, Kinder liefen in Schlafanzügen umher, ein Mann saß auf seinem Bett und las ein Buch.

Direkt gegenüber entdeckte er eine Runde Skatspielerinnen, die um einen Küchentisch saßen. Sie warfen die Karten ab, rauchten, tranken und schienen unendlich viel Spaß zu haben. Wolfgang beneidete die Frauen auf der anderen Straßenseite. Er hätte auch gern auf eine so einfache Art und Weise den Samstagabend verbracht, und er fragte sich, wie lange es her war, daß *er* einfach nur mit Freunden um einen Tisch gesessen und Karten gespielt hatte.

Er knöpfte seinen Mantel zu. Plötzlich hörte er jemanden den Flur hinablaufen. Eine Kollegin bremste vor seiner Tür ab und klopfte gegen den Türrahmen. Bevor Wolfgang reagieren konnte, stand sie mitten im Zimmer und sah ihn aufgeregt an.

»Chef!« sagte sie. »Du kannst deinen Mantel wieder ausziehen.«

»Hast du was, Anke?« fragte er überrascht.

Sie grinste ihn an und zog ein Blatt Papier hervor. »Das Ergebnis der Pkw-Überprüfung. Wir haben alle dunkelgrünen Ford Fiesta in Pankow überprüft, wie du gesagt hast.«

Wolfgang winkte müde ab. »Falls es denn überhaupt ein Fiesta war«, sagte er. »Die Zeugin scheint nicht sonderlich zuverlässig.«

»Was ist denn mit dir los?« erwiderte Anke. »Es könnte schließlich eine Spur sein.«

»Du hast ja recht«, sagte er und lächelte. »Schieß los.«

»Also gut«, sagte sie. »In Pankow sind siebzehn solcher Fiesta gemeldet. Zwei von diesen siebzehn Haltern sind vorbestraft. Der eine ist Hubert Raste, vierundvierzig Jahre alt, arbeitslos. Er hat eine Vorstrafe wegen Betrugs und Veruntreuung. Hat drei Jahre gesessen, ist seit Oktober wieder draußen.«

»Und der andere?« fragte Wolfgang.

»Volltreffer«, sagte sie. »Tobias Wink, zweiundzwanzig Jahre alt, zahllose Vorstrafen wegen Körperverletzung, Brandstiftung, gewaltsamem Raub. Das meiste davon jedoch auf Bewährung. Einmal gab es allerdings ein Jahr mit anschließender Bewährungsstrafe. Seitdem ist nichts mehr gewesen.« Sie sah auf und grinste erneut. »Außerdem lagen gegen ihn insgesamt vier Anzeigen wegen sexueller Belästigung vor. Eine dieser Anzeigen hat sogar zu einem Verfahren geführt, das später allerdings fallengelassen wurde.«

Wolfgang war sprachlos.

»Mit Hilfe seines Betreuungshelfers hat er nach dem Knast eine Ausbildung als Maler und Lackierer gemacht«, fuhr sie fort. »Die Baustelle, auf der er bis vor einem halben

Jahr beschäftigt war, lag direkt am Schloßpark, in dem die ersten beiden Frauen ermordet wurden. Und schließlich ist Wink einen Meter neunzig groß, also genau die Maßgabe der Rechtsmedizin.«

»Also gut«, sagte Wolfgang. »Wir werden uns diesen Wink einmal näher ansehen. Sag noch einem zweiten Team Bescheid. Ich möchte kein Risiko eingehen. Sie sollen ebenfalls nach Pankow fahren.«

Anke war bereits durch die Tür, als er ihr noch etwas nachrief. »Druck alles über ihn aus, was wir haben. Ich möchte die Fahrt nutzen, um ihn besser kennenzulernen. Wir starten in fünf Minuten. Und noch was, Anke!«

Sie steckte noch mal den Kopf durch seine Tür.

»Es ist nur eine Möglichkeit«, sagte er. »Wir sollten es nicht überbewerten.«

Sie nickte ihm zu und verschwand. Wolfgang nahm die Autoschlüssel und griff nach seinen Handschuhen. Er sah ein weiteres Mal zu dem Mietshaus und seinen Bewohnern hinüber. Dann drehte er sich um und verließ das Büro.

Der dunkelgrüne Ford Fiesta stand unter einem Baum in der Binzstraße, keine hundert Meter von Winks Wohnung entfernt. Barbara parkte ihren Sportwagen dahinter auf dem Bürgersteig.

Sie konnte es noch immer nicht fassen. Wie konnte es so nah sein? dachte sie aufgeregt. Wie konnte es sein, daß ihr Bruder Olaf mit solch einem Monster befreundet war? Wie konnte überhaupt irgendein Mensch mit einem befreundet sein, der sich nachts in die Stadt schlich und sadistische Morde beging? Hatte ihr Bruder denn überhaupt nichts bemerkt?

Sie stellte den Motor ab und blieb im Wageninneren sitzen. Die Wirkung des Alkohols war verflogen. Sie mußte sich beruhigen, das immer wieder aufkommende Zittern unterdrücken. Halt durch, sagte sie sich. Auf die nächsten Minuten würde es ankommen. So lange durfte sie es sich nicht erlauben, dem Durcheinander in ihrem Kopf nachzugeben.

Sie sah hinüber zu dem Haus, in dem Tobias Wink wohnte, und nahm ihre ganze Kraft zusammen. Jetzt! Sie gab sich einen Ruck, verbat sich jegliches Zweifeln.

Es funktionierte. Mit einem Mal fiel die ganze Anspannung von ihr ab. Ihr Herzschlag normalisierte sich, die Hände hörten auf zu zittern. Sie hatte keine Angst mehr. Ihr Entschluß stand fest.

Ihre Sinne schienen besonders geschärft zu sein. Sie roch deutlich das Leder auf den Armaturen, die Kontraste der Nähte stachen klar hervor. Mit einem Mal glaubte sie wieder völlig klar im Kopf zu sein. Ich werde ihn töten, das war der einzige Gedanke, den sie jetzt noch hatte. Es war soweit.

Sie stieg aus und schlug die Tür hinter sich zu. Ihre dunkle Kleidung machte sie in der Nacht fast unsichtbar. Sie bewegte sich schnell, und nach wenigen Sekunden war sie im Schatten der Hofeinfahrt verschwunden.

Sie hatte seinen Namen sofort auf dem Klingelschild entdeckt. Er wohnte im Hochparterre links. Sie sah an der Fassade hinauf, dann drückte sie die Klinke herab. Das Tor zur Hofeinfahrt war unverschlossen, wie so häufig bei unsanierten Häusern. Sie schlüpfte hindurch und ließ es sanft hinter sich ins Schloß einrasten.

Ein modriger Geruch schlug ihr aus dem engen Innenhof entgegen. Der aufgesprungene Betonboden war an drei Seiten von Häuserwänden begrenzt, auf der vierten stand eine hohe Mauer, vor der die Mülltonnen aufgereiht waren.

Barbara zog kurz in Erwägung, schon mal nach einem Fluchtweg Ausschau zu halten. Doch dann verwarf sie den Gedanken wieder. Sie hatte jetzt nur einen Auftrag. Wenn Wink erst einmal an seinem eigenen Blut erstickt war, konnte sie immer noch über ihr Entkommen nachdenken.

Die Wohnungen hatten schmale Balkone aus Metall, die zum Hof führten, offenbar das einzige, was seit der Wende am Haus erneuert worden war. In einigen Fenstern brannte Licht, hinter den Balkonen lagen die Küchen der Vorderhauswohnungen.

Auch im Hochparterre links brannte Licht. Die Vorhänge

waren zur Seite gezogen, und die Balkontür stand einen Spalt offen, damit frische Luft hineingelangen konnte. Es war die Wohnung von Tobias Wink. Die große Küche hinter der Balkontür war nur spärlich möbliert. Die kahlen Wände waren seit langem nicht mehr gestrichen worden. An der Decke über dem Ofen hatten sich dunkle Rußablagerungen gebildet.

Sie hielt nach Tobias Ausschau, konnte ihn jedoch nirgends entdecken. Dann leuchtete ein weiteres Fenster im Hochparterre auf. Eine Abstellkammer. Ein junger Mann trat in den Raum und öffnete einen alten Schrank.

Barbara sah ihn zum ersten Mal. Für einen Augenblick geriet sie durcheinander. Olaf hatte zwar einmal seinen Namen erwähnt, gesehen hatte sie ihn allerdings noch nie. Sie wußte nicht, wie sie sich Tobias vorgestellt hatte. Sie war jedoch überrascht über das schmale und blasse Aussehen. Er wirkte überhaupt nicht wie ein gewalttätiger Mensch. Seine vorsichtigen Bewegungen und die leicht gebeugte Haltung wirkten eher mitleiderregend. Er sah aus wie ein Junge, der stets von allen gehänselt wurde.

Stop, ermahnte sie sich. Sie mußte alles beiseite schieben. Sie durfte nicht zögern. Sie würde ihn töten, egal wie er aussah, und sie würde es jetzt tun. Sie riß sich zusammen, und die Ruhe kehrte zurück.

Tobias verließ die Kammer und erschien kurz darauf in der Küche. Er hatte einen Koffer unter dem Arm, den er auf dem Küchentisch abstellte. Er öffnete ihn, verschwand wieder und kehrte mit einem Armvoll Wäsche zurück, die er in den Koffer legte.

Er will fliehen! schoß es Barbara durch den Kopf. Er mußte etwas erfahren haben. Aus irgendeinem Grund ahnte er, daß sich eine Schlinge um seinen Hals legte. Barbara fragte sich, ob die Polizei doch mehr wußte, als sie vorgab.

Sie beobachtete Tobias eine Zeitlang, wie er durch die Räume lief und Dinge zusammentrug, um sie in den Koffer zu legen. Dann sah sie sich seinen Balkon näher an. Er schwebte etwa eineinhalb Meter über der Erde. Sie würde problemlos über die Brüstung klettern und in die Küche schlüpfen können.

Erst wartete sie ab, bis Tobias die Küche verließ und im vorderen Teil der Wohnung verschwand, dann trat sie mit schnellen Schritten aus ihrem Versteck und lief zu der Brüstung.

Der Balkonboden reichte ihr lediglich bis zur Brust. Sie zog sich hoch, schwang ein Bein über die Brüstung und fand auf der anderen Seite Halt.

Von Tobias war nichts zu sehen. Mit einer schnellen Bewegung schlüpfte sie durch die offene Balkontür. Sie sah sich kurz in der geräumigen Küche um und verschwand sofort hinter dem Vorhang, der sich leicht im Abendwind bewegte.

In ihrem Versteck tastete sie vorsichtig ihren Hosenbund ab, zog die Pistole hinter ihrem Gürtel hervor und entsicherte sie. Sie hielt sie eng an ihrem Körper und atmete durch. Dann nahm sie eine Position hinter dem Vorhang ein, von der aus sie die offene Tür zum Flur sehen konnte. Sie wollte warten, bis er in die Küche zurückkehrte.

Als sie dann den Schatten hinter sich bemerkte, war es bereits zu spät. Blitzartig drehte sie sich um. Doch Tobias Wink war schneller. Er hatte sie kommen sehen, schoß es ihr durch den Kopf. Er hatte sie kommen sehen und ihr eine Falle gestellt. Nun stand er über ihr, seine Hand zur Faust geballt. Und er schlug zu, bevor sie reagieren konnte. Sie spürte seinen harten Schlag auf ihrer Schulter. Die Pistole rutschte ihr aus der Hand, fiel zu Boden und schlitterte über die Holzdielen. Barbara sah ihr wie gelähmt hinterher. Da traf sie bereits der nächste Schlag. Sie spürte einen dumpfen Aufprall am Hinterkopf. Eine Welle des Schmerzes fuhr durch ihren Körper, dann rutschten ihre Beine zur Seite weg, und der harte Holzboden raste auf sie zu.

19

Wolfgang startete den Dienstwagen und fuhr ihn aus der alten Remise heraus, die vor Jahren zu einem Einstellplatz umgebaut worden war. Der Schatten seiner Kollegin huschte durchs Treppenhaus, bis sie schließlich die Tür zum Hof aufstieß und ihm entgegenlief. Auf ihrem Arm wippte ein Stapel Papier, der Ausdruck aus ihrem Büro. Offenbar hatte sie in den Datenbanken des LKA einiges über Wink ausfindig machen können.

Wolfgang beugte sich zur Seite und stieß die Beifahrertür auf. Anke ließ sich auf den Sitz fallen und seufzte.

»Das meiste sind Jugendsachen«, sagte sie atemlos. »Aber einmal wurde er nach dem Erwachsenenstrafrecht verurteilt, und somit ist nach Ablauf der Aufbewahrungsfrist nichts aus den Datenbanken gelöscht worden, wie es sonst bei Jugendlichen gemacht wird.«

»Er ist doch zweiundzwanzig Jahre alt, oder irre ich mich? Ist das alles schon so lange her?«

Sie schüttelte den Kopf. »Die Richter haben Reifeverzögerung diagnostiziert und so in einigen Fällen die Anwendung des Jugendstrafrechts gerechtfertigt. Die letzte Straftat liegt ein Jahr zurück.«

Wolfgang schaltete in den ersten Gang und fuhr durch die Toreinfahrt auf die Straße.

»Und weiter?«

Sie rückte den Papierstapel auf ihrem Schoß zurecht. »Ich habe es mir selbst noch nicht angesehen.« Sie begann in den Unterlagen zu blättern, während Wolfgang den Weg nach Pankow einschlug.

»Also, das schwerste Urteil brachte ihm ein Jahr Jugendhaft mit anschließenden Bewährungsauflagen ein. Trotz der Schwere des Deliktes wurde seine Kooperation mit der Polizei als besonders mildernd gewertet.«

»Was war das für ein Delikt?«

»Brandstiftung und schwere Körperverletzung«, sagte sie. »Er hat mit sieben weiteren Jugendlichen ein ehemaliges Verwaltungsgebäude angezündet, in dem Asylbewerber untergebracht waren. Die Täter stammten allesamt aus dem Umfeld der rechten Szene.«

Sie zog ein weiteres Blatt aus dem Stapel. »Die Jugendgerichtshilfe stufte ihn jedoch nicht als ideologischen Denker ein. Vielmehr als seelisch verarmten Menschen, der in der rechten Szene Halt und Anerkennung gesucht hat. Da ihm diese Anerkennung verweigert wurde, hat er sich schließlich abgewandt und mit der Polizei kooperiert.«

Wolfgang schüttelte den Kopf. »In der rechten Szene keinen Halt gefunden. So etwas habe ich auch noch nicht gehört. Was sagt denn die Gerichtshilfe über seinen Hintergrund?«

»Das Übliche. Gestörtes Verhältnis zu seinem Vater, Schläge und Erniedrigungen. Aufgrund schwerer Vernachlässigung für vier Jahre in einer Jugendhilfeeinrichtung untergebracht. Nach mehrmaligem Entweichen aus dem Heim wurde er wieder von seinen Eltern aufgenommen. Dort erneut Schläge und Mißhandlungen. Schließlich hat er in der rechten Szene die Anerkennung gesucht, die ihm zu Hause versagt blieb. Doch seine Kommunikationsstörungen und seine emotionale Zurückgezogenheit haben ihn auch dort isoliert.«

Sie erreichten den Potsdamer Platz. Wolfgang konzentrierte sich für einen Moment auf den Verkehr und ordnete sich an der Kreuzung ein. Dann deutete er auf den Papierstoß auf Ankes Knien. »Steht in dem Gutachten etwas über die sexuellen Übergriffe?«

»Keine Ahnung«, sagte sie. »Das hier ist nur ein Auszug. Wir können erst Montag früh eine Kopie des gesamten Gutachtens anfordern.«

Sie nahm den obersten Stapel und legte ihn auf die Rückbank. Dann überflog sie die restlichen Papiere. »Im Juni 1998 sollte ein Verfahren wegen sexuellen Übergriffes aufgenommen werden. Doch dann ist es zu einem außergerichtlichen Vergleich gekommen. Er befand sich zu der Zeit in einer Jugendhilfeeinrichtung. Auf Drängen einer Sozialpädagogin erklärte er sich bereit, eine hohe Anzahl an Sozialstunden abzuleisten. Zudem sollte ein psychiatrisches Gutachten eine Prognose über seine sexuelle Entwicklung stellen.«

»Findest du in den Unterlagen mehr über dieses Gutachten?«

Sie suchte vergeblich danach. »Nein. Es sieht fast so aus, als wäre es nie erstellt worden. Ich habe hier allerdings die Stellungnahme der Sozialpädagogin.«

Sie zog ein weiteres Blatt aus dem Stapel. »Demnach war Tobias Wink als Siebzehnjähriger in seiner psychosexuellen Entwicklung stark verzögert. Die Übergriffe erklärt sie mit seiner Unfähigkeit, zwischenmenschliche Beziehungen aufzubauen. Sie sieht sie als Ausdruck postpubertärer Entwicklungsverzögerungen und somit als temporär. Außerdem diagnostiziert sie eine hohe Sensibilität und ein hohes Maß an Intelligenz. Bei entsprechender Betreuung sieht sie gute Aussichten für den Jungen, seine Entwicklungsverzögerungen auszugleichen und berufliche und private Perspektiven zu entwickeln.«

»Läßt sich die Sache weiter verfolgen?«

Anke blätterte die restlichen Seiten durch. Dann schüttelte sie den Kopf.

»Darüber ist nichts mehr dokumentiert«, sagte sie. »Aber zumindest hat es seitdem keine Übergriffe mehr gegeben, die zu einer Anzeige gekommen sind.«

»Das kann alles mögliche bedeuten.«

»Er könnte vorsichtiger vorgegangen sein oder sich zurückgehalten haben«, sagte sie.

»Oder aber er hat sich seine Opfer mit mehr Bedacht ausgewählt.«

Anke sah ihn an. »Du denkst, daß er unser Täter ist?«

Er zuckte mit den Schultern. »Das werden wir wissen, wenn wir einen DNA-Vergleich haben. Immerhin ist dies zum ersten Mal eine wirkliche Spur.«

Dann schaltete er einen Gang höher und drückte das Gaspedal durch. Wenn sie sich beeilten, würden sie in fünfzehn Minuten in Pankow sein können.

Als Barbara auf die Holzdielen aufschlug, wurde ihr für einen Augenblick schwarz vor Augen. Es mußten zwei oder drei Sekunden vergangen sein, denn als sie wieder aufsah, stand Tobias Wink bereits über ihr.

Er hielt einen Stuhl hoch über seinem Kopf. Sie sah gerade noch, wie er ausholte, um ihn mit aller Kraft auf sie niederschmettern zu lassen, da rollte sie sich instinktiv zur Seite und hielt sich am Vorhang fest. Der Stuhl krachte neben ihr auf den Boden. Barbara zuckte zusammen und zog den Vorhang an ihren Körper. In diesem Moment sah sie die Pistole. Sie lag hinter dem Vorhang versteckt, wohin sie gerutscht sein mußte, nachdem sie ihr aus der Hand gefallen war.

Es waren nur wenige Zentimeter bis zur Waffe, doch bevor sie die Hand ausstrecken und danach greifen konnte, sah sie im Augenwinkel, daß Wink den Stuhl wieder hochgerissen hatte. Sein Gesicht war zu einer wutentbrannten Maske verzerrt, und er verlagerte sein Gewicht nach hinten, um Schwung für den nächsten Schlag zu holen. Barbara beschloß zu handeln. Sie rollte sich zurück auf die andere Seite, holte mit dem Bein aus und trat mit aller Kraft gegen sein Schienbein.

Es reichte aus, um ihn ins Wanken geraten zu lassen. Er gab einen überraschten Laut von sich, taumelte und versuchte mit dem Stuhl über seinem Kopf das Gleichgewicht wiederzufinden. Barbara trat noch einmal zu. Dieses Mal verlor er die Balance. Der Stuhl schlug neben ihr auf dem Boden auf. Wink rutschte weg, versuchte sich mit dem Arm abzustützen, verfing sich jedoch in den Stuhlbeinen und landete polternd auf dem Fußboden.

Barbara bekam einen winzigen Moment Zeit. Sie stützte sich ab, sprang auf und begann zu laufen. Es gab nur eine Richtung. Balkon und Flur waren von Wink versperrt. Er lag am Boden und bewegte sich bereits wieder, versuchte sie von dort aus zu fassen. Vor ihr lag eine weitere Tür. Sie wußte nicht, wohin sie führte. Sie war jedoch ihre einzige Chance.

Sie ließ sich dagegenfallen. Hinter der Tür lag das Bad. Hastig sah sie sich um. In dem engen Raum konnte sie sich kaum um die eigene Achse drehen. In der Ecke stand eine Toilette, daneben hing ein Waschbecken. Der Rest des Raumes wurde von einer Badewanne ausgefüllt.

Wink stöhnte auf. Er brauchte nur noch eine Sekunde, dann war er ebenfalls wieder auf den Beinen. Schwer atmend kam er auf sie zu. Barbara hatte keine Wahl. Sie sprang in das Badezimmer und warf die Tür hinter sich zu.

Dann griff sie mit ihrer Hand zum Schloß – und erstarrte. Es steckte kein Schlüssel in der Tür. Barbara hielt erschrokken die Luft an. Doch da donnerte er bereits von außen dagegen.

Sie konnte gerade noch das Türblatt abfangen. Mit ihrem ganzen Gewicht stemmte sie sich dagegen und wand sich unter seinem Druck, bis sie mit ihrem Bein Halt am Rand der Badewanne fand. Einen Spaltbreit war die Tür noch immer offen. Wink schlang seinen Arm hindurch und versuchte sie zu packen.

»Wer bist du?« brachte er stöhnend hervor.

Barbara antwortete nicht. Sie stützte sich mit aller Kraft an der Badewanne ab und drückte gegen die Tür. Der Spalt schloß sich langsam und er mußte seinen Arm wegziehen.

»Was willst du von mir?« keuchte er.

Barbara stemmte die letzten Zentimeter, und die Tür fiel ins Schloß.

»Verdammt noch mal!« Seine Stimme klang fast verzweifelt. »Was willst du denn nur von mir?«

»Du hast meine Schwester umgebracht!« rief sie durch die Tür.

Der Gegendruck verschwand völlig. Barbara nutzte den Moment und sicherte ihren Halt an der Badewanne. Schwer atmend lehnte sie sich gegen die Tür und wartete darauf, daß er es erneut versuchen würde.

Auf der anderen Seite war es totenstill. Mühsam hielt sie

den Atem an und lauschte. Doch nichts. Tobias Wink schien keinen Versuch mehr zu unternehmen, ins Bad einzudringen. Auf den Holzdielen hörte sie plötzlich seine Schritte. Er entfernte sich. Gebannt drückte sie ihr Ohr gegen das Türblatt. Er schien nach dem Stuhl zu greifen, der auf dem Boden vor der Balkontür lag, dann kehrte er zurück.

Die Türklinke begann zu wackeln, und es dauerte einen Moment, bis Barbara begriff, was geschah. Er stellte den Stuhl unter die Klinke, um die Tür zu verbarrikadieren. Sie wirbelte herum und versuchte die Klinke herunterzudrükken. Doch es war zu spät. Er hatte sie bereits eingesperrt.

Die darauffolgende Stille war unerträglich. Sie trat einen Schritt zurück und blickte unsicher auf das Türblatt. Was konnte er jetzt vorhaben? Sie unterdrückte ihr Keuchen, um besser lauschen zu können. Aus der Küche drangen leise Geräusche, es klang wie ein Rutschen oder Kratzen. Sie konnte es nicht einordnen. Irgendwann hörte sie, wie der Kühlschrank zur Seite gerückt wurde.

Plötzlich verstand sie. Der Schock lähmte sie für eine Sekunde. Dann ließ sie sich auf die Knie fallen und lugte durch das Schlüsselloch. Sie hatte recht. Tobias rutschte auf allen vieren durch den Raum. Er suchte aufgeregt nach der Waffe, die ihr aus der Hand gefallen und über den Boden geschlittert war. Gerade tastete er den Boden unter dem Küchenschrank ab.

Ich muß handeln, dachte sie, und zwar schnell. Ihr mußte etwas einfallen, bevor er die Pistole unter dem Vorhang entdeckte und zu ihr zurückkehrte. Sie stand auf und sah sich panisch um. Über der Wanne war ein Fenster, doch es war viel zu klein, sie würde niemals hindurchpassen.

Sie suchte den Raum ab, in der Hoffnung, etwas zu finden, was sie als Waffe benutzen konnte. Da endlich hatte sie einen Einfall.

Sie lehnte sich über die Wanne und riß das Fenster auf. Es führte in den Innenhof, sie konnte die erleuchteten Fenster des Hinterhauses sehen. Sie stellte eine Shampooflasche vor die Scheibe, damit sie nicht wieder zufallen würde. Dann wandte sie sich zum Waschbecken. Der Spiegel ließ sich mühelos von der Wand entfernen. Er war jedoch schwer, und sie hatte einige Mühe, ihn zu halten.

Dann stellte sie sich vor die Tür und schob die Badematte zur Seite, um sicheren Halt finden zu können. Mit ihrer ganzen Kraft schwang sie den Spiegel hoch und hielt ihn über ihren Kopf. Sie atmete durch. Dann begann sie zu schreien.

Die Ampel sprang endlich auf Grün. Michael raste mit quietschenden Reifen über die Kreuzung. Nach hundert Metern sprang eine weitere Ampel auf Rot, und er mußte erneut abbremsen.

Fluchend beugte er sich vor und kramte im Handschuhfach nach seinem Handy. Er bereute es, daß er sich nie in seinem klapprigen Golf ein Blaulicht hatte installieren lassen, das er auf das Autodach stellen konnte.

Schließlich fand er das Handy, zog es hervor und wählte die Nummer von Wolfgang Herzberger. Er hatte ihn bereits von der Bar aus anrufen wollen, in der er Maria Flores getroffen hatte, doch es hatte Probleme mit dem Netzempfang gegeben, und so war er in seinen Wagen gesprungen und losgefahren. Nun versuchte er es wieder. Er hoffte, daß sein Chef das Handy mit nach Hause genommen hatte. Es zählte jede Minute.

Wolfgang meldete sich, als die Ampel auf Grün sprang. Michael drückte wieder das Gas durch. Die Stimme seines Chefs ging in dem plötzlichen Quietschen unter.

»Wolfgang, das ist ein Notfall!« rief er. »Ich weiß, wer die Frauen umgebracht hat.«

»Tobias Wink?«

Michael war sprachlos.

»Es ist nur eine Vermutung«, sagte Wolfgang. »Wir sind gerade auf dem Weg zu ihm. Die Überprüfung der Autos hat uns auf seine Spur gebracht.«

An der Straßenecke erschien die vertraute Tankstelle, die hellen Preistafeln leuchteten ihm entgegen. Nun waren es nur noch ein paar hundert Meter.

»Wo seid ihr gerade?« fragte Michael.

»Auf der Schönhauser Allee. In gut fünf Minuten müßten wir dasein.«

Michael setzte den Blinker und bog in die Binzstraße ein. Er schaltete den Motor aus und ließ sich langsam die Straße hinunterrollen. Barbaras Sportwagen stand hinter dem Fiesta von Tobias Wink.

»Es sind Komplikationen eingetreten«, sagte Michael. Er bremste ab und kam neben Barbaras Sportwagen zum Stehen. »Barbara Nowack ist ebenfalls auf die Spur des Mörders gekommen.« Er spähte in ihren Wagen hinein. Doch sie hatte ihn bereits verlassen. »Und ich fürchte, sie ist gerade bei Tobias Wink in der Wohnung.«

Wolfgang verstummte. »Kannst du das näher erklären?« fragte er schließlich.

»Barbara Nowack hat sich einer Freundin anvertraut, die wiederum Kontakt zu mir aufgenommen hat. Barbara hat es auf irgendeine Weise geschafft, die Identität des Mörders herauszufinden. Ich vermute, daß sie ihre Schwester rächen will.«

Er sah zu den Fenstern hinüber, konnte jedoch niemanden im Inneren der Wohnung sehen.

»Ihr Wagen steht jedenfalls vor seinem Haus«, sagte er. »Und er ist leer.«

»Du bist dort? In der Binzstraße?« Wolfgangs Stimme klang erschrocken.

»Ich bin gerade eingetroffen.« Nach einem Moment fügte er hinzu: »Ich habe versucht, dich zu erreichen, doch ich hatte keinen Empfang.«

»Schon gut«, sagte Wolfgang. »Bleib, wo du bist. Wir sind in vier Minuten da.«

»Aber wenn sie bereits im Haus ist?«

»Das ist nicht gesagt. Vielleicht steht sie auch nur irgendwo in den Büschen und beobachtet dich beim Telefonieren.«

Michael wollte protestieren, doch Wolfgang unterbrach ihn.

»Falls sie in seiner Gewalt sein sollte, kannst du alleine ohnehin nichts unternehmen«, sagte er. »Ich werde ein Sondereinsatzkommando anfordern. Wenn alles gut klappt, können wir innerhalb von fünfzehn Minuten einen Zugriff vorbereiten.»

»Soll ich denn die Hände in den Schoß legen und warten, daß er sie in der Zwischenzeit ermordet?«

»Ich will nicht, daß du den Einsatz gefährdest, ist das klar! Du kannst den Ereignisort absichern. Alles andere übernimmt das SEK.«

Ohne ein weiteres Wort beendete Wolfgang das Gespräch.

Michael warf das Handy zurück in das Handschuhfach. Nachdenklich betrachtete er das Haus. Hinter dem erleuchteten Fenster im Hochparterre brannte Licht. Dort, im Inneren der Wohnung, hatte Michael an diesem Morgen noch gesessen und mit Tobias Wink geredet.

Er machte sich Vorwürfe, nichts geahnt zu haben. Doch er hatte diesen Jungen nur als Opfer seiner Umgebung gesehen, nicht aber als Täter.

Michael betrachtete die Straße durch den Rückspiegel. Sie lag völlig ausgestorben in der Nacht, nirgends war eine Menschenseele zu sehen. Er öffnete die Tür und stieg lautlos aus. Er fand schnell einen sicheren Platz im Schatten eines Baumes, von wo aus er das Haus beobachtete.

Michael zögerte, dann näherte er sich langsam dem Eingang. Zaghaft drückte er gegen das Tor, das gleich nachgab und den Weg zum Hinterhof freimachte.

Er würde nur nachsehen, sagte er sich. Vielleicht konnte er von dort aus die Wohnung einsehen und sich einen Überblick verschaffen. Er blieb im Schatten der Mauer und drückte sich an den Mülltonnen vorbei. Winks geräumige Küche war hell erleuchtet. Die Balkontür stand einen Spalt offen. Michael stellte sich auf die Zehenspitzen und sah durch die Gitterstäbe der Balkonbrüstung. Da endlich sah er ihn. Tobias Wink rutschte auf allen vieren über den Boden. Offenbar suchte er etwas. Er schob den Kühlschrank zur Seite und tastete den Boden ab. Michael atmete erleichtert auf. Barbara war also nicht in der Wohnung. Sie war nirgends zu sehen.

Er beschloß, zum Auto zurückzugehen und auf die Verstärkung zu warten. Vorsichtig schlich er sich wieder zu der Hofeinfahrt. Noch einmal sah er zur Brüstung, dann wandte er sich ab, um zu verschwinden. Doch in diesem Moment schrak er zusammen. Durch den Innenhof drang der laute Schrei einer Frau.

Barbara mußte nicht lange schreien. Wink schien sofort zu bemerken, daß das Badfenster offen stand und der Schrei durch den Innenhof hallte. Er wußte, daß es nicht lange dauern würde, bis die Nachbarn aufmerksam wurden.

Ihr Plan ging auf. Er mußte die Tür frei machen, um sie zum Schweigen zu bringen. Er mußte es tun, auch wenn er die Waffe noch nicht gefunden hatte. Und tatsächlich hörte sie schon nach wenigen Sekunden, wie Wink auf der anderen Seite den Stuhl wegzog. Er drückte die Klinke hinunter und riß die Tür auf. Erst als er sie sah, erstarrte er in der Bewegung.

Barbara ließ den Badezimmerspiegel mit voller Wucht auf ihn niedersausen. Ihm blieb keine Zeit zu reagieren. Der Spiegel traf ihn mitten auf dem Kopf. Sie hörte einen dumpfen Aufprall, dann zerbrach er in unzählige Scherben. Wink jaulte schmerzerfüllt auf und brach vor der Tür zusammen. Wimmernd zog er den Kopf ein und hielt schützend seine Hände darüber. Splitter übersäten sein Gesicht. Er blutete aus zahllosen kleinen Schnittwunden.

Barbara zögerte nur kurz. Dann nahm sie Anlauf und sprang über seinen gekrümmten Körper hinweg ins Freie. Die Pistole lag unter dem Vorhang an der Balkontür, sie würde nur unter den Stoff fassen und zugreifen müssen. Doch im selben Moment spürte sie einen Widerstand. Wink hatte im Sprung nach ihrem Knöchel gefaßt und zog sie zu sich herunter. Sie verlor das Gleichgewicht. Sein Griff war eisern, er ließ ihr keinen Spielraum. Barbara kippte zur Seite weg und landete krachend auf dem Fußboden.

Sie versuchte sich zu befreien, trat mit dem freien Fuß

wild auf ihn ein. Doch sein Griff blieb eisern. Er wandte seine ganze Kraft auf, um sie zu sich hinüberzuziehen. Barbara änderte ihre Strategie. Sie robbte, so weit es ging, nach vorn. Mit der Hand erreichte sie den Vorhang, sie konnte den Lauf der Pistole bereits sehen.

Es waren nur noch Zentimeter. Wink zog weiter an ihrem Fuß. Doch sie nahm ein letztes Mal ihre gesamten Kräfte zusammen und rutschte zum Vorhang. Ihre Finger ertasteten bereits den Lauf der Waffe, da fand Wink seine ursprüngliche Kraft wieder. Er kniete sich auf die Holzdielen und zog sie mit Leichtigkeit unter dem Vorhang hinweg.

Doch sie hatte die Pistole zu fassen bekommen. Blitzschnell drehte sie den Lauf in ihrer Hand und richtete ihn auf Tobias Wink. Es dauerte nur eine Sekunde, bis er die veränderte Situation erfaßte. Sofort ließ er sie los. Er starrte sie mit seinem blutüberströmten Gesicht an.

Barbara rutschte schnell einen Meter zurück, dann richtete sie sich auf, ging zurück bis zum Küchenschrank und atmete einige Male durch. Mit ausgestrecktem Arm hielt sie die Waffe auf ihr Opfer. Ihr wurde klar, daß sie gewonnen hatte. Sie wurde wieder völlig ruhig, sie hatte es geschafft.

»Du wirst nun sterben«, sagte sie.

Sie prüfte kurz, ob die Waffe noch entsichert war, dann fixierte sie ihr Opfer.

»Doch vorher wirst du leiden. Vor deinem Tod wirst du das gleiche Leid erfahren, das du Bettina zugefügt hast. Jede einzelne Sekunde, jeden erbärmlichen Moment.«

Wink starrte sie mit schreckensbleichem Gesicht an. In seinen Augen war nichts Menschliches mehr, dachte sie kühl. Sein Atem ging stoßweise, sein Blick flackerte, der ganze Kopf begann zu zittern. Es war nichts mehr von ihm zu sehen. Nichts als sein Trieb, irgendwie am Leben zu bleiben.

»Aber ich wollte sie nicht umbringen«, stieß er hervor. Speichel lief ihm aus dem Mund und mischte sich mit dem Blut, das über das Gesicht rann. Seine Stimme war die eines Kindes. »Ich wollte sie doch überhaupt nicht umbringen«, wimmerte er wieder und wieder.

Barbara betrachtete ihn voller Abscheu. Es ist, als würde ich eine Schabe zertreten, dachte sie. Sie zögerte keinen Augenblick mehr.

»Paß gut auf«, fauchte sie. »Als erstes werde ich deine Eier wegschießen.«

Er heulte auf und verkrampfte sich auf dem Boden vor ihr.

»Danach hast du knappe drei Minuten«, sagte sie kühl. »Drei Minuten, in denen du vor Schmerzen wahnsinnig zu werden glaubst. Dann schieße ich dir das Hirn weg.«

Der Mann war nur noch ein zuckender Berg aus Blut und Dreck. Er stieß quiekende Laute aus, Rotz lief ihm aus der Nase. Es war erbärmlich. In ihr regte sich nichts. Sie hob die Waffe. Ihre Hand war völlig ruhig. Mit sicherem Blick zielte sie auf sein Gemächt. Da erst bemerkte sie den Schatten, der hinter dem Vorhang hervortrat.

»Barbara! Schießen Sie nicht!« Es war die Stimme von Michael Schöne.

Sie geriet nur für einen kurzen Augenblick aus der Fassung. Hektisch wechselte sie mit dem Lauf zwischen dem Kommissar und ihrem Opfer. Doch dann beruhigte sie sich wieder. Sie mußte Schöne einfach ignorieren. Unbeirrt zielte sie auf Tobias Wink.

»Verschwinden Sie«, sagte sie zu Schöne, ohne aufzusehen. »Dies ist nicht Ihr Schlachtfeld.«

Er trat einen Schritt näher. »Das Ihre ist es auch nicht, Barbara.«

Sie stieß den Atem aus. »Bleiben Sie stehen! Sonst schieße ich.«

Er hielt augenblicklich inne. In seiner Hand sah sie den Lauf seiner Dienstwaffe. Er richtete ihn auf den Boden. Es spielt keine Rolle, daß er gekommen ist, dachte sie. Sie hatte das Spiel in der Hand. Was danach kommen würde, das interessierte sie nicht. Sollte er sie ruhig mitnehmen, wenn es soweit war.

»Barbara«, sagte Schöne eindringlich. »Nehmen Sie die Waffe herunter. Sie werfen sonst Ihr Leben weg. Glauben Sie mir, das ist es nicht wert. Das kann es gar nicht wert sein.«

Sie spürte Wut in sich aufsteigen. »Was denn für ein Leben?« rief sie. »Meinen Sie das meinige? Ich habe kein Leben mehr, solange dieses Monster nicht tot ist.«

Sie betrachtete voller Ekel das zuckende Stück Fleisch, das vor ihr auf dem Boden lag.

»Ich muß es zertreten«, flüsterte sie. »Erst dann hat Bettina ihren Frieden gefunden.«

Sie konzentrierte sich wieder auf ihr Ziel, der Kommissar verschwand langsam im Hintergrund. Ihr Opfer hielt sich die Hände schützend zwischen die Beine. Es spielt keine Rolle, dachte sie. Die Kugel würde auch durch seine Hände hindurchdringen.

Der Kommissar begann zu sprechen, doch seine Stimme drang nur noch schwach zu ihr durch.

»Es geht hier nicht um Bettina«, sagte er. »Es geht um Sie. Sie wollen Ihren Frieden finden. Sie wollen die Geister vertreiben, die Sie in der Nacht heimsuchen.«

Was wußte er schon von ihren Geistern, dachte sie ärgerlich. Er sollte endlich ruhig sein.

»Fragen Sie sich, woher diese Geister kommen«, fuhr er fort. »Fragen Sie sich, weshalb Sie nachts nicht schlafen können.«

Er trat einen Schritt auf sie zu. Noch einen Zentimeter, dachte Barbara, dann würde sie auch ihn abknallen. Es gab für sie keinen Ausweg und sie würde auch vor Michael Schöne nicht zurückschrecken.

»Es ist nicht die Rache, die Sie nachts umtreibt, Barbara. Es ist das schreckliche Unrecht, das geschehen ist. Aber dieses Unrecht läßt sich nicht durch ein neues Unrecht aus der Welt schaffen. Das Gleichgewicht wird dadurch nur weiter zerstört.«

Was er sagte, war falsch. Barbara wandte den Blick langsam vom Boden ab.

Es ist egal, ermahnte sie sich. Laß ihn reden. Das alles ist nicht wichtig.

»Sie sind im Unrecht«, sagte sie. »Ihr Vater wurde verschont. Und jetzt sehen Sie sich an. Für Sie ist nie Gerechtigkeit geschaffen worden. Sie sind dadurch einsam geworden, und man kann Ihre Trauer geradezu riechen.«

Er sah sie überrascht an. Es war gut, daß sie redete, dachte sie. Es war gut, daß sie es ihm sagte.

»Sie kennen diese Geister nur zu gut«, fuhr sie fort. »Denn bei Ihnen sitzen sie noch immer auf der Brust. Sie haben bis heute keinen Frieden gefunden.« Ihre Stimme gab ihr Kraft. Sie hatte recht. »Ich werde nicht so enden wie Sie. Ich tue etwas gegen diese Geister.«

Jetzt fehlte nur noch der Schuß. Danach wären sie alle erlöst.

Doch Michael Schöne sprach weiter. »Mein Vater wurde nicht verschont«, sagte er. »Ich habe ihn sterben lassen.«

Sie sah ihn verwirrt an. In seinem Blick war unendlich viel Ruhe. Sie mußte vorsichtig sein, er würde sie sonst in eine Falle locken.

»Für mich war mein Vater tot. Er war es, bis er tatsächlich gestorben war. Doch es hat nie eine Erlösung gegeben. Heute weiß ich, weshalb. Ich hätte ihn nicht sterben lassen dürfen. Ich hätte ihn zwingen müssen, die Verantwortung zu übernehmen.«

Ihr wurde schwindelig. Was er sagte, war falsch. Sie wußte es genau. Doch es fiel ihr immer schwerer, einen klaren Gedanken zu fassen.

»Das war mein Fehler«, sagte er. »Doch jetzt kann ich es nicht mehr ändern.«

Barbara schüttelte heftig den Kopf. Sie wollte ihm nicht mehr zuhören. Sie mußte nun endlich schießen. Das Monster mußte sterben. Sie durfte nicht mehr auf den Kommissar achten.

»Sie stehen unter Streß, Barbara. Sie können nicht mehr klar denken.«

Seine Stimme klang wie in Watte gepackt. Sie konnte ihn kaum noch verstehen. Doch es war nun ohnehin egal. Sie hatte einen Entschluß getroffen. Sie würde in diesen Haufen vor ihren Füßen schießen. Er war wirklich nichts als Blut und Rotz und Schweiß und Dreck. Sie konnte ohne weiteres hineinschießen. Und nicht nur das. Sie mußte es tun.

Wolfgang Herzberger schaltete das Blaulicht ab, bevor er in die Binzstraße einbog. Er hoffte, daß die Kollegen vom SEK dort bereits auf ihn warteten. Doch die Straße lag ausgestorben und menschenleer vor ihm.

Er hielt Ausschau nach dem grauen Haus, in dem Wink wohnte. Es war schnell zu finden, deutlich stach es aus der Reihe sanierter Fassaden heraus.

Anke wies auf die andere Straßenseite. »Da vorn steht sein Golf.«

Wolfgang hielt den Wagen und zog sein Handy hervor.

»Sag ihm Bescheid, daß wir hier sind«, sagte er. »Ich funke den Leiter des SEK an.«

Anke sprang aus dem Wagen. Wolfgang sah ihr nach, wie sie über die dunkle Straße auf den Golf zulief. Da meldete sich bereits der Einsatzleiter.

»Wir sind jetzt am Einsatzort«, sagte Wolfgang.

»Es kann gleich losgehen«, meinte der Einsatzleiter. »Wir werden in fünf Minuten bei euch sein.«

»Also gut. Beeilt euch.«

Er sah auf die Straße. Anke stand vor Michaels Wagen und blickte zu ihm herüber. Sie schüttelte den Kopf und zuckte mit den Schultern.

»Scheiße«, entfuhr es Wolfgang.

Er sah besorgt zu dem Haus hinüber. Im Hochparterre brannte Licht, doch es war niemand zu sehen. Er hoffte, daß Michael nicht allein hineingegangen war, gegen seine Anweisung, sondern nur einen günstigen Beobachtungspunkt gesucht hatte, aber er wußte gleichzeitig, wie unwahrscheinlich das war.

Dennoch spähte er um sich. Irgendwo mußte ein Versteck sein, in dem sich Michael aufhielt. In diesem Moment fiel ein Schuß. Wolfgang wirbelte herum. Der Schuß kam von der anderen Straßenseite, direkt aus der Wohnung im Hochparterre.

20

Es war bereits nach drei, als Michael auf den Flur des Präsidiums trat. Das grelle Neonlicht blendete ihn, und er mußte einen Augenblick blinzeln, bevor er sich orientieren konnte. Seine Augen schmerzten vor Müdigkeit.

Der Flur lag ausgestorben vor ihm, aus den Büros drang nicht das geringste Geräusch. Selbst die Tür zu dem engen Beobachtungsraum, der zwischen den beiden Vernehmungsräumen lag, war geschlossen. Er drückte die Klinke und öffnete die Tür ganz leise, als würde er jemanden aus dem Schlaf reißen können. In dem engen Raum stand jedoch nur seine Kollegin Anke. Sie knabberte an ihrem Fingernagel und starrte in den Vernehmungsraum.

Als sie ihn eintreten hörte, drehte sie sich zu ihm um und begrüßte ihn mit einem Lächeln.

»Da bist du ja«, sagte sie. »Wie geht es Barbara Nowack?«

Michael kam gerade aus dem Krankenhaus, er hatte den Notarztwagen begleitet. Erst nachdem abzusehen war, daß es wahrscheinlich keine Komplikationen mehr geben würde, hatte er das Krankenhaus verlassen und war in die Keithstraße gefahren.

»Die Ärzte sagen, daß sie eine akute Nervenkrise hatte«, sagte er. »So etwas kann als Folgezustand intensiven emotionalen Stresses auftreten.«

»Bedeutet das, sie war nur bedingt zurechnungsfähig?«

Er zuckte mit den Schultern. »Für die Situation bestimmt. Und ich hoffe, daß es ihr im Verfahren weiterhilft. Aber es wird schwierig werden, denn schließlich hat sie die Tat akribisch geplant.«

Anke nickte. »Und was ist mit ihrer Hand?«

»Die Operation ist gut verlaufen. Wenn sie Glück hat, wird sie ihre Hand von leichten Einschränkungen abgesehen wieder wie vorher bewegen können.«

Michael hatte nur eine Sekunde gezögert, bevor er ihr die Pistole aus der Hand geschossen hatte. Sie wollte auf Tobias Wink schießen, das stand außer Frage. Selbst als sie danach am Boden lag, versuchte sie weiterhin mit der unversehrten Hand nach der Waffe zu greifen. Er hatte ihr Handschellen anlegen müssen.

Sie hatte sich von seinen Lügen nicht beirren lassen und weiterhin alles versucht, um ihren Plan zu Ende zu bringen. Letztlich stand er allein mit seinen wackeligen Überzeugungen. Und im tiefsten Innern hatte er die Frage noch immer nicht für sich beantwortet, ob er Barbaras Entscheidung, Wink zu töten, nicht hätte respektieren sollen.

»Du hast richtig gehandelt«, sagte Anke, als hätte sie seinen Gedanken lesen können.

Er sah sie zunächst überrascht an, dann lächelte er ihr zu.

»Stell dir vor«, sagte sie. »Wolfgang hat dich sogar gelobt. Wahrscheinlich wirst du deinen Namen am Montag im Kurier lesen können.«

Er schüttelte belustigt den Kopf. »Na, da habe ich ja etwas, worauf ich mich freuen kann.«

Er stellte sich neben Anke und sah ebenfalls in den Vernehmungsraum. Tobias Wink saß mit herabhängenden Schultern am Tisch. Seine Wunden waren inzwischen versorgt worden, sein Gesicht war voller Pflaster. Wolfgang saß ihm gegenüber am Tisch, starrte Wink an und sprach monoton auf ihn ein. Links und rechts von ihm saßen zwei weitere Beamte, die an der Vernehmung teilnahmen und ebenfalls unzufriedene Gesichter machten.

»Und wie läuft es?« fragte Michael seine Kollegin.

Anke zuckte mit den Schultern. »Während der ersten Stunde hat er gar nichts gesagt. Er hat nur dagesessen und vor sich hin gestarrt. Doch irgendwann ist er dann mürbe geworden. Zwar hat er nicht zu sprechen begonnen, doch er hat mit gelegentlichem Kopfnicken und einsilbigen Antworten an der Befragung teilgenommen.«

»Streitet er denn die Taten ab?«

»Nein, das nicht«, sagte sie. »Aber mehr war noch nicht

aus ihm herauszuholen. Vor einer guten Stunde wurde er dann ganz lebendig. Wolfgang wollte etwas über seine Familie wissen und hat damit wohl einen wunden Punkt getroffen.«

»Laß mich raten. Sie sind an allem schuld.«

»Natürlich sind sie es«, sagte Anke lächelnd. »Sein gewalttätiger Vater, seine saufende und prügelnde Mutter, die Demütigungen, Vernachlässigungen. Er meint, daß sie aus ihm das gemacht haben, was er ist. Er ist also das Opfer, aus ihm hätte schließlich gar nichts mehr werden können.«

Michael gähnte. »Sie haben ihn dazu gemacht. Und jetzt kann er sich eigentlich nur noch umbringen.«

Anke konnte sich ein Lachen nicht verkneifen. »Du bist gut. Das hat er tatsächlich gesagt.«

»Aber die Selbstmordabsicht ist nicht ernst gemeint, oder?«

Sie schüttelte den Kopf. »Ich schätze ihn nicht als suizidal ein. Das gehörte wohl zu seinem Selbstmitleid, in das er versunken ist.«

Er nickte und betrachtete das Gesicht des Jungen. »Hat er Jacqueline über Olaf Nowack kennengelernt?«

»Ja«, sagte Anke. »Sie wohnte ja nur einen Block von der Baustelle entfernt. Sie mußte Olaf zwangsläufig begegnen. Und so hat auch Wink sie kennengelernt.«

Es kam Bewegung in das Vernehmungszimmer. Wolfgang stoppte das Tonband, einer der Beamten stand auf und öffnete die Tür. Michael glaubte im ersten Moment, sie seien zu laut gewesen und hätten sie gestört. Doch offenbar unterbrachen sie die Vernehmung nur für eine Pause.

»Ich werde kurz hineingehen und Wolfgang wegen Barbara Nowack Bescheid geben«, sagte er und ließ Anke im Beobachtungsraum stehen.

Die beiden Kollegen standen bereits am Ende des Flurs am Fenster und zündeten sich eine Zigarette an. Wolfgang saß noch immer am Vernehmungstisch und sortierte seine Unterlagen. Als Michael den Raum betrat und seinem Chef zunickte, trat Leben in Tobias Winks aschfahles Gesicht.

Der Kommissar versuchte ihn zu ignorieren. Sollen sich nun andere mit ihm beschäftigen, dachte er. Sein Job war es glücklicherweise nicht. Er beugte sich vor und flüsterte Wolfgang ins Ohr: »Barbara Nowack ist okay. Die Ärzte sagen, daß sie eventuell morgen schon vernehmungsfähig sein könnte.«

»Und ihre Schußverletzung?« fragte Wolfgang.

»Sie hat Glück gehabt. Die Kugel ist durch die Hand hindurchgegangen. Sie hätte mehr anrichten können.«

Sein Chef nickte. Er sieht müde aus, dachte Michael. Unwillkürlich fragte er sich, wieviel Schlaf er in der letzten Woche bekommen haben mochte. Er wünschte ihm, daß Wink bald gestand und sie alle nach Hause und ins Bett gehen konnten.

Für Michael selbst war Feierabend. Er würde seinen Bericht am Montagmorgen schreiben. Jetzt mußte er nur noch seine Sachen zusammenpacken und nach Hause fahren.

»Wir sehen uns Montag«, sagte er und verabschiedete sich.

Er war noch nicht an der Tür, als sich Tobias Wink nervös in seinem Stuhl aufrichtete.

»Warum haben Sie das getan?« rief er ihm nach.

Michael blieb stehen und drehte sich zu ihm um. Das Gesicht des jungen Mannes nahm wieder den unschuldigen und verletzlichen Ausdruck an, der ihm bereits bei ihrer ersten Begegnung aufgefallen war.

»Sie haben mir das Leben gerettet«, fuhr er fort. »Warum nur haben Sie das getan? Es wäre besser gewesen, wenn sie mich umgebracht hätte.«

Michael spürte, wie sich seine Brust verhärtete. Er würde nicht auf Winks Selbstmitleid eingehen. Er würde überhaupt nicht auf ihn eingehen, sagte er sich. Er wollte nur noch alles Notwendige hinter sich bringen und nach Hause gehen.

Michael wußte bereits, was er ihm sagen würde. Es war wie ein Mantra, er mußte es immerzu wiederholen, in der Hoffnung, eines Tages selbst daran zu glauben.

»Durch einen Mord werden keine Probleme gelöst«, sagte er reserviert. »Es entstehen nur neue.«

Wink nickte und lehnte sich zurück. »Das stimmt«, sagte er. »Es ist gut, daß die Zeit des Tötens vorbei ist.« Dann begann er zu lächeln. »Es ist gut, daß Sie mich gefaßt haben.«

Michael spürte Widerwillen in sich aufsteigen. Am liebsten wäre er aus dem Vernehmungsraum gelaufen. Er hatte Feierabend. Es gab keinen Grund, sich das anzutun.

Doch er spürte, daß er Wink noch etwas sagen mußte. Er trat einen Schritt vor und stützte sich mit den Händen auf der Tischplatte ab. Plötzlich schien es ganz einfach zu sein.

»Wenn ich ehrlich bin, ist es mir schwergefallen, dich nicht selbst abzuknallen«, flüsterte er wütend.

Das Lächeln auf dem Gesicht des Jungen verschwand sofort.

»Aber Sie haben ihr gesagt, daß ...«, begann er.

»Wenn Barbara Nowack geschossen hätte, dann hätte sie in den Knast gemußt. Deshalb habe ich dich gerettet. Sie wäre in den Knast gegangen, weil du Stück Scheiße ihr Leben und das Leben ihrer Familie ruiniert hast.«

In seinem Kopf schwirrten die Erklärungsmodelle umher, die Hintergründe von Serientaten, die ganze Verzweiflung, die lange vor dem Verbrechen stand. Doch sie ergaben keinen Sinn, und er wollte nicht mehr darauf achten. Seine Wut war inzwischen eine andere.

»Mich interessiert nicht, was deine Eltern dir angetan haben«, sagte Michael. »Und mich interessiert dein ganzes beschissenes Leben nicht.«

Er spürte, wie er zu zittern begann. Es war nicht nur Wut, die ihn plötzlich trieb. Es war ein Gefühl von Hilflosigkeit, das ihn mit einer schnellen Bewegung über den Tisch greifen ließ. Er packte Wink am Kragen und zog ihn mit einem brutalen Griff zu sich heran. Michael hörte den Stuhl auf das Linoleum stürzen. Dann sah er in Winks erschrockene Augen.

»Du bist erwachsen«, flüsterte er. »Und du weißt genau, was du tust.«

Wink stieß einen würgenden Laut hervor, doch Michael achtete nicht darauf.

»Du allein hast beschlossen, deine innere Leere mit Gewalt auszufüllen.« Er zog ihn näher an sich heran. »Du hast beschlossen, dir die Mädchen gefügig zu machen, die nicht freiwillig kommen wollten. Und du hast beschlossen, deine Defizite durch Macht zu überdecken. Durch das beschissene und flüchtige Machtgefühl, das dir das Morden verschafft. Das alles warst du. Das haben dir weder deine Eltern gesagt noch sonst jemand.«

Tobias Wink starrte ihn an, in seinem Blick lag das blanke Entsetzen.

»Es gibt keine Entschuldigung für deine Taten«, sagte Michael. »Alles, was es noch gibt, sind Angst und Trauer und zerstörte Familien.«

Er ließ ihn los und trat schwer atmend zurück. Wink fiel hustend auf den Tisch und faßte sich an den Hals. Dann sah er ängstlich zu ihm auf. Michael fühlte sich wie betäubt.

»Ich hätte dich so gerne abgeknallt«, flüsterte er. »Nur um Barbara einen Gefallen zu tun.« Er fuhr sich mit der Hand durch das Gesicht. »Statt dessen wirst du den Rest deines Lebens im Gefängnis verbringen. Und glaub mir, ich werde dafür sorgen, daß du jeden einzelnen, verfluchten Tag daran erinnert wirst, was du getan hast. Wir werden dir keine Chance lassen, dich in Ausreden zu flüchten. Wenn du schon leben mußt, dann sollst du mit dem leben, was du getan hast.«

Michael dachte an den schmutzigen Küchenboden und das Blut, das in leuchtend roten Rinnsalen an den Fliesen hinunterlief. Sein Kopf schmerzte mit einem Mal heftig, und er wollte nur noch den Vernehmungsraum verlassen.

»Recht gibt es hier nicht mehr«, sagte er erschöpft. »Es gibt nur noch den Trost, daß du nicht aus der Verantwortung gelassen wirst.«

Tobias Wink starrte ihn noch immer sprachlos an.

»Und das ist nur ein schwacher Trost«, flüsterte Michael.

Er hatte keine Ahnung, ob Tobias überhaupt etwas verstanden hatte. Doch auch das schien nun egal zu sein. Ihm wurde klar, wie gleichgültig ihm dieser Junge plötzlich wurde. Es hatte keinen Sinn, ihn anzuschreien. Es gab überhaupt niemanden mehr, den er noch anschreien konnte. Sein Vater war schon viel zu lange tot.

Vorsichtig sah er zu Wolfgang hinüber. Er fürchtete seinen Blick, schließlich hatte er sich in die Vernehmung eingemischt. Unter Umständen hatte er die gesamte Dramaturgie seines Chefs über den Haufen geworfen.

Doch Wolfgang beachtete ihn gar nicht. Er fixierte Tobias Wink, der auf der anderen Seite des Tisches vor sich hin starrte. Er wartete einen Moment, dann lehnte er sich zurück.

»Herr Wink«, sagte Wolfgang mit seiner ruhigen Stimme, »wollen Sie nun eine Aussage machen?«

Für einen Augenblick trat wieder der schüchterne Ausdruck in das jungenhafte Gesicht. Tobias nickte. »Ja«, sagte er mit erstickter Stimme.

Michael trat überrascht zurück. Wolfgang stellte das Tonband ein und begann mit seiner sonoren Stimme, den Jungen zu befragen. Er machte eine kurze Handbewegung, die Michael sofort verstand. Er verließ das Vernehmungszimmer. Die Tür stand noch offen, das Gespräch war bis in den Flur hinein zu hören. Ein letztes Mal sah er zu dem blassen Jungen hinüber, dann schloß er die Tür.

Es war viel zu spät, um noch schlafen zu können. Die Straßen waren wie ausgestorben, und es schienen nur noch Taxen durch das nächtliche Berlin zu fahren. Michael versuchte, nicht mehr über Wink nachzudenken. Es würde ohnehin nichts mehr ändern. Er würde angeklagt werden, und damit war der Fall abgeschlossen. Und Michaels eigene Geschichten waren viel zu lange her.

Er ließ sich durch die Straßen treiben, begleitet von dem Husten seiner Autoheizung. Später würde er nach Hause fahren und dann den ganzen Sonntag schlafen. Er betrachtete die Stadt jenseits der Windschutzscheibe. Enge Straßen wechselten mit breiten Alleen, er fuhr durch Straßentunnel, an Ampelkreuzungen vorbei und schließlich über die Stadtautobahn. Nur vereinzelt brannte Licht hinter den Fenstern. Als sei er ganz allein, mitten in dieser großen Stadt.

Nach einiger Zeit wurde er von einem Martinshorn aus seinen Gedanken gerissen. Im Rückspiegel entdeckte er das Blaulicht einer Polizeistreife. Sie näherte sich rasch, und Michael fuhr den Wagen trotz der grünen Ampel rechts heran. Mit hohem Tempo raste der Streifenwagen an ihm vorbei und jagte über die Kreuzung.

Der Kommissar wartete einen Augenblick, dann ordnete er sich wieder ein.

Unwillkürlich fragte er sich, zu welchem Einsatz die Kollegen unterwegs waren. Er war dankbar, nicht im Streifendienst arbeiten zu müssen. Die ganze Nacht unterwegs, und niemand wußte, was als nächstes kommen würde. Jederzeit könnte über Funk ein Einsatz eingehen: Ruhestörung, Überfall, Belästigung, Verkehrsunfall. Und dann wieder ein Mord.

Das Martinshorn wurde leiser, und der Wagen verschwand am Ende der Hauptstraße. Michael fuhr weiter. Er wußte bereits, daß er insgeheim wieder einem Ziel gefolgt war. Als er schließlich in der Kollwitzstraße landete, versuchte er erst gar nicht, sich etwas vorzumachen. Seine Selbstachtung war ohnehin angeschlagen. Also konnte er auch direkt bis zu dem Haus vorfahren, in dem Elisabeth wohnte.

Langsam rollte er über die gepflasterte Straße, auf der am Tage stets geschäftiges Treiben herrschte. Jetzt waren die Cafés jedoch geschlossen und der Park verwaist, nirgendwo brannte Licht. Er fühlte sich wie ein Eindringling, als sollte der Ort für Nachtgestalten verschlossen bleiben.

Die Räume hinter den wuchtigen Säulen lagen im Dunkeln. Auch dort schliefen alle, von Elisabeth war nichts zu sehen. Michael starrte zu der Wohnung hoch.

Er fragte sich, wie es wäre, wenn *er* dort schlafen würde. Mit Elisabeth in seinem Arm und den beiden Kindern im Zimmer nebenan. Er wäre der Familienvater in diesem hübschen Haus, in dem nachts alles so ruhig war. Wie wäre so ein Leben? Er versuchte ein Gefühl dafür zu bekommen, doch er hatte letztlich keine Vorstellung, wie sich solch ein Leben anfühlen konnte. Die Fenster blieben still und schwarz, wie lange er auch zu ihnen hinaufstarrte.

Er wußte, daß er niemals dazugehören würde. Genauso wie Elisabeth es wußte. Sie überließ es ihm, den Zeitpunkt zu bestimmen, an dem er gehen würde. Sie hielt zu ihm, das wußte er. Und sie ließ ihm die Zeit, die er brauchte. Doch eines Tages, das wußten sie beide, würde er gehen müssen. Vielleicht suchte sie sich dann einen anderen Mann, dieses Mal einen, der das gleiche suchte wie sie.

Es dauerte ewig, bis es ihm schließlich gelang, sich loszureißen. Es war dumm, nachts vor dem Fenster seiner Geliebten zu lauern. Er hatte dort nichts zu suchen. Vorsichtig startete er seinen Wagen, dann legte er den Gang ein und fuhr davon. Er würde sie morgen wieder anrufen.

SERIE PIPER

Heinrich Steinfest

Nervöse Fische

Kriminalroman. 316 Seiten. Serie Piper

Für den Wiener Chefinspektor Lukastik, Logiker und gläubiger Wittgensteinianer, steht fest: »Rätsel gibt es nicht.« Das meint er selbst noch, als er auf dem Dach eines Wiener Hochhauses im Pool einen toten Mann entdeckt, der offensichtlich kürzlich durch einen Haiangriff ums Leben kam. Mitten in Wien, achtundzwanzigstes Stockwerk. Und von einem Hai keine Spur. Nun steht der Wiener Chefinspektor nicht nur vor einem Rätsel, es sind unzählige: Ein Hörgerät taucht auf, zwei Assistenten verschwinden. Und die Haie lauern irgendwo … Der neue Krimi Heinrich Steinfests, 2004 Preisträger des Deutschen Krimipreises.

»Ich wiederhole mich: Herrlich! Göttlich! Steinfest!«
Tobias Gohlis, Die Zeit

05/1765/01/L

Thomas Perry

Der Tag der Katze

Roman. Aus dem Amerikanischen von Friedrich A. Hofschuster. 254 Seiten. Serie Piper

Die »Donahue-Papiere« müssen wiederbeschafft werden – um jeden Preis. Ihr Inhalt ist streng vertraulich: eine Studie zur psychologischen Kriegsführung in Lateinamerika. Diese brisanten Unterlagen sind bei einem Überfall auf die Forschungsabteilung der Universität von Los Angeles abhanden gekommen und könnten in den Händen Unbefugter eine Katastrophe auslösen. CIA-Agent Ben Porterfield nimmt den Auftrag an. Seine Gegenspieler sind der Ex-Söldner Chinese Gordon und dessen Katze Doktor Henry Metzger, die es ihm nicht gerade leichtmachen …
Ein temporeicher Thriller aus der elegant-witzigen Feder des Erfolgsautors Thomas Perry.

05/1766/01/R

Arne Dahl

Böses Blut

Roman. Aus dem Schwedischen von Wolfgang Butt. 360 Seiten. Serie Piper

Ein schwedischer Literaturkritiker wird auf dem New Yorker Flughafen auf ebenso ungewöhnliche wie grausame Weise getötet. Die Spur des Täters führt zu einer Mordserie, die fünfzehn Jahre zurückliegt. Paul Hjelm und Kerstin Holm von der Stockholmer Sonderkommission stoßen auf einen ungeheuerlichen Fall …

»Mit diesem Roman hat sich der Schwede Dahl in die erste Reihe der internationalen Thriller-Autoren geschrieben. ›Böses Blut‹ ist weit mehr als die schnell konsumierte und ebenso schnell wieder vergessene Thriller-Konfektion. Dahls Roman hat literarisches Niveau.«
Der Spiegel

05/1774/01/L

Christoph Spielberg

Hundertundeine Nacht

Roman. 220 Seiten. Serie Piper

Nach hundertundeinem Tag erwartet Dr. Felix Hoffmann, Klinikarzt in Berlin, seine Freundin Celine aus dem Irak zurück. Doch sie ist tot, angeblich umgekommen bei einem selbstmörderischen Bombenattentat. Felix glaubt das nicht: Schließlich wollte sie nicht mit Bomben nach Bagdad, sondern mit Hilfsgütern nach Kurdistan. Er beginnt Nachforschungen anzustellen. Fast zu spät erkennt Felix Hoffmann, daß er unmittelbar vor dem Irak-Krieg in ein internationales Katz-und-Maus-Spiel geraten ist, in dem es um weit mehr geht als um seine verschwundene Freundin …

Christoph Spielberg wurde 2002 mit dem Glauser-Preis für das beste Debüt (»Die russische Spende«) und 2004 mit dem Agatha-Christie-Preis ausgezeichnet.

05/1555/02/R